海男，女，出生于二十世纪六十年代，中国当代著名作家，中国女性先锋作家代表人之一。曾获 1996 年刘丽安诗歌奖、中国新时期十大女诗人殊荣奖、2005 年《诗歌报》年度诗人奖、2008 年《诗歌月刊》实力派诗人奖、2009 年第三届中国女性文学奖、2014 年第六届鲁迅文学奖（诗歌奖）等。海男的跨文本写作有《男人传》《女人传》《身体传》《爱情传》等，长篇小说代表作有《花纹》《夜生活》《马帮城》《私生活》等，散文集有《空中花园》《屏风中的声音》《我的魔法之旅》《请男人干杯》等，诗歌集有《唇色》《虚构的玫瑰》《是什么在背后》《忧伤的黑麋鹿》等。现为云南师范大学特聘教授。

缅北往事

海男 著

云南出版集团
云南人民出版社

图书在版编目（CIP）数据

缅北往事 / 海男著．-- 昆明：云南人民出版社，2015.9

ISBN 978-7-222-12964-1

Ⅰ．①缅… Ⅱ．①海… Ⅲ．①长篇小说－中国－当代 Ⅳ．① I247.5

中国版本图书馆 CIP 数据核字 (2015) 第 196491 号

缅北往事

海男　著

责任编辑：苏映华　文艺蓓
装帧设计：云南非鸟文化传播有限公司
责任校对：陈春梅
责任印制：洪中丽

出版：云南出版集团　云南人民出版社　// 发行：云南人民出版社
社址：昆明市环城西路 609 号　// 邮编：650034
网址：http：//ynpph.com.cn　//E-mail：ynrms@sina.com

开本：787mm × 1092mm　1/16　// 印张：18.25　// 字数：150 千
版次：2015 年 9 月第 1 版第 1 次印刷
印刷：云南新华印刷二厂

书号：ISBN 978-7-222-12964-1　定价：36.00 元

2006年3月，我卷进了一幅遥不可及的图像之中去，我站在孙立人将军的图像下面，从那一刻开始，这幅图像将永久地把我笼罩其中。爱情这个词汇贯穿我的身体，乃至进入我的灵魂，使我拥有了叙述这本书的全部激情和勇气。

本书以虚构的方式献给在滇西抗战中的将军和英雄——孙立人。

——海男

献诗

献给孙立人将军

你不可能活下来，你的年轮仿佛磁场
已经被雷击断。因此，在腾冲
我只可能与你在博物馆相遇
这是命定的结果，是生死之谜的循环

如果我爱你，就去缅北战场
你穿着军装，系着宽宽的皮带
你的手枪、匕首，你的国籍和历史
以及你身体上弹片的疼痛都是我的所恋

暗恋你已经从三月进入了六月
你已经长眠。在缅北我嗅到了你的体味
我为你准备了洗澡水、准备了蜂蜜
准备好了下榻的旅馆，准备好了夜宴前去见你

前　言

小说终于结束了，夏日最凉爽的时刻显然是雨后，仿佛露台上的雨水溅湿了窗棂。我从缅北战场回到了现实。这部小说从形而上的意义献给那些沉溺于冥想中的、带着诗意翅膀飞翔的人性故事。

战争彻底夷平了我们人类的肉体和灵魂，我所讲述的这个故事发生在缅北，却跟中国有关系，跟女人、男人的命运有千丝万缕的纠缠，其中最为迷人的显然是人性。作为作者的我，小小的自我沉溺于这种人性中，只想为作为读者的他们讲述一种也许被我们所忽略过的故事。因为我们的个体经常在战争中发生角逐、挑衅，只有在这样的时刻，人性之花才会显现出幽暗和灿烂的色泽。

我哭泣，为故事中的人们而暗自哭泣，虽然我生活在另一个时代，然而，林桂枝就是我，我也可能是丽莎和黎小娟……总之，她们是女人，是那种让肉体散发出芬芳的女人，犹如芳草随风起舞。

我哭泣过，因为得不到将军的爱。我为此曾经用最大的努力幻想过那种相遇：当第二次世界大战漫延到缅北时，我变幻成了将军身边的一只蝴蝶，一只典型的热带蝴蝶。将军行走时我就飞翔着，将军栖居时，我就悄无声息地隐居在他的帐篷里，一旦将军遇上了赴死的机会，我就随他一块去赴死，用我多彩的身体，从悬崖或呼啸而来的子弹中坠落而下。我哭泣过，因为得不到这种爱，从而使我写了这本书，献给将军。

酒红色的秘密会晤

从遥远的英格兰发来的一份邮寄快递很快到达了我手上。丽莎出现了，信封中掉出了一帧照片，这是将军的照片，我愣了一下，于是，没有隔多长时间，已经八十多岁的丽莎穿越了英格兰的多雾季节，终于来到了这座南方城市。在她下榻的酒店，出现了一片酒红色的灯光，在酒吧里，我和丽莎相遇了，我们之所以相遇，是为了将军。

丽莎穿着玫瑰色的外套，这种色泽只可能出现在被爱情和私语所环绕了大半辈子的丽莎身上，我仿佛看见了缅北战争中奔跑的英国战地记者丽莎。那时候，她年仅30岁，独身，勇敢执着地跟随中国远征军在缅北战争中记录下了最真实的战地新闻。除此之外，她也是一个女人，一个带着灵魂与战争、与碎片、与英雄们相遇的女人。我从丽莎双唇的颤抖声中，头一次接触到了缅北战场上的呼啸声，那是头顶的碎片，它随时可以击碎任何人的头和心脏。丽莎活了下来，如同任何坚忍不拔的事物一样，经历过了最长的熔炼。

丽莎带来了将军的故事，因为我深爱着将军，于是，两个不同年代、不同经历的女人敞开了世界上最温情的人性话语，酒红色的空间中摇曳的那个烛影熄灭了又被点燃。丽莎说："我第一次看到将军的时候，他驻守在他的营地，在他的帐篷里，医生正在为他疗伤，他身上永久地折磨着他的弹片依然在他的身体里，同他的灵魂纠缠在一起；第二次见到将军的时候，他刚策马穿过一片战场，他的头顶、肩膀上覆盖着弹片、尘土，他从马上下来，与我握手时，我就看到了一个英雄的将军；第三次见到将军时，他在缅北丛林中探雷，那真是一种最危险的生活，他走在前面，握着探雷器，稍有不慎，他的身体就会遭遇到不测……"丽莎的声音揭示出了将军的一系列事实。于是，在酒红色的灯光的迷醉之中，我们碰杯，为将军而干杯。丽莎，从遥远的英格兰给我带来了将军在缅北战场的故事，同时也给我带来了我母亲的母亲，还有几个女人的故事。丽莎的牙齿已经松动，但依然那般洁白，如果时间拉回到20世纪40年代，这个来自英格兰庄园的女人，一定会是爱上将军的女人之一。像我一样，执着地沉溺于这种不可能的爱，没有任何世俗结局的爱情。就这样，因为丽莎带来了将军的故事，尔后，我将与丽莎度过一个又一个被酒红色灯光所弥漫的下午、夜晚，直到我们讲完将军的全部故事。

1

林桂枝的身体，也就是我母亲的母亲的身体此刻迷失在了潮湿的缅北丛林中，那一刻，她像一只惊恐的、慌乱的、还没有学会任何技巧纵横世界的野狐，她正遭遇着20世纪40年代与她相遇的第二次世界大战的侵袭，而在之前，她只是一个年仅20岁的女人而已。她在父母的威逼下嫁给了我父亲的父亲，那一年她才18岁。

此刻，林桂枝的身体在一阵又一阵铁蹄和嘶喊中绊倒，她已经迷路。从一阵枪声呼啸在那条幽暗的马道时，她一失神、一惊恐就再也见不到那支输送茶叶的马帮。那个马锅头一路上对她关怀备至，那是一个年仅40岁的马锅头，自马锅头回过头来看见林桂枝的那一个刹那，就意味着这个年仅20岁的女人已经成功地、巧妙地钻进了由她的梦想所编织而成的密林深处。那是一片越过束缚她的、作弄她的、弄疼她肌肤的潮湿、浩瀚，被许多当地人编织成传说的密林，那是在她看来深不可测的缅北，只要你的身体已经进入缅北，就意味着出走已经变成了现实。

她玲珑的身体跟上的那支马帮在怒江坝子中出现时，她已经等候了多日，她钻进木棉花怒放的一座客栈中，改换了衣装，甚至把全部丝绸裙裾抛在了汹涌不息的怒江中去，直到目睹了一团巨大的金黄色涡流带走了她彩色的裙裾，从此走上了背叛一个男人的漫漫旅途。

林桂枝钻进了马帮的阴影中去，从那一刻，她就向往着钻进传说中的缅北森林，尽管里面弥漫着的瘴气可以瓦解一个人身体的全部力量。她看见马锅头接受了她的微笑，夜晚降临时，马锅头让她围坐在火塘边，就这样，一夜又一夜过去了，她幻想中的缅北森林已经离她越来越近了。

穿越过一道又一道的绿色屏障之后，大地突然变得一片灰暗，视线仿佛被灰尘蒙住了。子弹呼啸着穿越了树叶，有几枚从她的耳边呼啸而来，马帮出现了混乱，马儿扬起前蹄嘶叫着，走在前面的头马已经滚下了悬崖。在森林的深处，一队日本军人的声音由远及近。林桂枝的身体也滚入了丛林之中——她脱离了马帮，迷路了。

两个日军裹在泥一样的军服中挥着刺刀逼近了她的身体，林桂枝的身体颤抖着，犹如风中纤巧的草叶的摆动。

这个年仅 20 岁的女人从这一刻开始必将用她青春的身体抵抗 20 世纪 40 年代的那场战争。她身体在哆嗦、战栗、无助，甚至绝望的那一刹那，如果我的母亲的母亲陷落在日军的刺刀之下，或者被两个日军剥去了衣服，那么，林桂枝的故事就会结束。

简言之，在那个令人窒息的时刻，缅北森林那幽暗的光照着林桂枝一张白皙而娇嫩的脸，一张年仅 20 岁的脸。没有斑迹，没有时间的钟摆在移动，一个日军已经抛下了枪，开始伸出双手，那手伸向的不是子弹，而是欲望，想剥开一个女人衣服的欲望占据了一刹那间的空气，另一个日军依然在嚎笑着，端着刺刀。她身体面对着刺刀和日军——肯定会陷落下去。

就在这一刹那间，林桂枝在绝望窒息的几秒钟后突然看到一个影子、一张脸，他骑着一匹黑马，在离她越来越近的时刻，也就是那个被欲望所操纵的日军已经剥她衣服的时刻：那件粉色的飘动着白花的布衣，是她在怒江小镇上买下的，它经历了肌肤之梦，这梦原本是粉色的，像白雾一般地飘动着。如果，日军一旦剥开她的外衣，那么，衣服就会一层又一层剥开，犹如被一把锋刃所挑开的树林掩映下的帐篷。

然而，那个试图剥开她全部衣服的日军突然间倒了下去。之前，她已经听见了枪声，在很早以前，枪声跟她的世界毫无关系，她旁边站满了可以侍候她、可以任她使唤的侍女。尽管如此，她却厌倦透了从前花园穿越后花园的全部世界，厌倦透了那个只有与她有过肌肤的相撞，从来没有灵肉相撞击的男人。她出走了，她出走时，我的母亲正睡在奶娘的怀里，或者正躺在一只犹如大怒江竹筏式的摇篮里，我母亲的奶娘正裸着双乳——想象不出另一个女人已经越出了后花园，已经越出了前花园。

夜色是如此皎洁啊。甚至伸出手去也能触摸到银色的缝隙，或者像树枝似的盈动。夜色的皎洁加快了林桂枝的脚步，她玲珑的脚步声快得像是一个梦境降临，变幻得如此之快。转眼之间，她已经来到了大怒江边的一座木棉客栈中，很显然，林桂枝已经铁了心，她是下决心要出走的，就连留在摇篮中的那个女婴也无法留住她的脚步，这大概是天命，她无论如何也难逃天命的召唤。她难以抗拒或无法改变那场劫难，她的外衣被剥开以后，在她的内衣里漂动着一团荷花，她舍不得抛下这内衣。尽管她是离家出走时穿上的，她舍不得身体中贴近肌肤的那团柔软，那是一团丝绸，自从丝绸商人给她生活的集镇带来了丝绸之后，她们全家人的布料在几夜之间被推翻了，从杭州来的丝绸很快做成了裙裾，飘动在前花园或后花园。

丝绸的那种细腻或柔软紧贴着她的肌肤，如果日军还继续剥开她的丝绸内衣，她一定会在绝望中死去。那么，她会化成缅北森林中沿着漫无边际的瘴气奔走的鬼魂。她不可能化作鬼魂，因为一个男人已经降临，他是这个世界看见她陷入万丈深渊中唯一的使者，他肯定负载着这个世界上最大的宿命：毫不迟疑地奔向她。带着一个中国军人的使命前来拯救她的肉身和灵魂。直到不久以后，她知道这个男人是远征军的一名将军，他带着他的军队已经穿越了整个缅北。而在那一刻，随同两个日军被击毙的一刹那间，林桂枝尖叫了一声，这声尖叫使她猛然间倒在了身后男人的怀抱，也许是巨大的恐怖和生命被解救以后的惊喜，使她猛然间抓住了那个男人的军衣纽扣。

2

当我带着那枚铜色纽扣开始穿越整个缅北地区时，我已经来到了怒江边的一座旅馆。我母亲的母亲死于缅北森林中一场难以逃脱的霍乱，她死时紧紧抓住了那枚纽扣，我父亲的父亲历经数日赶到她身边，看到的只是她临终时被爱情消耗的一张脸。

爱情消耗了她饱满的前额和晶莹的双眼；爱情在几天之间就已经消毁于她野狐一样奔走在缅北地区的脚步声。她紧紧地抓住那枚铜色纽扣，仿佛想试图把它带到被战争和一次又一次的瘴气弥漫所包围的缅北，仿佛试图把它带到她随即去的另一个世界：那个世界被称为天堂。

我父亲的父亲是深爱着这个女人的，尽管这个叫林桂枝的女人背叛了他们的婚姻，然而，他依然深爱着她，哪怕他和她的肉体结合是如此短暂，他松开了她的手掌，把那枚纽扣装进一只木盒中去，然后合上盖子，这也许是林桂枝作为女人留给他的最后的遗物了。

现在，我一直在寻找着当年林桂枝在出走以后住进去的那座木棉客栈。在江边上，在一棵又一棵的硕大的木棉树下，我看见了一个男人，他正弯下身去，他已经从地上拾起了一朵垂落的木棉，在他摊开手掌时，红色的木棉花似乎从他的身体中长出来。这真是一个奇怪的男人，他抬起头来看见了我，他对我微笑了一下。我随即离开了他，在江边，我见到一个老人，这是我想寻找的对象，我缺少时间跟太年轻的事物相遇，也许我太迫切地想寻找到那座木棉客栈了。而且我固执地认为只有与经历时间沧桑的老人相遇，我才能达到目的。任何年轻的东西都不能帮助我。所以，我有些冷漠的目光只在那个男人的脸上停留了片刻，便离开了。

老人大概已经 90 岁了，这正是我想相遇的年龄。因为我已经计算过我外婆的年龄，如果她活下来，大概离这个年龄已经很近。老人坐在江边打盹，这是一个已经不会被物事的声音纠缠的老人。即使我已经站在他身边，他依然毫无察觉。这正是一个已经进入静止或缓慢的年龄。一切都慢下来。我站在他身边，我把一枚石头抛进怒江，以此方式来引起老人的注意。老人依然在打盹。我坐在了他一侧的沙石上，我有耐心等候他睁开眼睛的那一刹那。他醒来了，看起来，打盹只是他现实的一部分，只是微小的一部分。他睁开双眼告诉我说：“我知道你在寻找木棉客栈，这怒江边的每一个人你都不放过，他们已经告诉过我了，你在寻找木棉客栈，你找不到了，回去吧！客栈已经坍塌了、销毁了，不存在了，我教了一辈子书，连我的生命也会消失，相信我好了，回去吧。”

我回到了客栈，因为我深信一个年近九十岁的老人的话语，我当然相信他，他是见过世面的人，简言之，他验证过许多时间的轮转。他的年龄足够检验一座木棉客栈的消失了。我为什么还要追究这是为什么呢？我回到了下榻的旅馆，它依然坐落在大怒江的木棉花丛中，只不过它不可能像我想象中的那样——像林桂枝栖居出逃时的那座客栈一样变得陈旧起来。

我依然触摸着那枚铜色的纽扣，它已经变成我箱子里、旅途上，乃至整个生命中的一场大事件。我触摸铜色的纽扣中的一道道细小的，甚至看不见的波纹，像林桂枝当年那样——陷在了对将军不倦的追寻中去。

客房的门掩映在一道道阴影之中，明天一早我将启程出发，我要直接靠近缅北。当我已经离缅北越来越近时，我知道，任何力量也无法阻止我寻找当年林桂枝的痕迹。除此之外，我还会寻找到菊池贞子——一个日军慰安妇的痕迹，我还要寻找到丽莎，一个英军战地记者的痕迹。这是三个不能分离的女子，在第二次世界大战的缅北丛林深处，她们同时与一名来自中国远征军的将军发生了故事。然而，故事发生得最深的也许是林桂枝，只有她陷在了那枚纽扣之中，直到被缅北一场霍乱销毁生命的一刹那间，她依然用手紧紧地抓住那枚纽扣。

早晨已经降临，满树硕大的木棉花红得如此艳丽，我拎着小巧的箱子，我知道漫长的旅途容不下我更多的行囊，我已经把部分行囊寄存在州府饭店，我拎着箱子站在艳红的木棉树下，正当我想弯下腰捡起一朵地面的木棉花时，一朵木棉花已经从空中递过来。仍旧是那名年轻的男子，他跟我年龄相似，二十五岁左右，递过来的那朵木棉花是如此幽香，不知道为什么，当我嗅到那一阵又一阵的暗香时，一种难以抑制的忧伤——从遥远的20世纪40年代的木棉树下涌来，荡漾着。如花瓣散落在流水中一样涌动而去。我接受了那朵木棉花，为林桂枝，为所有失落在木棉树下的时间。这样一来，意味着我要接受这年轻男人的目光，他说话的音质，让我想起中国疆域上的一座岛屿：那里散发着热带植物的香味，居住着很多很多中国人。他们因战争生活在那里，隔海眺望着曾经的故土。

我们竟然上了同一次客车，停在树边客运站的那辆客车上坐满了本地人，他们将进入然后抵达一百多公里之外的另一座小镇。他们的现实生活充满了目的，所以，视线变得如此清澈。而我们，我和这名来自岛屿的男人，这是我突想中的感觉。也许他并不是来自一座岛屿，而是来自外省一座繁华的城市。然而，他的音质多么酷似我设想中的从未到达的那座岛屿上植物的轻柔之声。

3

林桂枝紧紧地抓住那枚铜色的纽扣，她只有一个简单的目的：将这枚铜纽扣送给那名救命恩人，或者可能的话，将纽扣缝在恩人的军衣上。军人缺少了一枚纽扣，那么，一件军衣就失去了规范。军人务必生活在规范之中，这是最基本的常识，何况林桂枝读过女子中学。

她怎么也无法设想，当她一回头时，解救她生命的军人已经消失了。如此之快地消失了，使她不知所措地继续朝前走，她要沿着整个缅北往前走，这是众生的出路，也是她寻找军人的理由。

她转眼之间来到了缅北的一座小镇上，在那里居然住着来自中国境内的许多男人和女人。他们一张口说话，她就已经感觉到了一种慰藉，在这个世界上，她并不孤单，因为语言可以让她寻找到交流的机缘。由于又热又累，她不得不住进一座小小的客栈。那客栈用竹篱做成，所以，显得凉爽。在里面，她终于洗了一个澡，当她穿上干净的衣服走到客栈的院落中央时，一棵茂密的芒果树恰好挡住了午后的阳光。开客栈的女人对她说："好日子已经不多了，日本人随时都有可能入侵这座小镇，你孤单一人，很危险啊。"她站在芒果树下晒着潮湿的头发，之前，她的长发，像许多中国妇女一样在婚后都要挽成发髻。而此刻，她的头发散落开来后，她的年轻和娇美显露无遗。

客栈老板是一个中国人，她竟然来自中国沈阳，她说她已经无法在这座客栈了，她的男人在战场。她出走已经6年时间了，她是因为男人而出走，而现在她想去有战火的地区，因为战争笼罩着整个缅北，如果她再继续留下去，有可能见不到她的男人。所以，她想抛下这座客栈，趁日本人还没有进入这座小镇时离开。女人突然盯着林桂枝说："我想把这座客栈让你经营，我知道，你已经陷落在此地，你务必寻找到一种生存的方式，否则你活不下去，拥有了这座客栈，你可以做你该做的事情，如果可能的话，我们就交换，把你箱子中的钱给我，我需要那笔盘缠，我一夜又一夜地梦见了我丈夫……"

林桂枝将箱子里全部的钱交给了这个女人，很简单，她需要留下来，而这也是她从怒江边上出逃的原因之一，她想在另一个地方，一个人们传说故事中经常谈到的缅北，寻找到自己的另一种生活方式。现在，只需要用箱子里的钱就可以交换缅北丛林外一座客栈，所以，她毫不迟疑地拥有了这座客栈。从那时候开始，她想驻足下来再继续寻找将军。那枚铜色的纽扣只在夜色朦胧之中出现过，当她独自一个人时，纽扣在她手心中央轻巧地滚动着。

林桂枝开始以客栈女主人的身份经营客栈时，这座客栈似乎还远离着日军炮弹的侵袭，一批又一批的马帮下榻她的客栈时，她似乎暂时忘记了前去寻找军人的愿望。直到一个马锅头在下榻的客栈中认出了她的容颜，马锅头盯着她说：“你忘记了吗？在怒江边，是你跟上了我的马帮……”那是一个午夜，一个她刚想钻进房间入睡的时刻，四十多岁的马锅头摘下了毡帽，站在了她开始变得凉爽起来的身体一侧对她说：“我一直在寻找你，自从在缅北丛林中失散的那一刻，我就在寻找你……”

马锅头突然伸出手来，强行地、执拗地把她揽进了怀里，随即用手蒙住了她的嘴轻声说道：“不许叫唤，这是战乱时期，女人一尖叫就会引来日本人，而且我务必告诉你，在这个时代，身边没有男人保护，女人就像生活在兽笼里，随时会被野兽所吞没……”男人的力气真大，已经用身体覆盖住了她的身体，男人说：“我想要你，自从你的身体在怒江边上出现时，我就想要你了。然而，我可以等候，我可以等下去。”男人熄灭了灯光，躺在她的一侧，直到男人不再用手抚摸她时她才回过神来。而在之前，她的世界乃至她的身体完全而彻底地被来自男人的气味、声音、手臂所牢牢地揽紧，就连她的嘴巴也被封住，她不能尖叫，就像男人所言及的那样，尖叫是可怕的，尖叫会引来战争；尖叫会导致日军入侵，似乎谁都知道，在缅北小镇，人们不能引吭高歌，歌声已经逝去，人们不能高声说话，声音会像缅北丛林中的瘴气般四处弥漫。

小镇陷入了死一般的寂静，该潜逃的人已经像蛇一样消失了，已经循着潮湿的根须潜逃到了远离战争的世界外面去。应该留下来的人却已经无法离开，比如林桂枝。

当林桂枝像芒果一样栖居在缅北小镇时，这个男人犹如一棵芒果树用枝叶和树干想覆盖她，她对他并不讨厌，所以，她从一开始就不反抗，因为反抗是无效的，女人被男人的手臂和呼吸之声所覆盖时，战争已经离这座死寂的小镇越来越近了。战争带来的恐怖覆盖住了整个 20 世纪 40 年代的缅北，所以，一个男人的身体并不可怕，可怕的是这个男人声明他是用情在寻找这个女人。

所以，从一开始，她的身体就不反抗，因为她已经感觉到这个男人并不会伤害她，也不会摧残她的肉体。从那一刻，那个夜晚来临之后，男人就留下来，他似乎由此可以放弃他的马帮生涯，他可以为这个娇美的女人留在缅北小镇上。他在等候，一夜又一夜地睡在她身边，那场景仿佛是在用他男性的身体建起栅栏，缅北地区到处都是漫无边际的栅栏。

这些用竹篱和枝干围成的栅栏通往居处，以此筑起了道道壁垒。马锅头就是在林桂枝身边的那道栅栏，所以，就在她想翻身、潜进他怀抱时，她听见一阵马蹄声，那是午夜，死寂般的午夜只是静止了两个人的呼吸，因为战事，住客栈的人越来越少了。她贴近了他，她问他有没有听到马蹄声，他的手已经伸进她的乳沟中，他听不见她在说话。然而，她却加大了声音问他，到底有没有听见马蹄声，他不吭声，却开始吮吸着她的乳房。她反抗说：“我问你，你听见马蹄声了吗？”她已经越过了床榻，那张用竹篱编制的床铺满了草席，整个缅北都陷在草席上，在那个时代，整个时代仿佛都在陷落，缅北也在陷落。

她和他的身体置于陷落之中，肉体在这里有可能会深深地不顾战争的挑衅而陷落下去，而且他和她已经躺了很长时间，每到夜晚他们就会顺从于黑夜的法则躺下去，何况躺在他身边已经很长时间了，他在等候，而她似乎也在等候。

他等候作为一个男人的情欲之火可以点燃的时刻，所以，他像一只情兽般静候在她身边，他遗忘了全部的历史，他的马帮队伍已经在他迷恋一个女人的时刻失散，看上去，他似乎都不需要了，他留下来，似乎只想等候她的肉体接受他的那一刻的降临。

而她作为一个女人也在翘首着，没有人能够深入进她的领地中去，每到夜晚，当她躺在凉席上时，就会一遍又一遍地回忆着那个时刻：她极有可能被日军剥开全部笼罩她私处的衣服，她极有可能在日军的强暴之中耻辱地死去。然而，一个男人解救了她，她已经认不清梦在她眼前消失的一刹那，她抓住了他军装的铜色纽扣，他一松手，那颗纽扣就被她抓住了。于是，他像白雾一样在纵深出去的缅北丛林地带上消失了。而纽扣却因此留在她的手掌上。

他消失之前，只留下了一阵马蹄声。噢，马蹄声，整个缅北地区到处弥漫着马蹄声，而且在她进入的马道上，到处都是碗似的、胸乳似的马蹄印。它们是时间，是历经时间所制造的现场之景。而她所聆听到的马蹄声来自她日思夜想的军人，她突然在那个午夜滋生了一种永恒的纠缠她的意向：她这一生注定要去寻找那个男人，她一定要寻找到那个穿军装的男人，她一定要把铜色的纽扣亲手缝在他的军装上。

4

纵深的缅北已经跃入了眼帘，下了客车我就想因此溜走，我不能被那个男人所纠缠住——因为越是枝蔓纵深的缅北地区，才是林桂枝年仅 20 岁时遭遇的种种场景。我之所以追寻林桂枝的故事而来，除了对一个已逝亲人的怀念，更多的是为了仿效她从前的生活方式，以此证明在两种不同的战争里，我们女人活着的多种可能性。寻找林桂枝的足迹之前，我刚告别过一个男人，我之所以告别他，是因为他想方设法地想笼罩我。他从认识我的第三天起就想娶我为妻，就在那段时间里，我认识了丽莎，已近八十岁的丽莎从遥远的英格兰飞到我所居住的城市，在一种极为偶然的环境中，丽莎谈到了 20 世纪 40 年代的那场战争。在很近的距离里，我陪丽莎在那座城市度过了半个多月的时间，正是丽莎改变了我的人生，当她坐在酒吧里向我独自一个人讲述 20 世纪 40 年代在缅北的经历时，她突然叫出了林桂枝的名字。于是，环绕着这个名字，竟然滋生出了第二次世界大战中三个女人和一个将军的故事。丽莎已经老态龙钟，她讲话的语调很缓慢，所有故事都在一个用屏风隔离着的酒吧中讲完了。

我依然在一次又一次地回忆着丽莎的眼睛，那双蓝色的眼睛陷得很深，仿佛已经陷落在缅北丛林的阳光中去，仿佛已打开了屏障。就在那一刻，林桂枝带着她的爱情和情欲一次又一次地出现在丽莎缓慢的讲述之中。在这个世界上，也许只有丽莎可以完整地讲述完林桂枝的故事。

然而，丽莎走了。她在缅北地区患上的类风湿，又复发了，她的身体疼痛得很厉害。所以，她必须回英国去疗养。丽莎离开以后，留下了我。我必须留下来，从那一刻开始，我就开始计划着对缅北进行一次秘密的探访。我想一个人穿越整个缅北，因为在丽莎的叙述中，在她闪烁着的蓝眼睛中，我不仅仅看到了除了林桂枝之外的另外两个异域女人，我还看到了她们陷入战争之后，在不同的时刻陷入到对一个男人的爱情之中去。

遥远战争中的爱情以不可理喻的激情开始前来笼罩我

时，正是我现实中的爱情变味的时刻，那个男人又一次出现在我的屋子里，几年来他已经配制了我房间的钥匙，他已经习惯和掌握了我生活中的一切习俗，甚至他已经习惯了我肉体的那种冷漠。

多年来，我的肉体一直像岩石和冰川一样对峙着他，从一开始是这样，从我们最早认识到他进入我身体内部的那一刻，我的激情就向这个男人尘封着，犹如档案一样关闭在柜子里，被暗锁扣住，怎么也无法启开。于是，丽莎来了，带着来自英格兰土地上的那种沧桑，带着一段不为人知的妇女生活的秘史，这意味着我的私人生活必须被全部篡改。

首先，我告别了现实中的男人，他似乎痛不欲生，然而，他依然显得彬彬有礼地把钥匙放在桌上，他似乎并不恼怒——也许这正是我无法爱上他，对他产生燃烧般的激情的原因之一。于是，我动身前往缅北，我有一个暂时无法公开的秘密：在丽莎的叙述中，我已经不知不觉地开始像三个女人一样陷落，难道我像三个女人中的两个女人一样爱上了那个将军？

出发之前的那天晚上，我买了一束红玫瑰插在花瓶里，我还点上了蜡烛，独自围坐在玫瑰旁边：陷落在 20 世纪 40 年代的那位将军喜欢玫瑰吗？我久久地思考着这个问题，不如说我想把那束玫瑰献给遥远战争中的将军。这一场景是我生活中的秘史之一，然而谁也不可能看见那一刻，因为黎明很快就降临了。

我已经来到了缅北地区，转眼之间，我已经溜走，既然我在寻找林桂枝的故事之谜，那么我必须像野狐一样在林中穿行。我愿意并仿效着 20 世纪 40 年代的林桂枝独自行走。突然，我感觉到什么东西爬到了我身上，浑身上下都被什么东西所吮吸，我弯身一看，噢，蚂蟥。这些被丽莎一次又一次讲述过的缅北地区最为肆虐的蚂蟥，它们通常在雨季大面积地繁殖，它几乎跟瘴气一样会置人于死地。我狂奔出林带，眩晕过去，等我睁开双眼时，旁边晃动着第一张脸，第一张脸竟然是那个年轻的男人，之后，我知道了他的名字，他叫克南，是他将我救了出来，把我送到旅馆时，在当地人的帮助下，他们用一种魔法取走了我肌肤上的全部蚂蟥，从而让我的生命留了下来。从那个时刻开始，我就难以摆脱克南的影子了，也许是因为他救过我的命。

蚂蟥的传说在缅北地区是一件很平常的事情，也许在雨季，四处穿行着的蚂蟥已经成了当地人随处可见的风景和事物。当我趴在旅馆的露台上朝下观望时，我看见了一个老太太，她的苍老吸引了我的视线，我说过，在缅北旅途中，只有历尽一切苦难的事物和人才会吸引我的眼球。

院落中坐着的老太太靠在一棵榕树下面，我之所以站在露台上，是因为那棵巨大无比的大榕树像长出了无数绿色的手臂，像是想伸到蓝天的最深处去，触摸到太阳和黑暗为之交替的奥秘。

任何奥秘所言及的那种破碎之美如今正凝固在倚依着树影的老人的脸上，那是一张由碎片所镶嵌的脸。我穿过露台下了楼，老人的牙齿已经掉了三分之二，残留着的牙齿竟然显得与年轻人一样洁白。我一出现，她就仁慈地笑了笑，我从包里的笔记本中抽出一张已经过了塑的照片，我把照片递给老人。

如果她看见照片后目光颤动的话，那么证明她一定见过照片上的女人。等候是一根环绕我身体的缰绳吗？当我从母亲那里巧妙地得到这张旧照片时，我知道，我的缅北之旅已经增加了佐证。照片上的女人就是我母亲的母亲，她出嫁之前的老照片俨然是一个充满着幻想的青春女孩，她穿着丝绸裙裾和绣花鞋，梳着油亮的辫子，很难想象她会跑出来，从裹着一匹又一匹丝绸的前花园和后花园中潜逃出去。

老太太的目光久久地停留在已经变黄的照片上，她质疑的目光使我从笔记本中抽出了第二张照片，那是一张穿着军衣的照片，相片上的女人剪着短发，微笑着。老太太的目光开始颤抖着，突然叫出了林桂枝的名字。一个久违的名字，被老太太哆嗦的声音所呼唤着。这无疑是一种惊喜，老太太伸出双手抚摸着我的脸，感慨不已地点了点头。在之前，我已经学会了基本的缅语，我理解并听懂了她战栗的缅语，意思是说我的脸太像当年林桂枝的脸了。

她仰起头来看着那棵榕树说道：“当年，你的奶奶林桂枝就曾经住在这里……”她的缅语显得断断续续。这是上了年纪的老人特有的共性：他们的声音细如游丝，时间消损了他们从前悦耳动人的音质。在这里，时间可以消损任何东西，即使是石头也会在时间中变形。

在老人断断续续的语调中有一种现实开始越来越得到了确证。林桂枝当年经营的那座客栈就在这里，在这棵榕树下面。不过，它已经消失不见了。它已经被日军的炮弹夷为平地，就连这座小镇也难逃劫难。老人就像这棵大榕树一样活了下来，林桂枝却没有活下来。

对于我母亲的母亲来说，她似乎不愿意活得太长，因为她的整个生命已经献给了在战争中她所追随的将军，她走遍了整个缅北，只为了一次又一次地在一个将军看不见她的地方——看一眼将军。此刻，一双手搭在我肩上，这是克南的手，他的手显得太灼热，而在这一刻，我所需要的却是凉爽。我很想让老太太用她断断续续的声音描述林桂枝当年经营客栈的一些细节，一个局外人看到的细节，也许比丽莎讲述的故事更真实一些。然而，老太太的孙子走过来了，在热带的阳光下，老太太的孙子告诉我说，老人患有严重的心脏病，好几次她都因为激动快停止了呼吸，所以，让我们理解老人的处境：因为任何一种起伏波动的回忆都会令老人的身体抽搐不已，都会令老人的心脏不适，所以，我放弃了打扰老太太的愿望。

我站在大榕树下，身后站着克南，他像是在保护我，又像是在理解我抑制住的冲动。我感觉到心口很沉闷，决定回房间去休息一会儿。克南到外面去了，他到小镇上为我买药，当我经过他房间门口时，我被一幅照片吸引过去，那幅照片放在黑木镶成的镜框中，端正地放在床旁边的桌子上。

5

马蹄声带来了从黑夜深处像潮水般涌入小镇的中国远征军时，林桂枝已趴在窗口，她是一个预言者，几天前她听到了那阵阵马蹄声，已经越来越清晰地贯穿在小镇的石板路上。她欠起整个身体，她有一种预感，那个骑一匹黑马的军人快要抵达小镇了。站在她旁边的男人似乎在这一刻距离她很遥远，他自然不可能理解她内心的烈火。

马锅头当然不可能知道：当一个女人陷落于日军的围困之中时，当一个女人的衣服就要从肉体上滑落而下时命运被改变的结局。这个结局占据了她的大脑，她一回头就看见了他，是那永恒不变的一刹那，决定了她要寻找到他，同样是永恒不变的真理。

马蹄声越来越逼近她的视线时，一支军队已经入驻了小镇。她慌乱之中奔向楼梯，他在她身后叫唤道：“桂枝，桂枝，你还没有梳理头发。”她听不见这声音，她什么都听不到。在一支队伍中，她见到了许多张被她梦见过的似曾相识的面孔；在许许多多张面孔之中，她似乎已经寻找到被猜测和短暂的记忆所提炼出的一张面孔。

然而，她一次次在否定着，就在这时，几个年轻的军官走近了她，与她商量让军队住在她客栈中的事情，在三个接近中年的军官脸上，她力图再现缅北丛林深处的那张脸，那张脸是唯一的、不可代替的，也不可变模糊的。她确认着她记忆中的唯一的脸，突然间，她看见了一个高大的军官，他的高大从一开始就让她感到眩目，她从未在她的生命中看见过如此高大而英俊的男子。镜头似乎在眩目中向后回转，像一阵逆流沿着记忆中的河川而上，她要回过头去，她要用最快的速度回到那个瞬间，回到日军即将剥开她内衣的耻辱时刻。

她在那一刻似乎想抓住任何东西：比如，能够抓住一片芭蕉叶也好啊，怒江坝子中的芭蕉叶类似绿色的扇面，又像葱绿的屏风，如果有一片芭蕉叶暴露出罪恶。比如，她如果能抓住地上盘旋而出的根茎也好啊，那些错落起伏的热带植物的根茎也许可以被她抓在手上，变成鞭子，让她猛烈地抽打出去……然而，在那一刻，她被推倒在地上，她真希望大风呼啸而来一阵瘴气，让自己的肉体被一阵瘴气带走也好啊。

任何东西在那一刻似乎都已经离她远去，她的双手战栗着、哆嗦着，她的身体即将沦陷下去，在看不见底的下面，是地狱。是一个军人改变了她的命运，她手伸向他的军服，她在惊慌失措中想永久地藏在他的怀抱中，在后来的回忆中，她一遍遍地回到这个时刻，她似乎愿意为这个人世间最为珍贵而短暂的时刻，去赴汤蹈火。

她离军官已经很近了，突然她听到了一个侍卫的声音，那侍卫叫了声将军。她的胸脯又是一阵战栗，天啊，拯救她的军人竟然是一名将军，他如此年轻就已经做了将军。她本想走近他，告诉他说他曾经救过她的生命。而此刻，她后退着，她开始变得胆怯起来。她退回从前的地方，她开始仰起头来看将军的脸，那张脸上已经出现了被缅北阳光晒下的痕迹。她对自己说：将军需要植物油，缅北人为抵抗日晒的痕迹，经常自己研磨一种植物，然后与蜂蜜融为一体，涂在脸上，皮肤会得到一定的保护。

她还看到了将军显得困倦的眼神，于是，她对自己说：将军缺乏睡眠，如果将军能够好好睡上一觉，将军的眼神一定会变得清澈和明亮起来。接下来，将军竟然走近了她，然而，将军走向她只是与她更进一步地商量部队在她客栈设置指挥站的事情。她睁着双眼，在那一刻，她的眼睛里回旋着犹如木棉花一样的色彩。她对自己说：将军就要认出我来了，不错，将军就要猜出我是谁了。她被这种动人心弦的相见激动着，她不住地点头，将军与她商议任何一桩事情她都会接受，哪怕，将军让她去死她也愿意，将军的眼睛一直在盯着她，她也在盯着将军的眼睛：如果这两双眼睛能够在缅北小镇相遇的时刻，能够像林桂枝般期待的那样，彼此相认，那么，林桂枝的命运也许会被改变。

将军的目光已经从她脸上移开了。将军并没有认出林桂枝到底是谁？这是一个令林桂枝失望的时刻，尽管如此，她却感到喜悦，因为不论如何，她已经寻找到将军了。她已经看见了将军身上那件缺少一个纽扣的军服。为此她毫不置疑地对自己说：我会让他认出我是谁，我们还会有时间在这个世界上彼此相识的，因为我们离得是如此近。

她被这种惬意的满足所占据着，从那一刻开始，她就在客栈中忙碌着，她把所有的房间都交给了远征军的指挥部，她拒绝了所有想在客栈居住的客人。就这样，她的缅北客栈穿行着穿军服的男人，穿行着那种令她激动的脚步声。

那是一个下午，西移的阳光下坐着将军，在较为隐蔽的院落里，散发出芒果成熟的香味。她推开窗户时看到了将军，他独自一人坐在院落中央，将军正在脱去外衣，林桂枝的心又开始了一阵战栗：这是一个多好的机缘啊，如果在这一刻能够把将军的外衣抓到手，那么，她就可以用最快的速度把那枚落在她手上的铜色纽扣缝在将军的外衣上了。

而就在这刹那间，将军的身边竟然出现了一个女军医，一个三十岁左右的女军医，她背着药箱，她一出现，林桂枝的身体就哆嗦了一下。难道将军病了，需要女军医过来治疗。她站在窗口，她并不想全面地暴露自己，因为她知道站在窗口窥视将军的日常生活并不适宜。

然而，除此之外，她已经寻找不到别的方式了。她就是想接近将军，她总是带着那枚铜色纽扣，她在寻找机缘。因为，她知道，将军总是在忙碌着，将军一钻进房间就不出门，现在是一个多好的机缘啊：西斜的阳光恰如其分地照在将军的脸上，看上去，他似乎已经恢复了体力，他的眼神开始明亮起来，将军穿一件衬衣正坐在竹椅上。缅北地区用手工制作的那张竹椅晃动着西斜的阳光。

女军医已经掀开了将军的外衣。林桂枝屏住了呼吸呆呆地看着。女军医拿起了一只竹夹子，夹子中晃动着洁白的棉球，正在伸往将军的身体后背上，随同女军医将将军的衬衣拉得越高，将军的背就越是裸露出来。

噢，林桂枝看到了弹孔，总共是 13 个弹孔，她站在半掩映的窗幔中，她的热血在奔涌着：她数清楚 13 个弹孔以后，她的眼睛开始潮湿了。她不住地抑制那些即将滚动而出的泪花，仿佛在用整个身体抵抗着那种心痛。女军医将一层中药涂在将军的背上，然后用白纱布封住了伤口。

白衬衣盖着将军的 13 个弹孔。这个瞬间似乎使林桂枝窥视到了将军身体中最大的秘密，这个秘密是疼痛和创伤。她擦干净了无法抑制的眼泪想离开时，马锅头不知道什么时候站在了她的身边。他问她为什么会哭。男人突然揽紧她的腰说："看起来，战争会越来越逼近这座小镇，我们不如尽快地离开这里吧。"她迷惘地抬起头来问男人："我们能逃到哪里去？"

男人说："只要你跟我走，我就能带上你去一个没有战争的世界，比如，我可以带上你回我的老家，那座桃花山永远与战争无关。"她笑了，她的笑泄露了她内心的坚定。

男人看到了她内心的坚定以后对她说："我已经发现自从远征军来了以后，你的目光就变了，你眼神从未像这样充满过期待。刚才，我已经看见你了，你从窗口窥视坐在院子里的将军，但你并不知道，我也站在门外窥视你……"

林桂枝内心的秘密仿佛被戳穿了，她的脸上充满了恼怒，从那一刻开始她知道站在她身边的这个男人再也不可能有任何希望赢得与她的肉体和灵魂相溶的那一刻了。也就是从这一刻开始，她对自己说：永远永远，我再也不可能躺在这个男人的身边度过缅北的漫长黑夜了。即使我被这个世界中所有的黑暗所笼罩着，我也不会再一次躺在这个男人身边。

6

那幅照片出现了将军上半身的形象。这幅照片是丽莎很久之前邮寄给我的，这是丽莎在缅北战争中为将军拍摄的一张照片。那么，为什么在克南的手里会出现将军的照片呢？这是一个让我费解的秘密。

为了研究这个秘密，我决定保持与克南的关系。克南已经从镇里回来了，我潜回了自己的房间，我躺在床上，克南进了屋，他依然沉浸在焦虑之中，这是一个细腻的男人。当我佯装躺在病床上时，他往杯子里倒了开水，并嘱咐我要尽早地服药。我盯住他的面孔，带着将军的照片的克南到底来缅北做什么？他靠近了我的床，凉席上散发出来的是属于我个人的气息，它不顾一切地越过我薄薄的内衣，在这缅北小镇的旅馆中荡漾着的是暧昧。

于是，我想起了林桂枝，我母亲的母亲，那一夜，她藏在窗口的窗帘下面，看见将军背上呈现出来的 13 个弹孔时，一定受到了强烈的惊吓，尔后是强烈的震动。也许就是在那一刻，或者是在之前，当林桂枝抓住那枚铜色的纽扣时，她就已经爱上了那个陌生的将军。

我拉上窗帘，我想体会林桂枝的那种感受：如果在窗帘之外，在西斜的阳光下，出现了一个将军，他一定会出现在 40 年代的缅北，因为时间很重要。回避这个时间、这段历史，那么，将军是不会出现的。也就是说，时间、地点应该回到缅北，此刻，我什么都看不到，西斜阳光的照耀之下，只是一根晾衣绳上的衣服，我看到了克南的白衬衣，它晾在晾衣绳上，在风中晃动着。

我看见克南出了庭院，他会到哪里去呢？在这样一个时刻，他的独自离开，引起了我的警觉和注意，我不知道，为什么要盯住克南不放手，难道仅仅是因为他身上深藏着与我同样的照片吗？

我出了门，眩晕和不适已经离我而去，因为我还年轻着。我想起了丽莎的声音，那声音虽然发自一个八十多岁英国女人的声带，那衰老不堪的声音却在那一刻告诉我说：在缅北，在同样的环境、地点，在恶劣的野人山区的瘴气之中，在日军的刺刀之下，却有两个年龄不同、身份不同的女人暗恋过他们的将军。于是，我加快了步伐，我终于捕捉到了克南的影子。

现在我有一种新的发现。克南的影子竟然如此高大，而且肩膀很宽大，克南来到了一家照相馆门口，他在门口沉思了几秒钟之后走了进去。奇怪，他到照相馆去做什么？他进了屋，我站在门外玻璃橱窗的外面，在玻璃的里层挂着一张稀疏的竹帘，在缅北，家家都悬挂着类似的竹帘，以此来遮挡太炎热的阳光，或者无所不在的蚊蝇。

当我把脸贴在玻璃上时，我看见了镶嵌在玻璃上的一幅照片：这是新式的远征军制服，穿着制服照相的看上去都是一些年轻的男人。这是一个很意外的发现，现在我才看见了门匾上写着缅语，那些弯曲的符号告诉我说，这是一家从第二次世界大战开始之前就存在的老照相馆。而且，至今它一直保持着拍摄旧式照片的风格而存在着。我的目光往里搜寻时，竟然看见了克南，他正在换装，他穿上了一套远征军军服——确切地说是林桂枝当时所爱慕的将军身上的服装。一个趿着凉鞋的男人正为他扣上纽扣，那一枚铜色的纽扣，那曾经被林桂枝用生命和灵魂所抓住的纽扣出现在眼前。

宽大的军用皮带系住了克南的腰，他面对着镜子，当然没有意识到在窗外、在竹帘之外的我，借助于小小的缝隙已经看到了他的全貌，犹如当年林桂枝在窗帘下窥到将军身上的 13 个弹孔时战栗不休，我之所以战栗是因为我感觉到克南的眉宇、鼻梁、开阔的面孔太像一个男人了。一个似曾相识的男人，并不在我的俗世生活中。然而，他却时时刻刻紧贴在我的箱子里，他在回忆中出现，他被林桂枝追赶着，当然也被我寻觅着，他就是将军，那个背上有着 13 个弹孔的将军。

后来我知道了，是日军把子弹射入他的背上，他差点送了性命，然而，凭着勇气和毅力，他活了下来。那年他年仅 32 岁，却已经是一个用身体承载 13 次生死考验的人。有一枚子弹——直到林桂枝出现在窗口时，依然深藏在他的皮肉之中。所以，那枚子弹片折磨着他，尤其进入了缅北地区，潮湿和阴晦的天气总使将军的身体不适，一阵又一阵无法抑制的疼痛向他袭来时，女军医给他的肌肤擦一些草药，这样可以暂缓疼痛。尽管如此，疼痛却长久地伴随着将军。

照相馆的摄像师已将镜头对准了克南，他穿上了当年远征军穿过的服装，难道他试图把自己变成当年的将军吗？难道克南也在仿效那些英雄的表象吗？我屏住了呼吸，在克南离开照相馆之前离开了。

那天晚上，我和克南沿着已经开始变得凉爽的小镇走着。在一棵芒果树下，克南却开始转过身来拥抱我，我没拒绝，或者说我已经等待这种拥抱很长时间了。我闭上双眼：我已经进入了林桂枝的时代。我宁愿属于那个时代，因为我已经像当时的林桂枝一样爱上了那位将军。自从林桂枝站在窗幔的缝隙，那微不足道的缝隙敞开了一个世界，出现了将军背脊上的13个弹孔时，我就已经爱上了将军。也许更远一些，自从我母亲的母亲林桂枝即将被日军剥开内衣、遭遇到凌辱时，她回过头来扑进将军汗淋淋的怀抱时，当她战栗在短促之中，交织着阵阵惊恐、喜悦和苦涩时，在她的手猛然间抓住铜色纽扣时，我已经爱上了将军。我想，在那样一个时刻，任何一个女人都会爱上这样的将军。

我闭上双眼，不住地回想着那些背脊上疼痛不堪的弹孔，想着铜色的纽扣，想着林桂枝和她的客栈……就这样，我伸出双手，触摸着克南，我不睁开双眼，因为现实会让我清醒起来，我不要现实，我只要迷惑和怀旧式的生活。

我们回到旅馆，这就是当年林桂枝所拥有过短暂时光中的旅馆，正是由于它的存在将军出现了。然而，尽管林桂枝想方设法地出现在将军面前，将军却怎么也没有想起来，这就是他从日军的枪口下拯救出来的女人；这就是扑进他怀抱，抓住了他一枚铜色纽扣的女人。也就是在这一刻，丽莎出现了，还没等林桂枝想出更多的办法吸引住将军的目光，让将军回忆起在缅北丛林中的那一瞬间，另一个女人——一个来自缅北丛林的女人带着她金黄色的卷发、带着碧绿的大眼睛和高鼻梁出现在她的客栈。

而我，生活于 21 世纪初期，我在这个世纪，我离他们到底有多远，这遥远是我的双手无法超越的。然而，克南就在眼前，他为什么带着将军的照片，他的脸为什么酷似将军的面孔？尤其是他站在照相馆穿上当年远征军的军服时，他多么酷似当年的将军啊。我被这种无法解开的谜团笼罩着，在那个午夜，我推开了克南，我知道，他不可能是当年的将军，他是如此年轻，当我的双手触摸着他的背脊时，我感受到了他光洁的背脊。所以，他的背脊不可能有 13 个弹孔。因为在这一刻，在这样一个晚上，我已经进入了当年林桂枝所进入的生活，简言之，我爱上了将军。

克南已回到他的房间中去，只留下了我。我下了楼，在丽莎的描述中，或者在林桂枝的生活状态中，她们二者都与战争相牵连，她们二者都必须与心爱的将军有纠缠。

那天后半夜，那个经历了第二次世界大战的目睹者，那个我在旅馆的大榕树下曾经相遇的老太太猝死于心脏病。所以，我在那个有银色月亮的光影之下，感觉到一种喘息。第二天，整个缅北小镇都已经获悉了老太太的死亡。我把头陷得很深，恰好克南走近了我，我无法抑制悲痛，因为在我看来，只有老太太是我刚刚认识的可以为林桂枝故事提供线索的人。而她竟然死去了，又一个老人，一个目击者离开了我们的生活。

7

林桂枝已跟马锅头分居，事实上，之前，他们虽然同居着，然而彼此的身体却远离着。林桂枝之所以与这个男人分居，是因为男人想剥离开她的视线，这是她无法忍受的现实。所以，她一提出分居时，男人说道："既然如此，你不让我留在你身边，我留在缅北又有什么意义呢？"

马锅头读过几年书，而且闯荡过世界几十年，他有充足的经验告诉自己：是离开林桂枝的时候了。而且最为重要的是他讨厌战争，是战争使他陷入此地，他想回去寻找马帮队伍。他离开林桂枝的那个凌晨，并没有把林桂枝从暗夜之中唤醒。他的悄然离开，让林桂枝难受了好几天。然而，她知道，让这个男人远离她的生活，只有这样，她才能尽可能地接近将军。

从英格兰的传说和故事中飘到缅北小镇的战地记者丽莎，在一个上午出现在林桂枝的客栈门口，丽莎从一开始就盯着林桂枝用中国话说："你好，这是远征军的指挥站吗？"她点了点头，她根本就没有想到丽莎竟然会说如此流畅的中文。这是她头一次见到异域女人，她热情的身体扑动着，她的热情让丽莎很吃惊，丽莎对她说："整个缅北都在沦陷之中，我很难看到缅北的女人们脸上挂着灿烂的微笑，你是我在缅北见到过的最漂亮的女人。"林桂枝羞涩地微笑着，她把丽莎带到将军面前，将军惊喜地走上前来握住了丽莎的手，他们的手握得很紧，握了很长时间，以至于林桂枝感觉到从他们的握手中传递出来一种力量，它撞击着那个上午迷人的阳光。

噢，丽莎，丽莎，她的出现竟然给将军带来了林桂枝无法想象的生活，现在，丽莎已经坐在将军办公的房间里，门掩上了，侍卫站在门外，林桂枝只能从另一个方向，远远地窥视着那道门。几小时过去以后，门打开了，丽莎竟然陪同将军到小镇走一走。

林桂枝走在后面，她是多么羡慕丽莎啊，只有她可以如此从容地与将军走在一起。他们已经来到了江边，岸上矗立着一棵高高的芒果树，他们沿着江边缓慢地行走着，侍卫走在后面，林桂枝走在侍卫的后面。他们走了很长时间才返回了客栈，林桂枝当然是第一个返回客栈的，她想为将军做一件事情：亲自为他烧一桶温水，因为将军已经有好几天没有洗澡了。

她的眼球被烟熏着，她站在冒烟的铁锅旁边，那一刻，林桂枝心无旁骛地只为了做唯一的事情：她要尽快让将军洗上一个热水澡，她要亲手调配水温，她要亲自去叫唤将军，到她客栈的沐浴间去洗澡。

她好不容易烧热了温水，她拎着铜壶一次又一次地往返于沐浴间时，丽莎出现了，她惊喜地说："这里竟然能洗澡，真是太好了，我已经有好多天都没有洗澡了。我的身体已经被缅北的汗水黏住了，你可以让我洗一洗澡吗？"林桂枝无法拒绝丽莎，她迷人的蓝眼睛转动着，转眼之间已经跑到沐浴间去了。

这是缅北地区最简易的沐浴间，里面无非置放了一只木桶而已。木桶里蓄满了水，人就赤身裸体地躺进去，丽莎在沐浴间脱衣时，水还没有完全地蓄满，林桂枝拎着铜壶一遍一遍地往返于其中，只为了把已经烧开的水拎到沐浴间去。

这时候，丽莎已经脱光了身上的衣服，林桂枝惊讶地，并且是有些恼怒地看着丽莎，丽莎的胴体裸露着，是那样的迷人。丽莎说："我们一块洗澡吧，在缅北洗一次澡可真不容易啊。"

确实，在缅北洗一次澡可真不容易啊，就连经营客栈的林桂枝也已经有二十多天没有洗澡了。丽莎已经掩上了门，然后这个碧眼的女人走上前来帮助林桂枝脱衣。面对着宽大的木式浴桶再加上对丽莎的恼怒，林桂枝就留在了沐浴间。这样，来自中国怒江边小镇的林桂枝与来自英格兰的战地记者丽莎融入了第二次世界大战中一只缅北的木桶中，她们从这次洗澡开始，突然产生了亲切的依赖感，那是两个女人之间肌肤的柔波荡漾，两个女人欣赏着彼此的胴体之美，林桂枝慢慢地平息了那种恼怒，甚至忘记了让将军洗澡的事情。

洗澡间的热气弥漫在两个人的面孔前，丽莎突然对林桂枝说："你知道洗完澡我会去哪里吗？我想跟将军约会……"林桂枝的呼吸起伏着。"约会"这个词汇来得如此热烈，这是她头一次听见这个词语，丽莎感觉到她的疑惑，便解释说："约会就是去会见将军，我就想与你们的将军站在缅北的夜色中看星星……"林桂枝裸着双臂站在这个英国女人的身边，这个女人的乳房出奇地饱满，高高地挺立着，仿佛在期待着什么。她突然看见英国女人和将军的这场约会，她的期待似乎来得如此快，比英国女人的丽莎更为强烈。

她穿上了衣服，不过，她穿衣服的速度显然比丽莎更快，她想起来了，在这间隙，在夜晚未降临之前，她想起来了，还要让将军洗澡。这个早就已经从她现实中产生的现实，仿佛臆想症一样如此狂热，在她穿衣服的速度之中上升着。她越过了丽莎的目光，她似乎还沉浸在自己的裸体生活中，在这个国度，她一点也没有被第二次世界大战的阴郁笼罩而放弃欣赏并抚摸自己的裸体。

林桂枝不是丽莎，在她洗完澡时，浑身已经干净得像水狸，或者凉爽得像树枝、青苔。这时候，她却越出了丽莎的自我世界，因为那个世界或许依然被从木桶中上升的水雾所弥漫着，可她不是丽莎，她此刻一定要去为将军烧洗澡水：让将军洗一次热水澡已经成了她今天最重要的必须要做的事情。她支好了炉架，往炉子里掷了柴火和煤块，炉火开始燃烧的时刻，她感觉到了一道影子在窗外，离她很近，她屏住了呼吸，竟然是将军站在窗外。

将军看来已经站在窗外很长时间了，这意味着将军已经看见了她投掷柴火和煤块的过程，那个时候的她，整个身体都趴在地上，因为煤炉的火焰起初很小，她就趴着，仿佛在窥视世界上最微小的火焰把整个世界映得一片火红。

她的眉宇之间有一点煤印，将军把手帕递给她说："打扰你的生活已经很长时间了，你把整个客栈交给我们，不知道该怎样感谢你。"她紧紧地抓住将军的手帕，低声地说："再过半个小时，请你到沐浴间洗一次热水澡，可以吗？"将军有些惊喜地说："哦，你是在为我烧洗澡水，是吗？"她点了点头。将军说："我也已经有很长时间没有洗澡了。"她感觉到一种从未有过的兴奋，她让将军去收拾一下衣服，洗澡时她会叫他的。于是，她突然忘记了把手中的白手帕还给将军，她并没有用手帕擦脸上的煤迹，如此干净的手帕，去擦煤灰似乎不合时宜，她将手帕叠好，放在自己的衣袋里。现在，她手里已经有纽扣和手帕了。这两样物件，已经让她着迷。

当她把将军唤到沐浴间关好门窗时，在过道上遇到了丽莎。丽莎问她有没有见到将军，她告诉丽莎说将军正在洗澡，在那一刹那，丽莎不断地自语道："将军正在洗澡。"这句话似乎被丽莎自语了不下三遍。林桂枝盯着丽莎的脸，那双碧蓝色的眼睛也许会迷惑将军的吧，她问自己，男人看见丽莎这双眼睛时，一定会迎着那碧蓝色的水波而上的，男人一定无法越过水波而去。

林桂枝读过几本文学书，她知道令男人着迷的东西开始时不是肉体，而是一个女人的神秘。丽莎是神秘的，她已经穿上了一套乳白色的裙裾，而且从她身体中已经散发出一种香味，这是来自欧洲的水在她脖颈上的弥漫，如同水波般回旋着。她盯着丽莎，丽莎突然神秘地对她说："你跟我来啊。"于是，她就跟着丽莎，丽莎还把手伸给了她。

丽莎带着她上了台阶，已经站在沐浴间的窗口，丽莎说："你可千万别叫啊，你知道将军的背脊上有 13 个弹孔吗？"丽莎突然把脸贴在窗户上面，林桂枝的呼吸似乎被巨大的石头猛然间覆盖住了。她惊讶地看着丽莎，站在窗外窥视着将军洗澡的场景。她对自己说："只有这样的女人有可能去跟将军约会，因为她是如此无所顾忌。"

8

林桂枝看见了丽莎无所顾忌的真实面孔时，便抑制住了全部呼吸，跑回到了自己的房间，她把窗户关严了，将自己蜷曲在一团暗影之中，然后对自己说："丽莎可以勇敢地站在窗口窥视将军洗澡时的场景，而你却不能，所以，你是没有希望了，丽莎一出现，你就已经没有希望了。"

林桂枝突然又钻出了房间，她是不肯罢休的，何况她已经听说用不了多长时间，将军将带着部队离开这里，所以，她能够见到将军的时光已经很短暂了。她钻出了由她心理所设置的一层层屏障，她又遇上了丽莎，丽莎又一次神秘地把她叫到自己的房间对她说："你刚才跑掉了，作为女人我想看到将军作为一个男人身上的 13 个弹孔……"丽莎碧蓝色的眼睛闪烁着："我已经看到了，在之前我听见了关于将军一系列的传说，关于他的婚姻、他的身体的弹孔等。我终于赶到了缅北小镇，我见到了将军，从那一刻开始，我似乎就在寻找将军的弹孔在哪里？谢谢你把将军叫到了洗澡间来……作为女人我已经看到了那些弹孔，其余的我似乎什么都看不到，你知道，在那一刻，泪水模糊了我的眼睛，使我无法再清晰地看到他的裸体……"

丽莎和林桂枝在那一刻，陷入对一个男人不同的幻想和期待之中的场景，一次又一次地出现在我眼前。哦，男人背脊上的 13 个弹孔，被两个不同国籍、不同身份的女人在不同的场景中已经窥视到了。而此刻，已经到了拂晓，克南和我已经进入野人山。为此，我们已经备好了指南针、药品、干粮、睡袋、气枪和子弹等东西。更为重要的是我们已经准备好了我们之间可融为一体的精神，在这里，精神虽然是一种看不见的东西，却可以触摸到。

当我一遍又一遍地躺在缅北漫长的黑暗之中，看见丽莎和林桂枝在两扇不同形式的窗户中，窥视到一个男人背脊上的 13 个弹孔时，我的眼睛已被泪水笼罩过。那些晶莹的泪水流向了面颊，我在那样的一个时刻，像两个陷入第二次世界大战的女人一样，一点一点地已经为男人着迷。

因此，野人山特殊的地理环境以及它的传说吸引着我们。也许野人山跟丽莎、林桂枝还有菊池贞子有关系。也许野人山就是将军在 20 世纪 40 年代用身体穿越的山脉。所以，去野人山已经占据了我们的精神生活。

凭着地图册，这是一份用细腻的、准确的线条勾勒出的地方图册，它的名字就叫野人山。当我们朝着野人山的路线出发时，并没有很快地感觉到传说中的阴霾和恐怖。我们进入了越来越潮湿的密林中时，克南对我说：“如果你感到害怕时，可以随时呼唤我。”

恐惧还没有产生之前，我就已经翻拂过远征军进入野人山的全部图片，那是一组组悲壮的图片。瘴气和毒蛇盘旋在其中，一具具尸骨已经被蚁群和蚂蟥吞噬。远征军的许多官兵要么在野人山饿死，要么病死，能够活着走出野人山的人少之又少。克南突然嘘了一声：“别惊动它！”我顺着克南的目光看去，一条蛇横卧在草丛中，我和克南在进入野人山之前已经交流了我们学会的基本常识：比如，在野人山遇到一条蛇和一只困兽时，千万别惊动它们，它们对你的存在就视而不见。有人说，蛇和野兽的眼睛都是看不到人的，它们只是凭着声音和气味来袭击你。

突然，我和克南都在同一时刻感受到了一种奇怪的响声，克南贴近我说：“别动，也别害怕，这就是我从父亲的父亲的日记中看到的一个时刻。”我在突如其来的惊恐中仰起头来看着克南的脸，然而，还没等我从那张脸上看见什么表情，犹如风呼啸般的声响更剧烈地扑面而来，克南突然抱住我，对于现在的我来说，克南的任何一种拥抱都是一道道坚实的墙壁，可以挡住那令人恐怖、惊惧的呼啸之声。

在这一刻，我并没有像我想象中的那样无畏，我的头越来越缩进了他的怀抱。想想吧，如果旁边没有克南的身体，我会变成一个微不足道的可怜虫，我会尖叫吗？尽管常识告诉我说，在这里，尖叫是可怕的。

一条大蟒蛇就像克南从父亲的父亲的日记本上看到的那样已经扑面而来。我虽然浑身战栗不休，仍然渴望着见证当年袭击中国远征军的那条大蟒蛇，从高高的野生枝蔓中扑面而来，它身体的每一次翻滚都可以扑倒一大片野生的枝蔓、野生的荆棘、野生的花丛，并留下深深的痕迹、带着阵阵的腥味。我不断地提醒自己：这是一个静止的世界，既不能动也不能叫喊。就像我们遭遇的世界，叫喊是无用的，就像当年林桂枝陷落在日军的刺刀之下，如果将军不出现，林桂枝当然只可能死。

我身边有克南，他虽然不是将军，却使我对他的存在、对他的身体充满了信心。就这样，我像当年的林桂枝一样扑进了克南的怀抱，不同的是我抓不住将军军装上的那枚铜色的纽扣。大蟒蛇朝着我们身边的一片树丛继续翻滚而下，由于我们学会了保护自我，又没有前去惊动它的生活，所以，大蟒蛇在朝前翻滚而下的速度中，并没有伤害我们。

之后，我们依旧在恐怖之中紧紧地拥抱着，我们似乎仍然沉浸在这有惊无险的结局之中。也许我们已经真正地进入了野人山。这里的美，这里危机四伏的美让我们着迷，同时也让我们的身体成为亲密的伙伴。当我抬起头来时，对于我们的目光来说，这是一个令人激动的时刻：因为我们已经看见了野人山那座土坯屋。是啊，在传说中，这土坯屋曾经是远征军临时的卫生急救所。那是一个妇女的世界，正是在这里，丽莎和林桂枝目睹了世界上最悲壮的一次又一次的死亡；正是在这里面，林桂枝穿上了军装，度过了她一生中红色的时光。

克南说，在父亲的父亲的日记本上，他看见过这座土坯屋，属于野人山的土坯屋只有唯一一座，它就在这里，也就是在这里，克南不间断地谈到了爷爷的日记，在那些显示越来越旧的纸页之中，一定潜藏着我无法进入的秘密。当我们挪动到那座土坯屋时，我们已经感觉到了光线越来越暗淡。

也就是说，我们已经送走了日落。我们不得不升起炊烟，在墙角竟然能看到一些曾经升起过炊烟的痕迹。我用手触摸着那些褐色的墙壁，如果能够在此寻找到当年将军出生入死的痕迹，那么，这座土坯屋就一定会散发出魔法般的美。

克南找水去了，这也是他在爷爷的日记中所发现的生活吗？他执意要去找水，他说我们身上备用的水并不多，应该留在最危险的时候用，他不断地言说着那个最危险的，或者是最为困难的时刻。很显然，这个时刻还未降临。我生起了火，缅北山区并不缺乏柴火，在不远处就可以寻找到落到地上的枯枝。暮色开始渐渐地涌上来，仿佛从一层层的树篱间越来越暗地涌了上来，我一点点地被暮色瓜分着。它似乎可以瓦解我从前的任何信念，在这里，我头一次感觉到了一种浩瀚的恐怖。由于克南未出现，这种恐怖越来越深，而当克南从丛林的幽暗深处跃出来时，我惊喜地奔向他，把他的双臂紧紧地抱住。

热泪涌出来，他走了很远，才寻找到爷爷的日记中所描述的那个水池，因此他几乎迷失了方向，正是这个水池在那个干渴的年代拯救了多少生命。噢，又是日记，我紧紧地缩在他的怀抱中，我们守住燃烧不息的火堆，这就是野人山的一个夜晚。我竟然在短暂的睡眠之中梦见了林桂枝，事实上，那是 20 世纪 40 年代，属于她的一种现实生活：当她站在丽莎身边，陪同丽莎窥视着将军沐浴时的身体时，她已经感觉到了丽莎的身体在战栗着，事后她听见了丽莎的声音："难以想象我们的将军背脊上的弹孔，他竟然承载着 13 个弹孔在生活，如果战争结束了，我一定要带他到我的国家去疗伤。在伦敦郊外，我有一座庄园，我的父母就住在里面……"

9

丽莎的坦言是如此勇敢。现在，丽莎出现了，在林桂枝的视野中，丽莎肯定会出现在将军的客房门口，这一点她早就已经意识到了。所以，她早就已经坐在她房间的窗户下面，在这里她可以窥视到将军门外的任何一种变化，当然，将军房间里的现实她是无法窥视到的。然而，她却可以窥视到门外的每一种状态。那个尽职的侍卫一直守候在门口，他似乎从不困倦，他就坐在门外，目光却一直警觉地盯着一切，就这样，丽莎出现了。丽莎竟然穿上了高跟鞋，当她生活在怒江小镇时，就已经听到传说中的英国女人穿的高跟鞋。由于殖民时期的英国人占据了缅甸，在缅北，丽莎是她看见的第一个英国女人，而且是战地记者。

黑色的高跟鞋从传说中呈现在林桂枝的眼前，她差一点就已经将头探出了窗外，然而理性告诉她说：窥视别人的过程不能让别人看见。丽莎已经站在侍卫的面前，侍卫对她说将军太累了，好像在休息，因为将军刚洗了一个澡，大概洗澡可以让将军通血脉……

林桂枝听见侍卫的声音后感到一阵窃喜，她烧的洗澡水，终于可以让将军减轻身体上负载的困倦了。这样一来，她的身心顿然间获得了一种满足感。丽莎站在门外犹豫了片刻离开了，丽莎没有任何理由前去与将军幽会了。就在那天午夜，当远征军秘密地出发之前，林桂枝听到了一阵又一阵的声音，好像有无数的脚步声在混杂着，起初，她一直以为是梦境，后来，丽莎站在她门外，轻声地呼唤着她的名字。

她几乎是从梦境中翻滚而下的，顺着一片斜坡朝下滑去，直滑落到了丽莎的面前，丽莎对她说："远征军要离开缅北到前线去了，你愿不愿意跟我一起离开……"林桂枝迷惘地睁大双眼说："将军也要离开吗？"丽莎眼眶中仿佛蓄满了泪水，那是让林桂枝感到忧虑不安的一种眼神。

丽莎低声地说："情况很危急，镇里的人们正在逃亡，难道你还要单独留下来吗？没有男人陪伴你，你很危险。

我想带上你离开，如果你愿意……”她点了点头，她从丽莎的目光中又一次感觉到了战争已经离她的生活越来越近了。然而，她还是想见到将军，她穿越了整座客栈之后，才发现将军已经在之前离开了，在她梦中翻滚之前就已经走了。这是一个令她绝望的离别，然而，丽莎已经拉住了她右手，她的左手拎着一只木箱，她只用了不到三分钟的时间，就已经把房间里必须带走的几件衣服、一把梳子、一个圆镜和另一只小木匣子装进了箱子，在那只小木匣子里装着一枚铜色的钮扣，还有将军的白手帕。

将军已经离开了。这座客栈对她来说已经不重要了。而且丽莎一直站在她身边，丽莎似乎已经看出她眼里的迷惘，丽莎说：“战争时期，任何东西都会离我们远去，包括你经营的这座客栈，我知道它对你来说很重要，然而，战争是残酷的，面对战争，最重要的是生命……我之所以千里迢迢从英国来这里，就是因为我想验证在战争中，生命到底是用什么样的代价来抵抗战争的……”丽莎的眼睛开始充满热泪，然而，那些闪烁的热泪竟然没有流出来。

毫无疑问，丽莎的声音在她迷惘的时刻已经让她体验到了生命的意义，她要离开了，她就要与她缅北小镇的客栈告别了，不管怎么样，这座客栈给她的生命带来过犹如树篱间的阴郁或明暗的记忆，她想起了不久之前她眼前消失的马锅头，那个男人本想为她而留下来，并且舍弃了马帮为她留在了缅北小镇。

她和他的关系曾经在房间里开始，当他们躺在床榻上时，彼此之间曾经用肌肤抗拒着漫长黑夜中的寂静和虚无之境，他对她的肉体曾经充满了期待，而且他是一个有耐心的男人，如果她愿意，他似乎会为此等候下去。然而，因为战争逼近了缅北小镇，也因为战争，远征军来了，拯救过她生命的将军竟然也出现在她的眼前。将军一出现，她平静的世界似乎荡漾着帆船和彼岸，马锅头离开了，在得不到她肉体的时候，因她的冷漠而离开。这就是客栈，她生命中出现的两个男人都相继离开了她，此刻，她弱小的生命不得不依倚着丽莎的影子。

因为逼近了缅北，一切事物都在变化之中，包括丽莎的装束，一套军服突然间使丽莎的身体变得坚硬起来，再也无法想象那个赤身裸体站在客栈沐浴房中浑身喷溅着肉体之谜的女人；再也想象不出昨天黄昏洗过澡之后，换上了连衣裙、穿上了高跟鞋前去与将军约会时，被侍卫挡在门外的丽莎了。在林桂枝窥视的世界里，那个丽莎像鬼一样迷人。

这一切都被战争取代了。当丽莎携带着来自中国怒江边的女人往前奔走的时刻，林桂枝的迷惘中出现了将军的面孔，有了它的存在，她似乎就感觉到了自己的灵魂在跳动，奔走了一天的路程终于在暮色中结束。丽莎把林桂枝带到远征军的医疗队驻地，在一座简陋的帐篷里，她不得不穿上被她期待过的军装，丽莎说："我不能携带你到战争中去，我和你必须分开，因为我是战地记者，我必须到有子弹呼啸的地方去，而你也必须留下来，务必留在医疗队，这里需要人，每天都有那么多人受伤，每天都会有人在战争中死去……”丽莎转眼之间就消失了，像将军一样倏忽间离她的视线而去。她留了下来，她之所以留下来，是因为她仍然充满了期待，因为只有留在远征军队伍里，她离将军才会越来越近。在很短的时间里，她就学会了注射和包扎伤口，在战争年代，医疗队的所有护士都是在战争的炮弹之中学会了使用酒精、使用注射器、使用纱布。

最为重要的是她们必须学会面对死亡。她在医疗队生活的第二天，就目睹了一个人的死去，那个士兵因为伤口感染而死去时，年仅 18 岁，她站在那个士兵的病榻前眼睁睁地看着他完全没有了呼吸，然后，医疗队队员们在帐篷外挖了一个土坑。

潮湿的土坑有两米深，她就站在土坑前，随着泥土覆盖着，那张年轻的脸永远就在她眼前，疼痛是晃动不休的。她回望着茫茫旷野，四周到处是野花的影子，那些纤弱如游丝般的花朵在摇曳，她摘了一束野花，编织成花环，放在了那座隆起的坟前，她的生命似乎已经从年轻的死亡中感受到了什么。

医疗队的帐篷已经被收拢，转眼之间，他们又要迁移，时间在往前递嬗，医疗队也在朝前移动。在离战争越近的时候，林桂枝的心开始跳了起来，他们把帐篷又升起在一片丛林之外，而在他们身后就是野人山。队长的脸显得比以往任何时候都严峻。她告诉队员们说，有一大批伤员如今正躺在阵地后面的野竹林深处。现在需要出动三分之二的队员，出动担架，到阵地后面的那片野竹林中去解救伤员。这是一次危险的出发。队长说：“也许我们会与日军相遇，因为经过那片野竹林的路，很有可能潜藏着日军队伍，所以，我想让队员自己报名……”

林桂枝的身体似乎一直在呼啸着，她承认她一开始并不是一个勇敢无畏的女人，何况在缅北的丛林中她曾经差点遭受到日军的凌辱，以至于她在沉睡时经常陷入噩梦之中。然而，她在身体的哆嗦中却看见了将军的脸。这张在命运中出现的男人的脸，注定要把她的生命笼罩在其中。

她似乎又一次触摸到了那枚铜色的纽扣上的余温和光泽，它已经伴随着她的生命很久，它之所以在这个选择时刻从生命中又一次脱颖而出是因为爱情。

在这个世界上，并没有谁跟她研究过爱情，即使当她在怒江小镇的前花园和后花园中，阅读爱情小说时，她的身体也只是在那些起伏的词语中浮沉着，爱情这个词汇是我赋予林桂枝的。因为我知道，在那个时刻，对将军的那种不能实现的爱情给予了她力量。所以，她最后一个报名参加了前线医疗队。

10

她害怕死吗？她只是一个来自怒江边的女人，因为不幸福的婚姻而逃亡。她陷入了战争以及战争给她带来的对一个男人的幻想之中。她不害怕死亡吗？在战争中，尤其在医疗急救站，曾经死去了一个又一个军人。所谓战争就是承受起，或者能够去背负子弹的穿越速度。林桂枝报名参加前线医疗队的那个时刻，风来了，不，是纯粹的热风在她耳边吹拂着，随着医疗队向前线靠近，林桂枝总能感受到子弹在她四周呼啸着。所以，起初的时候，她总是走在人群中央，她在害怕，她在回避。然而，害怕和回避都是徒劳的，既然你已经成为他们中的一员，就没有任何人来关心和审判你内心的恐惧和逃避，因为每个人都在赶路，正如当年陷入野人山的远征军，每个人都要保护自己和承受住自我的身体以及崩溃和绝望的内心。因为，在那个特定的环境里，除了自身之外，别人再也没有任何力量前来解救你，承担你生活中的影子。

林桂枝穿上了军服的身体就这样被裹在了医疗队列之中，赋予她力量的爱情尽管是虚妄的、不可抓住的，却仿佛那枚铜色的纽扣般已经镶嵌在她生命的旅途上。她裹挟在人群中的影子越来越急切地扑向了前线，仿佛鸽子、云雀想扑向它们飞翔的天空中去。当我一闭上双眼，就能够看见那一刻，年仅 20 岁的林桂枝，坠入了对于一个将军的虚幻的爱情之中——所以，随同她步履的速度，她坚信，离战争越来越近的时刻，就离将军越来越近了。

我无法把林桂枝的故事转述给克南，就像他同样无法把父亲的父亲的日记中的故事转述给我一样。我们都深藏着内心的许多秘密，我们因为这个秘密而来到了野人山，难道这也是宿命吗？当我们决定沿着拂晓的晨露开始前行时，我看见克南仰起头来观望着天空。

天空的晴朗对我们前去探索野人山区的世界很重要。我们大概都知道，我们无法回避陷入野人山远征军的战士，他们曾经因为暴风雨而迷路，他们同样因为暴风骤雨却遇到了数以万计的蚂蟥，还有在草丛中舞动而出的蛇。在缅北，你会被瘴气这个词汇撞击着，在我的意识和灵魂中舞动的瘴气仿佛纵横在野人山区中的女妖，以无所不在的力量正在控制住摧残和瓦解——我们健康的身体。

舞动的瘴气最容易从闷热和潮湿中与我们相遇，所以，克南对于天气很关心，我自然也不例外，在这个小世界里，除了克南之外，再没有别人的影子了，当然还有潜伏着的瘴气和女妖们的影子。

每当这一刻，我总是与林桂枝相遇，仿佛她就是过去时的我，前世的我。所以，在我们的身体朝前移动中，我又看见了林桂枝，她和她的前线医疗队进入了日军的埋伏区域。这就是战争，到处都是看不见的敌人，我们今天讲起敌人这个词汇时，依然会嗅到一阵阵血腥味，我们会滋生起一种仇恨。然而，到处都是和平、鲜花，孩子们可以穿越在鲜花丛中，我们已经不可能进入杀戮之中。我们只有在回首往事和电影屏幕中与战争相遇。

战争逼近了林桂枝的面前时，她猛然间感觉到了一枚炮弹已经从远方向她袭来，队长不断地召唤她们趴下，整个身体像石头一样趴下，就像被云朵所笼罩的大地和树根一样趴下，这是之前的训练，那些短暂的出发之前半小时的训练使她的身体已经领教到了战争的严酷。

而当炮弹在远处轰鸣时，队长叫他们趴下时，她突然感觉到一个影子，一个高大的影子就在不远处，就在一匹黑马上跃动，她突然忘却了世界正笼罩在战争之中，她忘却了一切恐怖的来源，她忘却了侵略她身体和国家的战争，似乎在这一刻，她也忘记了她的敌人，她呼唤着将军的名字，这名字已经刻骨铭心，而且她已经从地上跃起来，所有医疗队的队员们依旧在趴着，因为炮弹已经呼啸而来，唯有她不顾一切地从尘烟中像野狐一样地跃动着。

她到底要干什么，20 岁的林桂枝难道不害怕死亡，难道不害怕日军的炮弹？她的呼叫声一定比炮弹的声音更有力量，或者说已与满地的碎片融为一体。所以，看上去，她已经跃起身体扑向那匹黑马，而且她的呼叫声已经使马背上的男人回过头来。

猛然间，就在一枚炮弹在她身旁爆炸的那一秒钟，将军的身体从马背上扑向她的身体。这个动人心弦的场景曾经被我回忆了一千遍，以至于我把自己当作了当年的林桂枝，不错，我一定就是20岁的林桂枝：在那个时刻，当将军的身体覆盖着我的身体时，我嗅到了炮弹的全部味道，我嗅到了碎片的味道。我在将军的身体下面再一次获救了。而将军，他的背脊已受伤，当他抖搂掉身上的尘土，从我身边站起来时，我感觉到了从他背脊上弥漫出来的血迹。

将军竟然没有认出林桂枝来，也许那个经营缅北客栈的林桂枝已经改变了容貌，事实上，她只是穿上了一套军装而已。也许，在那一刻，将军来不及在满地的碎片中辨认任何女人，因为将军重任在肩。

将军只回过头来看了一眼林桂枝就离开了。他策马而去的时刻，也正是林桂枝的内心世界备受折磨的时刻。也许是因为将军第二次救了她，也许是因为将军策马离开时，背脊上渗透出的鲜血。而且，她很清楚，如果不是她身体雀跃出去，将军就不会因为她而受伤。

我们已经一次一次地出发，漫无边际的野人山区从林突然在我们前行中开始变脸，当树枝被一阵又一阵来历不明的阴霾所舞动起来时，我想起了林中的女妖，克南说要变天了，这就是野人山，还没等我回过神来，突然从树枝上抖搂出一阵骤雨，我和克南紧紧地站在一棵大树下。苍翠的树枝似乎比雨伞更好地遮挡住我们。我们以为，既然是骤雨就不会下得很长。

然而，一个多小时过去了，两个小时过去了，雨依然不停，就在这一刻，克南发现了一个洞穴，它就在我们身后，那个洞穴似乎在不久之前曾经有人出入过。进入野人山之前，就有人告诉我们说：每年都有各种各样的人带着各种各样的人、带着各种各样的目的进入野人山。他们中有摄影者，有人类学家、植物学家，有诗人和探险旅行者。从某种意义上来说，曾经在战争中被围困在野人山的远征军已经成了历史中的历史，但今天的人们依然想穿越野人山，这是人性的需要，也是历史的需要。基于此，我们并不是首次穿越野人山区的男女，我们并不孤独。

在那个洞口，我们发现了一只可口可乐的易拉罐，彩色的罐子仿佛引诱着我们进入，而且，在这时，我们已经别无选择，我们必须入内。光线变得暗淡起来，但克南已经拉住我的手往洞穴深处走去。

克南举起了手电筒，在进入野人山之前，一个老人告诉我们说，带上手电筒很重要，它既照明也能在困兽袭击时保护自己，因为野兽是惧怕灯光的。灯光一射入它们眼内，野兽们的眼睛就会变得一片混沌。我在想起林桂枝的影子时又想起了她所进入的那个洞穴，就在野人山，正是在那洞穴里，她发现了一个女人，那个女人已经怀孕了，她的腹部撞击着，仿佛坠入深谷。从那一刻开始，毫无疑问，她已经发现了一个巨大的悲剧和秘密：这个叫菊池贞子的日本女人，一直充当着日军的慰安妇，因为厌倦战争，逃亡到那座洞穴。这个故事只是开了头，用不了多长时间，林桂枝就会与菊池贞子相遇。

在我们与这个世界相遇的一瞬间里，我们曾经隐藏在别处，渴望过无数次不期而遇。比如此刻，当我靠近洞穴时，我已经在之前，替代林桂枝在不寐的午夜深入到这个洞穴深处去，菊池贞子曾经生活过的洞穴，以及在不期而遇之中，被我们发现的洞穴装满了青苔和秘密，正在迎接我们，克南靠近了我说："很奇怪啊，在爷爷的日记里没有记载到这个洞穴。"

11

没有办法，林桂枝怎么也不能承受将军脊背上渗出的血迹。她已经决定从前线医疗队伍中突围出去。她娇小玲珑的身体就在日军的又一阵轰炸声中消失了。她背着医药箱，向着远征军指挥部的方向飞奔。此刻，她顺着一个又一个陷阱，那是一个又一个的土坑，她已经不害怕死亡了吗？独自从医疗队伍中撤离出来的她已经看到了用树枝搭起来的指挥部。

她的脚踝被扭了一下，就在她跌跌撞撞地朝着指挥部奔去时，她看见了一道影子，那个已经从马背上下来的影子，她奔向他，他就是将军，就是她不害怕死亡而寻找的将军。当她叫了声将军时，将军回过头来说道："你叫嚷些什么，你不害怕炮弹吗？"她不顾一切地走上前去，她来是因为她知道她可以为将军的伤口消毒。在缅北，伤口很容易感染，因为天气恶劣，很多士兵的伤口就是因为不能及时消毒而感染的。

她此刻已经忘记了眼前的这个男人就是将军，她无所顾忌地奔向他，在她的一生中，只有这一次，这唯一的一次，她忘记了性别和他的身份，她让侍卫官协助她，一定要让将军坐在指挥部的凳子上，她的声音很严厉，将军不得不面对她，当然，将军是在用他布满 13 个弹孔的背脊在面对她。

世界给予了她眼球，那是灼热的眼球，她头一次看见了将军背脊上活生生的弹孔，它们仿佛被火淬炼过，仿佛已经长出新的伤口，而在里面，血迹已经凝固起来。值得庆幸的是那只是一次皮外伤，弹片并没有伤及将军的骨头。

她使用了酒精，这是唯一的消毒方式，所有医疗队的医护人员都在用这种方式，甚至在更多的时候，有些伤口还未来得及消毒就已经感染了，这已经成了最为严酷的现状之一。因而，她决定留下来，不管用任何一种方式，她都要留在将军身边，哪怕是每天为他的伤口消毒一次也好。

将军的身体并没有像她所想象中的一样因为酒精入侵而战栗着，将军的身体仿佛钢铁般坚硬地坐在她面前，她在伤口上包扎了纱布，然后她转过身来，只有在这一刻，她才又回到了她的性别和身份之中。她是一个女人，一个来自怒江小镇上的女人，此刻，在炮弹的一次又一次入侵之中，已经真实地站在她所寻找的将军身边。然而，这就是那个男人，他不仅没有想起来她是他曾经从日军的凌辱中解救的那个女人，也没有想起在缅北小镇上经营着客栈，为她烧好了洗澡水的女人，他更没有想起来，当炮弹向着她的身体扑去时，是他用整个身体覆盖住了她的身体，从而使背脊再一次受伤。

也许将军没有记住第一次在缅北丛林之中解救的那个女人，是因为在倏然之间，他就离开了，确实，在丛林深处，他消失得很快，这种速度会模糊记忆；也许将军又一次忘记了那个置身在缅北小镇的客栈中的女人林桂枝，那是因为林桂枝已经改变了装束，她剪了长发、留着短发，因为整个医疗队的女队员们都留着短发，而且她穿着军装，当然使将军的记忆又一次模糊了。然而，就在刚才，她面对将军的目光时，将军仍旧没有认出她就是在几个小时前他救过的女人——这仍旧是模糊，只有战争可以让将军一次又一次地忘却她的性别和形象，因为战争是严酷的，将军没有更多的时间站在她身边，研究她到底从哪里来？

她到底是他的谁？

在这一刻，有一个女人的闯入使她留了下来，她就是丽莎，如果丽莎在这一刻未出现，她会被将军的侍卫送走，因为她已经从刚才将军的目光中领悟到了这种驱逐令。将军并没有认出她是谁，因为将军没有时间考虑她是谁，在将军的胸中装得下的只有第二次世界大战的历史。然而，令人惊喜的事情发生了，还没等将军发出驱逐令，丽莎就出现了，就连丽莎也没有马上认出她是谁。

她当然认出了丽莎，这已经不是那个穿着黑色高跟鞋和白色连衣裙前来与将军约会的女人，闯入指挥部的丽莎散发出一个战地记者特殊的味道，她散发出了尘烟和一个女人的体味。所以，她一出现，将军就叫出了她的名字，那个时刻，娇小玲珑的林桂枝正站在角隅，丽莎一出现，将军就伸出了双臂，前去拥抱丽莎。哦，他们用英语说话，林桂枝听不懂他们在说什么，她的双眼开始潮湿起来，将军和丽莎的相互拥抱使她的心灵在下沉。当他们终于结束了一个长久的拥抱时，丽莎看见了她并凝视了她片刻才认出她。将军的目光久久地停留在林桂枝的脸上说："我怎么也没有想到，你就是林桂枝，缅北开客栈的女人，给我烧过洗澡水的女人……"她有些激动，这是将军第一次认出了她，并且把她的形象锁定在缅北的客栈里。

简言之，除此之外，将军的记忆仍旧是模糊的，在他的记忆中，也许根本就没有两次解救林桂枝生命的记忆。不过，她已经满足了，将军终于对她有记忆了，而且叫出了她的名字。因为有了丽莎，林桂枝就拥有了留在将军身边的理由：为将军脊背的伤口消毒。

在之后的几天里，她和丽莎就睡在帐篷里，那是旷野深处的帐篷，在无边无际的旷野，不知道到底有多少顶这样的帐篷，被热风呼呼地吹拂着。而将军就睡在离她们的帐篷不远处的另一顶帐篷里。有一天午夜，丽莎怎么也无法入睡，因为到处飞舞着蚊蝇，丽莎悄然起床时，林桂枝假寐着，等到丽莎钻出帐篷时，她便走了出去。

丽莎已经融入了夜色之中，转眼之间消失的丽莎会到哪里去？当她的眼睛开始逐渐地适应夜色的朦胧时，她终于看见了旷野深处的两个影子，那就是将军与丽莎的影子吗？他们离得不近也不远，他们似乎是在仰望着繁星，他们又一次开始用英语交谈着。林桂枝就置身在他们不远处的树篱之下，不知道为什么，她开始羡慕丽莎了，因为只有丽莎可以与将军站在夜色之中仰望着繁星。一种难以言喻的嫉妒从心中滋生而出。那天晚上，丽莎回来得很晚。第二天早晨，丽莎的目光很明亮，她直言不讳地告诉林桂枝："我已经爱上了你们的中国将军，所以，这对于我来说是一件幸福的事情，你理解我吗？"

林桂枝点了点头，随即又回避着丽莎的目光，丽莎告诉她，部队就要撤离野人山，这是一次很大的撤离，为保存力量而撤离，所以，昨天晚上她已经与将军告别过了。林桂枝突然抓起医疗箱子往指挥部奔跑着。这个重大的变化，使她的身体仿佛拉上了弦的弓，然而，当她跑到指挥部时，才意识到将军已经离开了。丽莎抓住了她的手臂，看着她气喘吁吁地说："我知道，你在找将军，我还知道你和我一样已经爱上了将军，告诉我，我猜测得对吗？”

她目光的全部语言在下陷之中，她不回答丽莎的问话，她不揭开自己生命中的谜底在哪里。因为她身体中裹挟着旧中国小镇上的枝蔓。她的出生地只是一座小镇，就像丽莎的出生地在英国，她们从小接受的文化不一样，丽莎可以坦言自己对将军的爱情，而她呢？在那个时刻，她失语了。也许只有在她失语的时刻，爱情才会像怒江边的木棉花一样热烈地怒放着。

她就是怒江边的一朵木棉花，用她仅有的方式存在着，就在她的失语里，又一次转移开始了。她和丽莎随同大部队向着野人山转移，丽莎又一次拉住了她的手臂，在她迷惑的时刻，这个已经进入30岁的英国女人，总能够成熟地左右她的方向。就像丽莎成熟的肉体，那肉体犹如饱满的芒果，挂在枝头，那可以逼近蓝天和旭日的最高枝，显示出一种渴望。没有办法，成熟的诱惑其实在战争和逃亡之中也会表现得如此鲜明。因此，林桂枝毫不犹豫地随着丽莎进入了野人山的道路上。那是一个月黑风高的晚上，林桂枝怎么也无法看见一颗星星。

12

在惊恐中，在暴雨如注中，林桂枝与丽莎相依为命地被看不见尽头的野人山所包围着。我猜想着丽莎告诉我的那个午后，她和林桂枝钻进洞穴，在幽暗中当她们发现一个人影时，便低声问道："是什么人在里面，到底是什么人？"我似乎能够触摸到从洞穴深处发出的声响，那是一个女人赤着脚的声音，她全身裹在幽暗中，无法表现出她隐藏在幽暗中的头和颈以及身体。

无处不在的幽暗从石壁和苔藓间散发出来，很有可能会因此蒙蔽她们的双眼，然而，林桂枝同丽莎在幽暗之中却发现了一个女人的脸。丽莎低声说："别害怕，你用不着害怕，也用不着叫喊……我们都是女人……"我们带着身体中一个秘密的洞把自己变成了女人。

所以，当日军慰安妇菊池贞子带着身孕，想逃亡到远离战争的世界中去时，她走啊走，她是从日军帐篷中逃出来的。她当时已经证明自己有了身孕，所以，她佯装到帐篷外几百米的小河边洗头发，她端着一只军用脸盆，将盘发解开。

热风吹拂着她肩上的长发，同时也吹拂着她宽大的裙裾，她趿着木屐，环顾着另一个国家的热带世界，她来到了河边，低下头，这正是她可以寻找时机的时刻，自从她证实自己的身孕以后，她就为自己日后的生活想好了两种结局：第一是混迹在日军队伍中，除了不断地充当慰安妇之外，就是不断地伸出双手抚摸腹部越来越高的隆起，她的悲剧会上演得像缅北丛林的野山浆果，变得又涩又酸；

第二是离开。对于她来说已没有生命中一种正常的告别常态，因为她的特殊身份，她只可能逃走。这意味着她要在这个陌生的国度，在战争纷扰之中穿越生与死的迷局，而且她怀有身孕，如果顺利的话，她会寻找到一个暂时的避风港湾，作为一个女人，她充满了全部的热烈期待，把孩子分娩下来，尽管她并不知道这个孩子的父亲到底是谁？

已经没有犹豫和彷徨的时刻了。置身于第二次世界大战的慰安妇，满眼蓄满了乌云似的碎片，她终于选择了第二种结局。当她奔出日军笼罩的地区时，就开始仰起头来往人们传说中的野人山奔跑。她听说过野人山的沼泽地，可以把人的身体陷进去；她听说过野人山的瘴气弥漫时，任何健全的人都会中了邪似地无力拔腿奔走；她同时也听说过在目前只有野人山的茫茫丛林和诡异编织的屏障，挡住了战争的杀戮和子弹的呼啸声。

因而，她已经无法选择在缅北地区第二个逃亡之地，她披着长发，潜入了野人山时，毫无疑问，她的命运要强行地占领野人山的诡异和虚境中那已经显影的恐怖之中去。她起初并没有遇到传说中令她的身体发怵的场景，甚至当她终于回过神来，正视一下周围的世界时，无以计数的小松鼠正在她脚上的腐叶间跳着舞，她喘了口气，她知道，她已经无退路可选择，如果说世界上还存在着超越死亡与生存之间的谜底，那么就是不顾一切地朝前走，她厌倦透了战争，厌倦透了自己的身份，所以，她宁愿陷入野人山的沼泽地中，宁愿被困兽吞噬，也不愿意回到日军的队伍中去了。

她出逃时已经偷到了一把日式手枪，这唯一的武器似乎还残留着那个日本军人的体温，当她从他身体上摸到那把枪时，他正在午睡。那时候，他需要她的身体，他需要她一次又一次地进入升起在芒果枝下的日式帐篷中，为此，她可以随意溜进他的帐篷，而他似乎也从未怀疑过她，因为这个女人来自他的帝国，既是为他的帝国服务，也是为帝国的军人们服务。

她把双手插进了腰带深处，这是一条加厚的腰带，里面藏有她做慰安妇时获得的全部酬劳，就这样，她带着手枪逃出来了。她知道战争是怎么一回事，她从跟随日军做慰安妇的那天开始，就领教过了战争就是意味着不断地杀人，或者被别人杀死。因此，战争也意味着要学会杀戮。

自从进入野人山的那一刻，她就用手握住了手枪，里面到底有没有子弹她不知道，她并不了解枪的性能，因为她讨厌战争，尽管有许多这样的时刻，当她作为慰安妇在使用自己的肉体时，看到了同时利用她肉体的男人即使是在性事之后也在触弄着子弹和手枪。然而，在那样的时刻，她笔直的目光要么盯着帐篷顶部，在上面，是缅北繁殖力最旺盛的蚊蝇，它们如黑色的团体在篷顶上交媾着，吮吸着各自的味道，以此用身体来淫乐起舞。或者，她会紧闭起双眼，佯装自己已经进入了性事之后的心满意足之中去。

她不理喻武器的存在，她回避着这个杀人的世界，然而，往往是这样，要逃避痛苦和绝望，最常见的是寻找避风港，她没有想到，她怀孕了，她竟然怀孕了，这是千真万确的事，她用日本古老的试孕法验证了自己的身体以后就已经迫不及待地选择了自己的生或者属于自己的死。

菊池贞子被一群野人山的松鼠所包围时，她是那样欣喜地弯下腰去。我看到了这个瞬间，而此刻，在时间的轨道上，菊池贞子和林桂枝，还有克南的父亲的父亲都已经前去另一个地方与死亡赴约。他们似乎已经超越了整个缅北被沦陷的事实，同时超越的不仅是属于他们的身体。当我和克南已经在这个洞穴深处的幽暗中过夜时，我们躺在用树枝铺成的地炕上，我们平行地躺下去，没有任何欲求地躺着，一声不吭地躺着。

我一直以为在这样的洞穴中，我和克南都会心平气和地就躺下去——也许，我们的身体已经负载了太多别人的历史，所以，我们应该成为流水，轻柔地流动着；或者我们应该变成无性别的男人和女人。

然而，我却想起了菊池贞子的故事，当然这个故事同样是丽莎告诉我的。如果没有与丽莎的一次相遇，我就无法探究林桂枝的铜色纽扣，那枚直到临死之前，仍旧被她的一双手紧紧地、热烈地抓住的纽扣。

如果没有丽莎，所有的一切都会蜕变为一种虚境：当丽莎坐在酒吧中品尝着一种红葡萄酒，并升起一种微微的醉意开始向我讲述这些故事时，我已经变成了另一个人，因为一次一次地回顾过去，而置身在了时间过去的轨道上。克南突然翻过身来开始吻我的前额，然后开始吻我的脖颈，当他开始吻我的胸部时，我突然用女人的那种方式拒绝着说："别这样，我们别这样。"

可以强行克制住的火焰，无非是掐灭了我们内心和身体中的肉欲之火。克南尊重了我的选择，他又恢复了理性。在我们身体之外，是狂风在呼啸着，我不害怕这一切，因为克南就在我身体之外，有一点是可以下断语的，如果没有他，我就进入不了野人山，当然，如果没有克南我也许还会有另外的旅伴。

我闭上了双眼，我回到菊池贞子独自一个人躲进野人山的故事中去。菊池贞子经历了野人山的一个夜晚，那是被兽所困的夜晚，之前，她听说过野人山的困兽们无所不在的影子，以及自由自在的兽性生活状态。所以，当那个傍晚，她已经走累了，依傍在一棵青松树下开始喘息时，她呼吸到了一种困兽的味道。

已经在战争中嗅过血腥味和人兽之味的菊池贞子，很容易就可以嗅到从丛林深处飘荡过来的，让她的呼吸感到一阵阵窒息的味道。于是，她开始攀上了那棵青松，她从小就在北海道的乡村长大，所以，她很轻易地就爬上了树，这是她求生的本能。

果然，不到几分钟，一群困兽已经大摇大摆地进入了松枝下面。也许是熊，一种脚步笨拙的笨熊，因为在想象中，在她童年生活的北海道山区的想象中，只有熊的步履是缓慢的。她屏住了呼吸，无论如何，熊的表演比观望战争要减轻了恐怖。她紧紧地贴住树身，一个时刻又一个时刻过去之后，她的身体仿佛是从树身上长出来的影子，她睁开双眼，那群笨熊已经消失了。

13

菊池贞子露面了。她低语道："别靠近我，你们是谁？如果靠近我，我会开枪的。"只有丽莎可以使出她成熟和温柔的气质，丽莎慢慢地走近了那团幽暗的影子，而此刻，菊池贞子已经抽出了手枪，她用双手举起来，她神经质地叫道："你别靠近我，我会开枪的，我会开枪的……""我叫丽莎，我来自英国，我是女人，不会伤害你。"丽莎说道。

一切都太幽暗了，这幽暗大概是会迷惑眼睛的，以至于直到此刻，菊池贞子仍旧在举起手枪，它已经对准了丽莎的胸脯，一旦丽莎再走上前来，子弹就会射出来。丽莎停了下来，她压低声音对她说："你别激动，我要让你相信，我是女人，我是不会伤害你的……我要证明给你看，我确实是女人……”

丽莎摘下了军帽，已经开始脱衣服，那些厚重的军服把她柔软的肌肤似乎已经整个地遮蔽住了，犹如盔甲罩住了身体。她平静地一件件地脱衣服，直到把自己变成了女人，然后她温柔地说：“我来自英国，我叫丽莎，我后面的女人叫林桂枝，她是一个中国女人，我知道你并不相信我们，然而，你要知道，我们不会伤害你……好吧，把你的枪放下去……”手枪舞动着。从基本的常识看来，菊池贞子并不会弄枪，然而，尽管如此，枪在菊池贞子手中舞动时，仍然表明了这样的立场：她要维护自己的生命，她要守卫自己生存的基地。

语言像丝绸般释化了她紧绷的肉体，随着丽莎脱空了军装之后，她的心灵似乎也变得柔软了，手枪终于从手中滑落下来。就这样，三个不同境况下的女人，因为第二次世界大战而陷落于野人山的洞穴深处。

日军慰安妇以一个孕妇的形象出现在丽莎和林桂枝的面前，菊池贞子的腹部微微地挺立着，她害怕极了，然而，她已经过了害怕的时刻，她原以为整个野人山只有她一个人独立地挺立着，全凭命运的摆布。是死是活任凭今天和明天的交替、碰撞，至于未来，她是不敢想象的。总之，从陷入洞穴时，她从来就没有幻想过未来。只要能够从今天活到明天，已经很不容易了。首先是生存，简单地说，第一是饥饿，她每天都在冒着无限的风险探身到洞穴外去，她不敢走得太远，她惊慌失措地在洞外寻找着可以充饥的野果，这样的日子度过了半个多月。她还要积蓄力量对付突然袭击她的野兽，幸运的是，自从那群笨熊在那棵苍松之下环绕了一圈之后，她就再也没有与野兽相遇。

现在，菊池贞子突然抓住了丽莎的手说道："我以为，我再也见不到任何人了，既然我已经进入了野人山，既然我已经选择了这条道路，我就再也走不出去了。我没有想到，会与你们相遇，这样真是太好了，我已经背叛了他们，我已经背叛了战争，我想把我的孩子生下来……"

三个女人开始沉浸在战争的感伤之中，然而，真正的现实已经降临，大量的远征军已经被日军逼到了野人山，逼进了野人山不可知的命运之中去。饥饿开始来临，几千人的吃饭成了一个最大的问题。处于漫无边际的丛林中的三个女人已经开始了行动，她们务必追上大部队，才能活下来。

之前，因为留在洞穴还是走出去，三个女人质疑了很长时间，丽莎和林桂枝站在一边，她们从一开始就已经统一了立场。因为个人的立场很重要，在那样的时刻，缺乏立场，也就失去了命运的转机。为此林桂枝总会想起那个沈阳女人，她到底去了哪里，她有没有寻找到丈夫？她在林桂枝的生命中出现时，林桂枝迷惘地奔逃着，逃到了沈阳女人开的客栈，而当沈阳女人收留下林桂枝时，她自己却失踪了，因为她在寻找丈夫，因为她的男人在远征军部队。

因此，立场很重要，从那个沈阳女人身上，林桂枝感受到那个女人被爱情所笼罩的状态，它感染了林桂枝，使她拥有了今天，拥有了对一个将军根本就没有机会表述的爱情。所以，她已经不是那个浑身颤抖的女人，她站在丽莎这一边，只是为了跟随远征军走出野人山，然后再与她所眷恋的将军相遇。

站在另一边的是菊池贞子。

这个女人当然做梦也没有想到，她已经置身在她国家的敌人面前。尽管如此，她依然在厌恶战争，基于此，哪怕是看见了她国家的敌人，她也没有仇恨。她只是一个女人，她肩负着已经受孕的身体，这身体现在使她开始妥协，她拒绝走出野人山，因为她被一个可怕的、一个简单的现实所折磨着：如果她一旦走出了野人山，也就意味着又一次与那次战争相遇。她害怕战争，害怕满地的尸体和飘荡在空气中的血腥味儿。所以，当丽莎决定随同部队走出野人山时，菊池贞子说道："如果这样，你们离开吧，我留下来。"

丽莎坚决地说："你不可以留下来，因为留下来只可能死，你不害怕死吗？"

"不，我不害怕……我宁愿死在洞穴中，也不愿意被碎片缠住身体，那些从战坑中流出的血让我想呕吐，每当看到尸体，我就会想呕吐……我知道，我的命运已经陷入洞穴中，如果这样，就让我在这洞穴中做一个野人算了……如果是这样，就让我忘记我的国家、忘记我的国家所制造的战争死去好了。”

“不，你一定要活着出去，我们都要活着走出野人山。而且你并没有权利去死，你不久之后将做母亲，噢，你难道没有想过你的孩子吗？所以，走出去是唯一的选择。”丽莎走上前去靠近菊池贞子说：“相信我，我会想办法把你送到远离战争的地方，如果你想回北海道乡村去生活，我也会想尽办法前去帮助你。然而，这一切都建立在你此刻的选择上，你想好了吗？你已经选择好了吗？”

菊池贞子在幽暗之中突然睁大了眼睛，她的眼睛很美丽，如果不是陷落于战争，这是一双可以在北海道的乡村谈情说爱的眼睛，可以用无限的湿润和风情去诱惑男人的眼睛。

如果没有战争，三个女人也不会在野人山的洞穴中相遇。如果没有战争的话，三个女人会经历她们必须经历的又一种遭遇：比如丽莎，她会生活在她的国家和庄园之中，当然，她依然是记者，但绝不会是一个战地记者，她也许会是一个出色的与爱情、女权、世俗生活相联系的记者，但她绝不会远渡重洋，来到野人山；比如林桂枝，当她从怒江小镇上逃婚时，只是想走得越远越好，走到另一个国度，像那些传说中的故事一样篡改自我的命运，然而，战争来临了，当她刚进缅北，战争就开始让她感受到了浑身颤抖，如果没有战争，她就不会与将军相遇；比如菊池贞子，她被一场美丽的骗局所蒙蔽，于是她趿着木屐，从她的国家来到另一个国家，她是慰安妇，这个战争赋予她的特殊的职业，使她不得不为战争服务。

而此刻，她在丽莎的声音中已经感受到改变命运的契机。这是一个重要的时刻，她看到了心爱的北海道，她感受到了她肉体深处，一个孩子已经在成长着，她想到了未来，很长时间以来，她头一次想到未来。

一个拥有未来的女人，她已经不再害怕战争给肉体带来的摧残。当菊池贞子决定走出去时，她的灵魂终于获得了解放。三个人从那一刻就开始组成一个团体，丽莎和林桂枝都知道，她们愿意用尽全身的力量帮助菊池贞子走出去，因为在三个女人中，只有菊池贞子是怀孕的。

野人山漫长的丛林中再次出现了三个女人的身影，丽莎走在前面，菊池贞子走在中间，林桂枝走在最后面。即使是在丛林中，也会感受到日军的炮弹从空中掷下来，每当那样的时刻，三个女人就趴在地上，当然，她们会在地上趴很长时间，直到浓烈的烟味被风带走。菊池贞子总是很小心地趴下去，再站起来。很难想象，那个未出世的孩子会在她腹部坚韧地活着、成长着的状态。对于菊池贞子来说，她可怜的身体只会越来越笨重。

14

就像三个女人所选择的一样，我们不可能永久地栖居在洞穴。一夜过去之后，我们将离开，因为在野人山，任何事情都有可能发生。离开洞穴之前，作为女人的我，嗅到了三个女人滞留下来的一阵又一阵的体味。她们只在洞穴中留了一夜，那个夜晚她们没有任何言语，她们疲倦地沉入睡眠之中去。

我依然感到丽莎睡在外面，在很多时候，丽莎都是靠近墙壁，菊池贞子睡在中间，从那一刻开始，她就已经融入了两个女人中间，她的孤独和恐怖已经减轻；林桂枝睡在最里面，她和丽莎肩负着同一种职责：她们要保护好这个女人，她们要怜惜这个女人的肉体，如同在维护女人们的尊严。

走了几个小时，丛林中出现了一阵腐烂的味道，克南靠近我说道："味道，在父亲的父亲的日记里，味道无所不在，我读日记时，简直透不过气来……当然也有腐烂的味道，尸体腐烂的味道……战争发生以后，当然就难以避免这样的味道，在野人山，那次围困死了很多人，尸体散发出的味道，充斥着整个野人山，你嗅到这味道了吗？"

我点了点头，克南说："也许是什么东西腐烂了，这好像是野兽腐烂的味道，就在我们周围……"我不敢正视这种腐烂味，丽莎向我描述了野人山的突围时，当然也讲到了腐烂味，肉体被蚂蟥吸干血迹；肉体染上了瘴气，就失去了存活的可能，身体一旦倒下，如果爬不起来，肯定会腐烂。此刻，克南凝视着我的面孔，伸出双手抚摸了一遍我的面颊说："你的肌肤是世界上最娇嫩的，我一直弄不清楚，你为什么独自一个人到缅北，你在寻找什么？"我毫不置疑地说："一个秘密，一个内心的秘密，就像你的秘密一样不可泄露。"

我们开始接吻，我们不知道为什么，在已经嗅到了越来越浓烈的尸体腐烂味道时，依然沉溺于热烈的接吻之中。之前，我们并没有接过吻，我们因为相依为命而躺在一起，然而，我们的肉体之间有距离，因为只有距离，我们之间才充满了战栗的追问，我们不用词语追问，我们只是在用眼神，那游移不定的目光研究我们的自我，追问我们到底是谁？是什么使我们陷入了缅北，又陷入了野人山。很显然，这是一个迷惘的问题，我们的处境和现实意义，似乎比陷入了第二次世界大战中的几个女人更加迷惘，她们的目标很清晰，要在战争中寻找到自我，那个自我对于英国女人丽莎来说，意味着用她的新闻题材记录下发生在眼前的战争故事；那个自我对于林桂枝来说已经越来越清晰，为了一场难以言喻和倾诉的爱情，她只有离战争越近的时刻，才能贴近将军；那个自我，对于日军慰安妇菊池贞子来说，只是在经历了一场战争的耻辱生活以后潜留在身体中的那个孩子而已，在野人山朝前行走的那一刹那，那个孩子给她的生命带来了全部的希望。

而我的自我在哪里？在迷惘的战栗中，我们突然开始了情不自禁的接吻，这是爱情吗，还是孤独和恐怖中产生的接吻？令人窒息的长吻之后，我们依然要面对的是现实，这个现实显然不是温柔的接吻所融解的冰川。

味道，我们不可能忽视这种味道，因为只有生命死去以后，尸体才会腐烂。克南一定要固执地前去寻找这种味道，克南是一个执拗的人，什么情绪产生以后就无法扭转。我只好尾随，因为我已经认命，我就是克南的影子，我不可能离他而去，有许多现实的理由让我们必须彼此在一起，才可能战胜恐怖和危险。

克南突然叫了一声，我们看到了一具尸体，我们已经进入了丽莎所描述的野人山的一种场景：尸体已经镂空，然而，仍然有大量的，无以计数的蚂蚁在一个人的骨架上面爬来爬去。我即刻用双手蒙住了双眼，这是我的第一姿态，从某种意义上讲，这种场景只可能出现在 20 世纪 40 年代的战争中，只可能被置身在战争中的林桂枝所看见；我的第二姿态是扑在克南的肩头上哀求他道："求求你，让我们绕过这地方，好吗？"然而，克南却低声地说道："你没看见在旁边是他的摄影架和摄影包吗？"

这个重大的发现让我抬起头来：在已经被镂空的骨架之外，有一只三脚架卧在地上，还有一只深蓝色的摄影包也像死者的影子般立在地上。这个发现让我似乎减轻了一些恐怖，因为它证明了死者的身份。

身份就在这幽暗的丛林深处存在着，即使死者已经失去了原型。我们慢慢地走近了遗物，克南蹲在地上，启开了摄影包，尽管旁边就是死者的骨架，尽管腐烂味道充斥着我们的鼻孔，我们却已经在摄影包里发现了死者的身份证，死者，男性，35 岁，职业摄影师，来自中国北方的某座城市。

克南借助于双手挖开了一个坑，当克南用双手挖坑时，我就站在一侧。起初我并不知道克南要干什么？我后来就随着克南的双手在潮湿的腐殖土中往下沉落时明白了一件事，克南想把死者埋进坑里去。

坑，无比深邃，就像战争中的坑一样呈现在眼前，克南的双手已经移动着那只骨架，我没有回避这一切，我已经可以想象身份证上向我们微笑的那个男人生前的形象，我似乎不害怕他了。

其实，在很多时间，我们所害怕的只不过是事物未经剥开的内壳，一旦我们剥开了事物，任何死亡和恐怖都会变得亲切，融入我们生命中一次又一次的遭遇之中去。这样一来，我们仿佛成了盟友，当克南将死者掩埋在潮湿泥土中时，我已经感觉到了这一切。就像已经感觉到在 20 世纪 40 年代的野人山，三个女人不断地伸出双手，掩埋好不能逾越野人山的死者一样。

克南做了又一件事情，他从包里抽出一把锋利的匕首，这是我第一次看到克南包里的匕首，他劈下了一根粗大的松枝，然后在松枝上刻上了死者的姓名和出生地址。松枝插入泥土时，我看到了一座新坟，克南带走了死者的全部遗物，他告诉我不能让死者从这个世界上无缘无故地消失。死者的亲人肯定在寻找他，当我们走出野人山时，应该把遗物交给地方政府。我知道，死者的遗物会加重我们的负担。然而，这是命定中的相遇，也许是神灵安排的：因为唯有我们的出现才可以将死者的遗物带出野人山。

人性相互编织并不都是圈套，而是一次又一次的相遇。当林桂枝突然之间醒悟过来时，一个令她不解的问题突然在那一刻涌上来，她把丽莎拉到身后低声地问道："我们为什么要救菊池贞子，她是我们的敌人，正是她的国家入侵了我们。"

林桂枝突然想起了刚进入缅北丛林中的那一幕，那些像野兽一样的日军就要剥开她的衣服了……这个场景在那一刻，使她对菊池贞子突然充满了仇恨。丽莎解释说："她只是一个女人，她与这场战争根本就没有关系。""可她曾经跟随日军，并用她的肉体为日军服务……我们为什么要帮助她，我们正在被她们国家的炮弹和刺刀围困着，而且她已经怀上了日本人的孩子，我们为什么还要帮助她？"

菊池贞子似乎已经在微风中听见了什么，她回过头来……我已经在这一刻，跟随着克南朝着更深的野人山奔去，我看见了菊池贞子噙着泪水的目光。林桂枝说得不错，她怀上了日本人的孩子，为什么要带上她走出野人山。

这个问题，也就是林桂枝所面临的全部问题，从那一刻开始，她似乎无法听见丽莎解释的任何一种声音，她对菊池贞子充满了仇恨，甚至希望这个女人死在野人山，如果我就是林桂枝，我容得下菊池贞子的存在吗？在我所收集到的日军慰安妇照片中，我一直在寻找着她们之中谁是菊池贞子？从每一张照片上看去，谁都应该是受辱中的用肉体对抗战争的女人。然而，看上去，她们又不像是菊池贞了，因为想象中的菊池贞子挺立着腹部。

15

作为女人的菊池贞子要挺立着腹部走出野人山，这是一种难以想象的困境。而更加难以想象的是林桂枝突然在战争中醒来了。对于她来说，醒来是一件可怕的事情。于是林桂枝用敌意的目光盯着菊池贞子，在刚进入洞穴的那一刹那，她的整个视野和身体，都像旁边的丽莎一样融入了幽暗的洞穴。在里面，存在的影子是残酷的，是像铁丝线一样可以捆绑她灵魂的一个片断，孕妇菊池贞子握着手枪、披着散发，只有一个绝望到底的女人，才用这样的姿态等候着她们的不期而遇。林桂枝就在这样的时刻，变成了菊池贞子的一部分，变成了菊池贞子性别世界中的盟友和知己。

她竟然忘却了一切仇恨，积极地站在丽莎这一边。当丽莎为召唤菊池贞子而脱光了衣服时，她被这个欧洲女子不寻常的行为所感染着，在那一刻，她被这个受孕的女人悲凉的命运所笼罩着，于是，她的同情心和善良被欺骗了。

这是在路上，菊池贞子突然在无意识之间解开了行李，于是，在无意识之中，一张照片从她包裹中掉了出来，当时丽莎并不在场，她到不远处找水未回来。林桂枝弯下腰去为菊池贞子拾起了这幅落在腐叶上的照片。

这是一幅致命的照片：照片上的菊池贞子穿着缀有花朵的和服置身在一大群日本军人之中，一个年轻的军官离她的肩膀很近，甚至还把手搭在了她的肩上。菊池贞子竟然在照片上放荡地笑着，她的笑，突然散发出淫荡而邪恶的美，使得林桂枝的眼球丧失了明亮。当她的眼球越来越变得浑浊时，她突然冷笑了声说道："你真无耻，你带着无聊下流的身体混迹在我们之中，我们都已经被你所欺骗了。""我并没有欺骗你啊，从一开始，我就把我的身份告诉了你们……""我知道，可我在那一刻变成了聋子，我根本听不到你说的什么，你怀着身孕，我被你的肚子欺骗了……你知道吗？整个野人山都是远征军，被你们国家的军队逼到了野人山，而你竟然在我们之中……你为什么不去死呢？像你这样的女人为什么要活下来，很多人都死了，你为什么还要继续活着……”

林桂枝不知道为什么一口气说了这么多的话，很显然，菊池贞子愣住了，她把那帧照片撕碎时说道：“我无耻，我下流，我就是无耻，我就是下流，就像这场战争一样无耻或下流……是啊，像我这样的女人为什么不去死……如果死了，一切都是那么痛快，一切都可解脱了。”菊池贞子一边说一边向前走去，站在后面的林桂枝自语道：“你去死吧，你去死吧！”

丽莎回来了，她们当中突然少了菊池贞子，丽莎焦急地问她，菊池贞子去了哪里？林桂枝嘀咕道：“就让她去死好了，我们为什么要帮助她走出野人山，她是我们的敌人，你没有看见刚才那幅照片，她站在他们中间，无耻下流地笑着，现在我明白了，我们没有亲手杀死她就是要让她自己去死，只有让她死了，我的仇恨才会减弱……”丽莎恼怒地看着林桂枝说道：“如果她死了，如果她果真被你逼死了，那么，我将写下这段历史，你知道吗，你知道历史是什么吗？”丽莎一边说一边逼近了林桂枝继续说道：“你站在这里，或者我们分头去找菊池贞子……我们必须去找到菊池贞子。”

丽莎走了，林桂枝站在原地，她弄不明白，丽莎为什么如此激动不堪，她更不明白，丽莎为什么不想让菊池贞子去死。简言之，丽莎为什么被欺骗得如此严重，还要去寻找菊池贞子。

林桂枝走进了一条道路，她知道往里走就是野人山的沼泽地，这是由前方部队探测路线时划分的界线，刚才丽莎往魔鬼谷走去了，魔鬼谷和沼泽地都是野人山最恐怖的地方。

如果菊池贞子想死的话，投奔这两个地方的任何一个地方都会死，因为前方部队探测路线时，已经死去了许多军人。她开始一步一步地朝前奔走，已经起用路标指示的沼泽地越来越近时，她突然看见了一道影子。菊池贞子正朝着 60 米之外的沼泽地奔去。她的呼吸突然间变得急促起来。她说，菊池贞子就要死了，这正是她的结局。菊池贞子就要死了，她必须为她的无耻付出代价。

然而，她却在菊池贞子身后加快了脚步，她自言自语的声音也无法阻止她的脚步声。很显然，她的脚步声比菊池贞子的脚步声要快得多，就在菊池贞子脚已经进入沼泽地身体慢慢往下开始陷落时，她大叫了一声菊池贞子的名字。

如果她快一步，菊池贞子就不会陷下去，就差那么一步，菊池贞子就陷落在地狱之中，她站在一边，她的手本能地伸出去抓住了菊池贞子的手臂，菊池贞子放弃了她的手臂绝望地说："就让我死吧，既然如此，就让我死好了。"她在恐怖中盯着那片沼泽地，它正在缓慢地吸收着菊池贞子身体的力量，如果现在不帮助菊池贞子，那么，用不了多长时间，菊池贞子就会越陷越深，越来越快地陷下去，任何人也无法拯救菊池贞子。

她突然脱掉了衣服，用两件衣服系成一根绳子，她大声叫着菊池贞子的名字："菊池贞子，你得活下去，你得抓住这衣服，然后，我会慢慢地拉你上来……"在那一刹那，她忘却了她的敌人，也忘却了仇恨，因为她看到的只是一个孕妇的陷落，不知道为什么，她害怕这个女人迅速地陷落下去。总之，她脱衣服时就像丽莎脱衣服那样快，一个强烈的念头占据了她的世界，不能让菊池贞子陷下去，要抓住时间，分分秒秒都会让菊池贞子陷落得更快。所以，当她脱光了两件衣服光着上身解救陷落在沼泽地上的菊池贞子时，她又回到了原来的自我：美妙的自我，远离着战争，远离着仇恨，那个并不想用声嘶力竭的声音为自己的灵魂进行补救的女人，离开怒江边的小镇，从而永远进入了一场意想不到的邂逅之中去。

她为此邂逅了耻辱，她看见了一个国家的敌人，她卷入了战争，她邂逅了将军，她的灵魂和身体中升起了美妙的相思恋，她不得不再一次离战争越来越近；现在，她又一次邂逅了另一个女人，如果她不救她，那么，这个女人必死无疑，所以只有她可以救她了，在之前的那个激动的时刻，她曾是那么希望这个女人去赴死，而此刻，当这个女人已经寻找到赴死的地方时，她却要伸出手去救她。

这是一个迷局，一个纠缠在她命运中的难以解决或揭开的迷局。它们千丝万缕地编织着不可穷尽的荒谬之网，就像她抛给菊池贞子的那根布衣绳子，然而，一个已经准备赴死的女人，会回来吗？

在这一刻，她不断地谈到孩子，那个未出世的孩子，她对菊池贞子说有那么一天，等到战争结束时，她也会怀孕，虽然她已经生过孩子，然而，她还会再一次为最心爱的男人而怀孕。她一边说一边敞开心扉，她说她之所以活下来，是为了爱情，她一边说一边用自己的语言感动着这个已经赴死的女人，于是，她感受到菊池贞子的脸上一阵又一阵的水波荡漾。语言就像阳光一样可以给绝望的人带来期待和希望吗？菊池贞子终于用手抓住了那根绳子，她在慢慢地回过头去，朝着沼泽地攀缘过来。因为她陷得不深，所以，就这样，菊池贞子回到了林桂枝那生机勃勃的世界里。

两个人紧紧地拥抱在一起。菊池贞子哭泣着说道："谢谢你，谢谢你让我回来。"林桂枝的心灵又一次开始遭遇着战争中的另一种战争的磨砺。她挽着菊池贞子的手回到路上时，也正是丽莎回来的时候，她们中的一个人，肯定要找回菊池贞子，这个人只能是林桂枝。

丽莎激动地说："这就是历史，战争和我们个人融为一体的历史。"三个女人拥抱时，历史正在她们灼热的怀抱里悄无声息地穿行着。菊池贞子活下来了，在那个时期，每个人都可能前去赴死，因为永远存在着难以预料的恐怖和危险，正像每一颗子弹可以击穿人的心脏、每一次战争都会倒下一大片士兵一样，死亡之谜正在前方等候着进入野人山的每一个人。

16

菊池贞子应该死还是不应该死的问题已经纠缠了我很长时间，当林桂枝救她上岸时，我似乎已经随同林桂枝的身体搏斗了很长时间。然而，菊池贞子一回到她们中间，就面临着一阵一阵的呕吐期，这是命运的结果：如果她不想从沼泽地中陷落，那么，她必须坚韧地活下去。

难以想象菊池贞子第一次呕吐竟然是面对一具尸体开始的，随同步履的混乱、疲惫不堪，前面已经出现了尸体，那是一具已经死去很多天的尸体，蝇群在上空嗡嗡地飞舞着，大家很清楚，凡是蝇群成群飞舞的地方就会再现出一具尸体腐烂的状态，这通常是那些跟不上队伍的士兵，由于遇上了疾病、饥饿而掉队，等待这些士兵的是死亡。然后成群的蚂蟥会扑向前来，蚂蟥贪于吮吸血液，它们一旦碰到了任何充满血液的物体，都会蠕动着纤细的身体，越过重重障碍到达目的地。

当那具尸体上飞舞着成群的蝇时，她们发现了另一具尸体。那是黄昏，她们跌跌撞撞地朝前走着，她们离队伍越来越远了，在野人山，总是会碰到类似的情况，起初是几千人走在一起，由于饥饿或者多种原因，几千人分成了无数群体。她们三个人从一开始就是一个小群体，似乎现在她们不会再有分开的理由了，因为她们已经拧成一根绳索，林桂枝已经不再仇恨菊池贞子，她不再希望这个女人去赴死，活下去是一件艰难的事情。然而，支撑她们的力量到底是什么？我一直在研究这种力量到底从何而来，当菊池贞子站在那具腐烂不堪的尸体边开始第一次呕吐时，她绝望地叫道："我难受极了，我大概无法走出去了，我愿意去死。"她又一次被死亡纠缠着，林桂枝就站在她身边。

林桂枝拍着她肩膀说："你想吐就吐出来吧，你就彻底地吐出来。"菊池贞子回过头来对她说："你曾希望我赴死，却又让我活了下来，活着有什么意义，我的身体快撑不住了。"就在这一刻，一个男人出现在眼前，在这一生中，林桂枝注定要与这个男人相遇。

马锅头竟然会穿着远征军的军装，当他站在林桂枝的面前时，她怎么也想不到会在这里，在菊池贞子呕吐不息的一刻与他相遇。马锅头从包里掏出一种草药让菊池贞子咀嚼，然后吞咽下去，很快菊池贞子的呕吐感暂时消失了。马锅头对她说："林桂枝，你从此叫我周龙好了，离开你以后，我感到很迷惘，然后下决心要找你……"周龙很想贴近林桂枝一会儿，哪怕在树荫下贴近她一会儿心里也能得到些满足。然而，林桂枝回避着这一切，她见到周龙的那一刹那，只是感觉到了一种惊喜，她甚至伸出双手抚摸着他的胡须说："你竟然来到了野人山，你为什么来到了野人山？""为了你，为了寻找你。"

很显然，周龙的出现意味着一种诡计的出现，然而，所有人在那个世界都看不到任何诡计的显形露相。所有人都看不到在马锅头周龙消失的这一段时间里，他去了哪里、干了什么，战争中的每一个人都随同命运在变幻着。对此，林桂枝毫不怀疑周龙的身份，既然他已经参加了远征军，那么，相遇是必然的。

而且周龙的降临让她感到一种依赖感，因为周龙熟悉野人山，据他回忆，当他 20 岁的时候就已经跟随着马帮穿行过野人山，是为了向周旋在野人山的猎人们收集猎皮，这种历险让三个女人感受到一种希望，周龙的存在可以使她们顺利地走出野人山。

我之所以说周龙的出现是一个诡计，是因为在之前，我就已经被这个男人的故事，那些被丽莎所描述的故事线索所吸引着：因为周龙的故事是战争中的另一种线索，让我们回到那个时刻好了，回到缅北小镇的时刻，我们一定要顺着尘埃落定的历史回到马锅头周龙离开林桂枝的那个时刻：怀着对林桂枝不能实现的爱情之旅，马锅头周龙撤离了缅北小镇。

就在他迷惘地穿行丛林，准备回老家组织他失散的马帮时，他就被一群日军包围起来。奇怪的是日军并没有杀害他，而是把他的双眼蒙上一层黑布，一天一夜以后，他眼睛上的黑布终于解开了。

一个年轻日军军官坐在他面前，他竟然会讲流畅的汉语，所以，根本就用不着翻译。两个人对峙着，日本军官问他为什么独自一人在缅北丛林中行走，他解释说为了回老家，回到中国怒江坝子中去。日本军人又问他在之前去了哪里、干了些什么，他直言不讳地告诉日本军官说，他与一个女人生活了一段时间，他爱上了这个女人，然而，这个女人并不爱他。于是，他只好患着痛苦的相思病离开了。日本军人笑了，那是一种看上去很温柔的笑，如果日本军人没有穿上日式军装与他是在一起喝茶聊天的话，周龙也许会在那种温柔的笑中感受到一个男人对另一个男人的理解。然而，那个男人神秘地笑着说："如果我没有猜错的话，你是因为你所爱的女人爱上了你们将军，从而嫉妒而离开……"周龙惊讶地问道："我的生活你们怎么会知道？"

"我们已经观察你很长时间了，在缅北小镇，有我们的内线，你知道内线是干什么的吗？可悲的是那个内线死了，他竟然死在我们炮弹下。所以，现在我们需要你为我们服务，我知道，战争时期，你已经不可能做马帮商人了。然而，你却可以寻找到那个女人，你为什么没有仇恨那个将军呢？从现在开始，到了你仇恨那个将军的时刻了……你要相信我们的力量是强大的，我们正在征服整个亚洲，等到战争平息以后，我保证让你的马帮贯穿整个亚洲，而现在，你必须服从于我们，即使是为了你的女人，为了你不能实现的爱情，你也必须开始训练，我将训练你成为我们的内线，时间很短，我会训练你成为一个杀手，而此刻，你必须消失，生活在我为你设置的世界里……”

世界是变幻莫测的，年轻军官为他设置的这个世界是什么呢？在里面，在潮湿不堪的日军营区，一个来自中国的马锅头突然与他过去的世界彻底划清了界线。他经过了三天三夜的思考，经历了三天三夜的对林桂枝的怀念，从而在三天三夜里同样也滋生出了对那个将军的仇恨。于是，他理所当然地进入了被日军奴役的阶段。他秘密地被日军所强制地训练着一种特殊的技能：他学会了编织密码，只有日本人的解密才可以破译密码；他还学会了使用暗器，在短促的时间里，因为对于一个女人所怀有的爱情，以及对战争的万念俱灰，使他肩负着一种秘密的使命：当他在野人山出现时，之前，他已经按照日本人的密令加入了远征军部队，然后随同部队潜入了野人山。而且在他进入野人山之前，他已经弄清楚林桂枝已经同丽莎进入了野人山，这正是他进入野人山的目的。

因为他知道只有见到林桂枝，才可能进入他所肩负的使命中去。所以，他一出现，我就看见了奸细。一个马锅头，一旦做了奸细，他会变得怎样地扑朔迷离呢？从他的脸上我们看不到这些，因为心灵是诡秘的，心灵是一座巨大的仓库，可以隐藏住任何秘密。

克南与我继续前行，我们似乎一直在研究错综复杂的战争人性，除了表现在战争中的创伤之外，还有心灵的战争。突然，克南拉了拉我的手，让我看蚂蟥，他说："雨季已经降临，蚂蟥正在等待我们。"确实，雨季已降临，克南说："我们碰到蚂蟥时，不能久留，因为一停留，蚂蟥就会借此机会进入我们的肌肤。"

我知道，因为丽莎已经描述过蚂蟥一次又一次的侵袭：那时候，正是雨季，远征军陷入了野人山的雨季之中，蚂蟥入侵的第一个人显然是菊池贞子，因为她走得越来越缓慢。事实上，菊池贞子走得越来越缓慢的时刻往往潜藏着危险，起初她选择了死亡，是因为林桂枝让她意识到只有赴死才能解救一个国家与一个国家之间的战争仇恨。后来，她越来越不堪重负地承担着自己的身体，她总是掉队，她总是想脱离开这个群体，为此丽莎对他们说："菊池贞子想摆脱我们，她想死，她走得太困难了。"

17

栖居在野人山，也就是栖居在潮湿、腐烂的林荫深处，当菊池贞子倒在腐烂的层层树叶上时，她在佯装假寐，旁边躺着丽莎、林桂枝、周龙。不管周龙是奸细也好，阴谋家也好，在那一刻，在他未暴露自己的特殊身份之前，他似乎想竭尽全力地赢得一个女人的爱情。

夜晚，他就躺在林桂枝身边，他们像从前一样约束着自我，这种约束力使他赢得了林桂枝的信赖。林桂枝从见到他的那一刻，就很兴奋地对丽莎说："因为周龙穿越过野人山，有了他，我们一定会顺利走出野人山的。"她们离开部队已经很久了，现在他们几个人成了一个小小的团队，尤其是当周龙出现时，这个团队增加了一个男人。所以，当菊池贞子在那个夜晚消失了很长时间没有回来时，第一个发出疑问的是周龙，他说菊池贞子已经出去很长时间了，应该回来了，她平常去方便的时间很短的，而这一次却用了很长时间。

三个人开始分头寻找着菊池贞子，那是一个夜晚，根本就看不到星星，也许有少许的星光，但都被浓密的松枝挡住了。林桂枝跌跌撞撞地朝前奔去，她低声呼唤着菊池贞子的名字，当周龙猛然在黑黝黝的夜色之下闪现出来拥抱住她时，她以为撞上了妖怪，因为传说中野人山游走着常人看不到的妖怪，她刚想尖叫出声。周龙就用手蒙住了她的嘴说："别喊，是我，别害怕，我是周龙。"她挣开周龙的怀抱对周龙说："我以为碰上妖怪了，是你啊……"

"难道我是妖怪吗？"她不吭声，周龙对她说："为什么非要寻找菊池贞子，对于这样一个身份的女人，如果她想消失就让她消失好了。"她即刻纠正了周龙的这种决定："不行，她有身孕，她不能消失。"周龙看了她一眼迷惘地说："她会到哪里去，野人山如此之广大……"她们突然听到了丽莎的叫声，远远地，他们看见了一束手电筒的光芒射在了一棵松树上。

菊池贞子的身体吊在松树上，她本想自缢，她走了很远，她解开了身体上的腰带，想借此用腰带自缢，她刚把脖子套进腰带上，丽莎手里举着一个手电筒照亮了这悲惨的一幕。由此，菊池贞子再一次把脚落在了野人山，她喘着气说："我已经对自我失去了信心，我想死，你们为什么一次又一次地想阻止我呢？"

丽莎走上前来挽起她的手臂说："我保证把你送到你的国家，让你远离这场战争，然而，目前，你必须咬着牙坚持下去，无论多么艰难也要走出去……"他们度过了最晦暗的一夜，然后继续朝前走，菊池贞子依然走得越来越缓慢，此刻，蚂蟥开始前来入侵菊池贞子，蚂蟥已经进入了她汗淋淋的身体，直到她发现浑身瘙痒不堪时，大家才发现，褐色的蚂蟥已经开始吮吸她的血液。

周龙让她躺下来，而且她必须躺下来，只有周龙可以对付这一切，丽莎和林桂枝都只能惊慌地看着这个女人的肉体被蚂蟥所吮吸。周龙从衣袋中取出一只酒瓶，他把药酒挥洒在菊池贞子已经全部裸露的身体上，菊池贞子的身体，一个日本孕妇的身体，带着她全部的命运史——已经裸露在野人山那闷热的午后。

被周龙所秘密配制的瓶子在他行囊中经常碰撞着，他是一个带着魔法的男人，也许来自另外一个国家的敌人就是已经窥视到他潜在的魔法，利用了他对女人的爱情。此刻，药剂发生了魔幻，潜伏在菊池贞子体内的那些吸血鬼似的蚂蟥开始从她的肌肤上滑落而下。

这简直是一个奇迹，一个天大的奇迹，丽莎睁大了双眼赞叹道："有了它，我们就可以走出野人山了，你真了不起，中国男人的魔法真是太神奇了。"为此林桂枝就这样对走在她命运中的这个男人一次又一次地充满了信赖感。这种信赖使她有一天会把这个男人引领到将军身边，因为她想起了将军身体上的创伤。

然而，仅有魔法是不够的，在这个世界上，对于女人来说，男人还应该拥有力量和技能。在野人山之外，战争到底发生得怎么样了？将军在哪里？这一切都是林桂枝所牵挂的。当他们又一次开始行走时，已经被饥饿折磨了很长时间，身上携带的干粮已经全部用尽，连最后一滴水也没有了。就在这一刻，周龙说他去想办法，让几个女人待在原地不动，不要离开半步，而且他笑着说他会让大家品尝到野味。

饥饿带来的是什么？是失语。就连丽莎也已经失语了。当一个人的胃空空荡荡时，话语权就会从身体中慢慢丧失。而且丽莎的嗓子也开始沙哑，这也是她真正失语的原因之一。三个女人躺在一堆腐叶上。在野人山，到处都是纷扬而下的层层腐叶，它们随意地、疯狂地散发出腐烂的味道。当丽莎嗓子沙哑时，最恶劣的事情开始逼近了她们，几个小时以后，也就是周龙从丛林中回来，手里拎着一只野兔的时刻，丽莎已经开始发烧。

周龙点燃了柴火，将野兔肉烤在火架上，他把丽莎的身体移到一棵树下，丽莎说："我知道，野人山的瘴气已经开始入侵我的身体，所以，我希望你们抛下我，离开我先走吧！"周龙又一次从行囊中取出了另一只药瓶，然后举起药瓶，朝着丽莎的面孔、脖颈和身体洒着，空气中洋溢着一种浓烈的药草味道。

那药液又一次开始了魔变，它使丽莎在几个小时的休整以后睡了一觉，然后醒来，丽莎的嗓子开始润滑起来，她又可以说话了，而且高烧已经退下，丽莎很感激他，她说如果没有周龙，她肯定会死在野人山。在很短的时间里，周龙的魔法挽救了两个女人的生命，在当时的野人山，这肯定是奇迹了。

她们啃着野兔肉解决饥饿的问题。她们一次又一次地战胜了内心在那样一个时刻的恐惧，他们几个的命运已经牢牢地捆绑在一起了。

在野人山之外的一片远征军的营地上，在那样一个上午，丽莎将作为英国记者带着同她成功地走出野人山的两个女人和一个男人前去会见将军。

这显然是一次重要的会面，为此，在之前，在短促的两小时的休整时间里，几个女人开始准备着与将军会面的衣饰。周龙已经与他的部队失去了联系，这正是他的目的，在两个小时的时间里，周龙正在严肃认真地修整自我的面孔。因为他知道会见将军是他阴谋中的开端，是他肩负重任中的一个良好机遇，这机遇是几个女人给他带来的，他之所以潜入野人山，正是为了与几个女人相遇，因为他知道，只有与几个女人相遇，才可以让他走近将军身边。

他太了解野人山了，进入野人山之前，他直奔一个民间药剂师，那是一个隐藏在山林中的药剂师，他让药剂师为他调配了几种特殊药剂，他知道，现在需要药剂带来魔法，因为广大的野人山潜藏着死亡。

他还很年轻时，就已经成功地走出了野人山，也就是凭借着这位民间药剂师配制的魔药。果然，在野人山，那些药剂发生了魔变，多次化险为夷。让丽莎和林桂枝充分地信赖于他，他有他的目的。这个目的已经在眼前，将军将会见他们。他在镜前剃着胡须，他擦干净了身上的汗液，准备着。

林桂枝、丽莎以及菊池贞子走了很远，终于寻找到一条河流，在任何时刻，在面对一次又一次的生命中较为隆重的庄严时刻，女人们都会想尽办法洗澡。因为一具汗淋淋的身体是没有幻想的，只有舒畅而轻盈的身体才会充满女人们的期待和幻想。

何况，她们已经有很长时间没有洗澡了。在河边，她们开始脱衣服，时间很仓促，所以，她们已经来不及在一条河流中欣赏彼此身体的线条，在战争中，每个人的身体都执着地投奔于灵魂之窗口。菊池贞子的存在似乎已敞开了她们的灵魂之窗。菊池贞子犹豫了很长时间还是提出质疑：像我这样的女人可以去会见你们的将军吗？丽莎鼓励她说："当然可以，他是这个世界上非常仁慈的男人。"

18

尽管他是英武的将军，然而，在几个女人的眼里，他依然是一个男人。我带着将军的一张照片，这是丽莎的作品，这张照片已经跟随我的影子很长时间了，如今又尾随我的影子来到了野人山。曾经被林桂枝也许还有丽莎或许还有菊池贞子所经历的一切，正在被唯一的我所经历着。

一条蛇咬伤了我，当然是眼镜蛇，一种致命的疼痛似乎已经逼近了骨髓并且进入了我的内脏，克南用最原始的方式开始吮吸我血液中的毒液，我躺在地上，层层的腐叶曾经让菊池贞子一次又一次地感受到地狱。此刻，它就在我身体之下，还有另外的叶子仿佛也要飘动，在微风中，它们葱绿地张开，仿佛想在整个野人山显示出自己的风格。

我不得不躺下来，我不得不承认这被奴役的时刻：让克南吮吸出我身体中全部的毒素吧！我忽视了我周围的危险，蛇在附近开始窥视我时，我在干什么呢？随同三个女人、一个男人，尽管这个男人是奸细、是卖国者、是阴谋家，然而，谁在那个时间里——看不到他黝黑的脸庞上，交织着乌黑的灰烬。

当他们几个人前去会见将军时，我已经成了他们的影子，因为他们成功地走出了野人山，许多人葬身在野人山，许多尸体正在野人山大面积地开始腐烂。而他们却走了出来，这真是奇迹啊。正当我跟随着我母亲的母亲林桂枝从河流中上岸时，我感觉到林桂枝的心在跳动，我忽视了我的敌人，一条眼镜蛇的存在，正像林桂枝忽视了她旁边的奸细，这正是令我的身体感到高潮降临的一个时刻。

林桂枝把周龙带来将军面前，幕布刚一揭开……一条眼镜蛇在我没有任何预感的情况下，突然潜到了我的身边，咬伤了我的手臂，我惊叫了一声。克南在之前正举着照相机拍摄树上的一只巨大鸟巢，他扬言这绝对是世界上最大的鸟巢。

他几乎把手上的照相机扔在地上奔向我，一个被蛇咬伤的女人，已经被毒液折磨着的女人，他来不及再犹豫，便趴下身去，让我躺在地上，那时候，我显得如此地温顺，人在面对死亡的入侵时，才知道生命是如此的珍贵。让我感动的是克南的吮吸声，他恨不得把我体内的毒液都吮吸出来。

野人山的那条眼镜蛇自然已经溜走了。克南已将我伤口处的毒液吸干净，并且为我包扎好了伤口——在来野人山之前，我们已经准备了一切药品，当然，我们不可能找到当年周龙寻找到的药剂师，按照时间推算，那个药剂师即使还活着，也已经很老了。

所以，只有周龙的手里拥有那些变幻魔法的药瓶。我的手臂没有肿起来，这大约是一种命运，如果毒液一旦进入我的手臂，那么唯有切断我的手臂，才可能让我维持生命，为此，我很感谢克南，他既是我在野人山的亲密伙伴，也变成了拯救我生命的恩人。他坐在我身边，我们又生起了一堆篝火，我们将在篝火旁边度过一个漫长的夜晚。

我长久地躺着，几乎是一动不动地躺下来。克南就躺在我旁边。他在记日记，用手电筒照着，来自篝火的光看起来很微弱，而我开始整理已经被扯断的万千思路。

将军出现在门口，那是一座用木板翠竹搭起来的指挥所，将军已经在门口停了几分钟，他的目光一直朝着小路眺望着，进入他眼帘的第一个女人当然是丽莎。

丽莎始终都走在前面，无论是在野人山或者是在路上，她的姿态体现出一种职业身份的激情和冲动，尤其是在野人山茫茫丛林深处，在周龙未出现时，她总是走在前面探路，她不仅是一个融入战争的随军女记者，她还是一个用身体历险的女人。而此刻，她依然走在前面，她似乎已经准备好了她的激情，前去拥抱她的将军。所以，从她的身体中已经散发出一个女人热烈的情愫，它可以是随同缅北战争而上升的一种火焰，丽莎的目光热烈地投向了将军，隔得很远，她的手臂就已经无法抑制地挥动着。

走在丽莎身后的是林桂枝，只要丽莎在她旁边，她对将军的那种暗恋之情就会被覆盖着，如同已经从潮湿泥土上挣扎而出的幼芽，被又一层腐殖土所覆盖。然而，见到将军已经使她很高兴，今天这个时刻，对于她来说已经是一个节日，所以，她羞涩的目光掩饰住跳动的心。

走在林桂枝后面的菊池贞子依然挺立着腹部，她胆怯的目光左右环顾，她对自己的命运已经失去了信心和判断力。为此，她还是做好了最为绝望的准备：如果将军不能容忍她这样的女人进入远征军的营地，那么，她会远远地离开，尽管她已经对这个世界的存在失去了任何方向，然而，既然她已经走出了野人山，那么，她就要活下去。

周龙走在最后面，他没有想到，在如此之快的情况下就能够看见将军。当日军把照片在他面前晃来晃去时，他知道，这个将军就是他曾经见过的那个人，就是曾经让他得不到林桂枝的男人。他握着笔，在一个巨大的圆圈上画上了将军的脸，然后画上了一枚子弹。他已经被日军在短期内强制性地训练成了日军奸细，而三个女人引领着他正一步步走向将军。

丽莎已经走上前去拥抱住了将军，在这个世界上，似乎只有丽莎借助于欧洲的传统，无所顾忌地、自由地前去与将军拥抱。林桂枝站在他们拥抱的世界之外，她永远是暗恋者，既不可能像丽莎一样热烈地用体温去拥抱将军，也不可能站在将军的面前，用言词叙述自己的暗恋史。然而，将军已经走向了她，如果在这一时刻，林桂枝双臂能够像丽莎一样张开，那么，很简单，她就能拥抱住将军，像她陷在缅北丛林中一样，把将军的怀抱当作她生命中最安全的港湾。将军伸出手去，对于她来说，每一次与将军会晤，都是一次握手的开始，将军对她说："林桂枝，你还想回缅北经营你的客栈吗？"她笑着说："等到战争结束以后再去经营吧！""好啊，那时候，我就经常去你的客栈居住，我喜欢那座小镇，希望你会为我保留一间客房。""我一定将最好的那间客房为将军保留着。"这个承诺似乎荡开了她的拘谨。她站在将军旁边，这个无意之中的承诺，从此以后必定会在林桂枝的现实和幻想中贯穿到底。

当将军伸出手来跟菊池贞子握手时，丽莎已经用流畅的英语介绍菊池贞子的身份，将军不断地点头，他的目光中出现了一种仁慈，他对菊池贞子说："你先留下吧，住在营地上会安全一些，丽莎会想办法送你回国。"菊池贞子的眼中噙着热泪，将军并没有驱逐她，并支持丽莎的行为，这是她始料不及的。现在，她不再是日军慰安妇了，她已经脱离了那场肉体之战，尽管战争并没有结束，她挺立着腹部，作为一个女人，这个世界接纳了她。

当将军伸出手来与周龙握手时，丽莎依然用十分流畅的英语介绍着这个与她们走出野人山的男人。将军不断地点头，并审视着周龙说道："丽莎说你会魔法……"林桂枝鼓起勇气说："将军，让周龙留在你身边做你的贴身侍卫吧，我了解他，他熟悉整个缅北……"林桂枝没有想到，她的这个建议无疑是在将军身边安置下了一枚可怕的炸弹。

作为女人的我知道，林桂枝是想让周龙用那些药剂治愈将军身体上的伤口，她相信那些药液一定会治好将军的13个弹孔。除此之外，周龙似乎可以帮助将军，因为在林桂枝的现实记忆中，周龙是一个了解缅北自然生态的人，基于此，她冒昧地举荐了周龙，但她没有想到将军居然答应了。

这个决定当然让丽莎也很高兴，女人，她们是很容易被感动、被奴役的。这大概是跟她们体内的激素有关系，它们类似饱满的花蕾。你见过早晨被露珠包裹住的紫红的、绿色的、粉色的花蕾吗？在它们因为丰盈而撑开自己肉色的身体之前，它们单纯得如同在疲惫的旅途上随手递给你的一只果实，也许是石榴和苹果，所以，她们是女人。

19

她们参与了战争，这并不是过错，战争撼天动地地死去了那么多人。所以，女人肯定要进入战争，再后来，林桂枝突然做了一种大胆的决定，她想留在离将军最近的那支医疗队里做护士，丽莎帮助了她，因为丽莎认识那支只有十个人的医疗队的队长，丽莎即将解决的一件事情就是把菊池贞子送走。因为菊池贞子的腹部已经越来越像丘陵似地挺立。而战争就在旁边，经常有炮弹就在你不经意的时刻响起，为此，林桂枝决定陪同丽莎护送菊池贞子。将军不放心，让周龙陪同他们前往目的地，他们穿上了便装，俨然是缅北地区的老百姓，只是无法掩饰的是丽莎，她的脸无法改变，她依然睁着梦幻似的蓝眼睛，就在他们出发的时刻，周龙突然做出一个决定：让丽莎退出，因为她的形象太暴露了，由他和林桂枝护送菊池贞子到曼德勒，然后再把菊池贞子送上火车、飞机或者轮船。

丽莎觉得有道理，并且有周龙前往，她似乎已经可以放心。临行前，丽莎记下了菊池贞子在日本老家的地址。她似乎确信自己有一天会出现在菊池贞子的老家，丽莎对战争并不绝望，她坚信战争有一天会结束，当她说到结束这个词汇时，菊池贞子用已经学会的汉语说："总有一天，日本会投降的。"几个人都忽视了另一人的目光，这个人就是周龙，当菊池贞子说到投降这个字眼时，他好像并不愉快，他的眼神中布满了荫翳。

尽管如此，三个人穿上便衣将出发了，他们并没有在早晨出发，而是在一个暮色笼罩四野的时刻出发的。他们将步行到一座小镇，那里每天都有通往曼德勒的货车，他们很快就卷入了一群难民中。在缅北战争开始以来，到处都涌满了难民，他们沿着未被日军占领的地区行走，他们仓皇不安地奔逃着。

在难民群中，周龙感受到了什么，他突然把林桂枝和菊池贞子拉出人群，他低声说："我感觉到了不妙，我感觉到了霍乱已经开始散发，就像野人山的腐叶般开始弥漫，因为已经有好多人在咳嗽、发高烧……这是缅北最典型的热带霍乱，如果这样下去，我们都会被传染，所以，我们要尽快地离开……"菊池贞子也感觉到了恐怖，她似乎又一次对生存逃亡失去了信心，她用双手抚摸着腹部，然后沮丧地说："如果是这样，你们就离开我走吧！"

周龙消失了一个多小时，他说要去找车，一定要找到一辆货车，不管怎么样，都会有货车经过的。为此，她们隐藏在丛林深处，已经远离了那些逃难者。一个多小时之后，周龙回来了，他果然弄来了一辆破烂不堪的货车，林桂枝惊讶地看着周龙，弄不清楚他在哪里寻找到了货车。他说："很简单，你们没有发现吗？这是一辆日式货运车，我打死了两名士兵，就把货车开来了……"难道事情就这么简单吗？

令人费解的是周龙竟然会开车，林桂枝睁大了双眼，凝视着周龙，他不过是一个来自中国怒江边的马锅头，不错，他已经进入了 40 岁，在这个年龄的马锅头，已经历练了人世间的一切苦难，因为时间是遭遇一切苦难的依据，人置身在时间中，既可以在时间中死去，也可以在时间中再出生一次。

所以，马锅头周龙的身体不仅仅可以逸于身体之外，穿行于漫无边际的野人山，也可以学会开车。她还是感到吃惊：他是在什么样的情况下学会了开车的？莫非是在她和他离别的那段时间里，他的生活发生了奇遇？

然而所有这一切都容不得她多思虑，因为到处都布满了陷阱。他们不得不利用黑夜穿行着，因为黑夜中到处都是逃亡的影子，也许只有黑夜可以作为屏障，掩饰住那一张张惊恐不安的面孔。菊池贞子的身体不住地战栗着，不安和焦虑使她不断地闭上双眼，也许她在祈祷，林桂枝紧贴住菊池贞子的身体，她已经在她听不见的祈祷声里感觉到一个日军慰安妇最惨痛的求救声，她也许并不害怕死，她也许只是为她未出世的那个孩子生活下去。基于此，她的祈祷声才变得无限动人或悲恸。

离曼德勒依然很遥远，他们开始感觉到饥饿。由于不可能进入镇子里去，因为日军已经占领了他们事先准备进入的小镇，所以，他们不得不绕道而行。林桂枝怎么也没有想到，就在她和菊池贞子相拥着，抵抗着来自黑暗屏幕的恐怖时，他们已经遭遇到了日军的袭击。一队日军像蝙蝠一样向他们飞来，迅速地把他们堵在路上，他们不可能抵抗，日军的数量和力量是他们的数十倍。他们难道将沦为俘虏吗？林桂枝绝望地望着周龙，她很惊讶，周龙竟然不反抗，他要如此温顺地沦为俘虏吗？周龙靠近她说：“别害怕，我不抵抗是因为我在寻找机会。”

菊池贞子的脸变得像灰一样白，她怎么也想不到，自己在用整个身体为此搏斗的现实重又回来了，为此她用日语大声地叫着，大意说：“让我们离开吧，我也是日本人，我已经怀孕，既然如此，就让我们离开吧。”

她一说话无疑就暴露了她的身份。

带队的日本军官认出了她，走到她身边。军官伸出手触摸了一下她的面颊说：“哦，我想起来了，你应该是菊池贞子吧，你逃跑了，对吧？你怀孕了……所以，你想逃跑，可你怎么那么傻，到处都是我们的人，你能逃到哪里去呢，既然回来了，你的生命都是属于帝国的，归根结底，你应该把你的身体献给帝国的军人，所以，让我们回去吧。”

他们成了俘虏，在战争中总有人成为俘虏，林桂枝没有想到，这种时刻来得如此快，他们被捆绑在一间屋子里，旁边是马厩，他们当然不可能与菊池贞子关在一起。对此，周龙解释说：“菊池贞子又回到了她原来的生活中去，这就是命运，你跟我在一起，也是命运，我们成为日本人的俘虏，也是命运，我相信命运。”

林桂枝开始绝望地望着周龙，她不相信自己就此成了俘虏，然而，绳索牢固地捆绑住了她的身体。周龙说：“你还想怎么办？”“我想逃出去……”“如果你想跟我逃出去，去一个远离战争的地方，我就会帮助你……”“何处是远离战争的地方，到处都是日本人……”“只要你答应跟我离开，我就会想到办法的。然后我们离开这里。”林桂枝不吱声了，她确实开始绝望了，然而，周龙的话仿佛又给予她希望。“如果你愿意与我离开这里，我就会想到办法的……”周龙的声音仿佛流动的风在黑暗的房间里飘来飘去。

这是唯一让她感觉到希望的声音，就在这时，提讯官来了，他们必须分开，他们把周龙带出去，而她尽可能地将身体贴在墙壁上、贴在窗口，那窗口很小，却容得下她将眼睛放上去，她听到了一阵混乱的日语声，那说日语的竟然是周龙，简直不可相信。他竟然跟日军的提讯官说日语。

林桂枝并没有滋生出疑惑，她在那个特殊环境中只相信，周龙会有魔法的。周龙在历练生活的苦难中学会了应该学会的东西，语言只是他学会的东西之一。学会讲日语并没有什么过错，只是她隐隐约约地感觉到，当她的视线已经贴合在那只小窗户时，她感觉到了那提讯官竟然对周龙笑了。

她隐隐约约地感觉到这是一个陷阱，然而，她却无法找到陷阱存在的证据。然后是长时间的等待，独自一人被绳索捆绑时的等待。当她的目光想从那扇窗户中看到什么时，她不可能再看到周龙的身影，荷枪实弹的日军士兵来回地走动着。

林桂枝绝望地闭上了双眼，在这样的一个时刻，她看到将军，她想，如果将军知道她和他陷在这里，那么他们一定会来解救她们的。困难的是将军无法看到这种现实，然而在绝望之中的林桂枝一次又一次想挣脱绳索，她一次又一次地在疲惫和无奈中失败。当暮色合拢的时刻，周龙回来了，他终于回来了，她仰起头来，她等待的姿态仿佛陷入了沼泽中的人用头颈扭曲着、挣扎着、期待着……在绝望中，突然有一只手伸了过来。

20

我和克南已经走出了野人山，这是一个属于我们的奇迹。我们重又回到了那座小镇，我们刚住下来，就听到一阵敲门声，门外站的是一个年轻的女人，她披着波浪似的长发，说着一口北方普通话，她问我们是不是刚从野人山走出来。我们点了点头，她的目光显得很迷惘，她说她的男友已经消失了很长时间了，她来到这座缅北小镇就是为了寻找男友，在一个半月前男友给她的最后一次电话中说，他已经到了缅北，当时她并不知道缅北对于他来说意味着什么。在电话中，男友好像说过野人山，她没有想到，那竟然是最后一次电话，从那以后，她怎么也无法打通男友的电话。

克南屏住了呼吸，而我已经无法控制住自己。我问道："你男友是不是一位摄影师？"我感觉到女人肩上波浪似的卷发在颤抖。她突然惊喜地扭过头来问我："你见过他，这么说你们见过他了？"

我沉默了，在这样的时刻，我的任何一种言语都无疑揭开一种悲剧：即摄影师被野人山湮没身体的那个现实。直到如今，我都能感觉到摄影师的尸体，那已经被蚁群、蚂蟥所吮吸干血和肉的尸体。克南把那只好不容易从野人山带出来的遗物展现在女人的面前。她仿佛浑身裹在一种不祥的波纹之中，她奔向遗物，颤抖地说："这是为什么，他的摄影包为什么在你们手里？"

揭开摄影师死亡之谜的一个时刻，仿佛像剥开一层皮，尽管我们跟摄影师是陌生人，然而，因为我们亲历了事件，我们是活生生的目睹者，我们可以再现摄影师的死亡之谜。

女人把整个身体埋在那只摄影包上，我们讲述了整个过程，包括摄影师已经安葬在野人山的过程。女人就住在旅馆里，这里曾经是被中国远征军住过的旧日的客栈，这是林桂枝住过的旅馆，也是另外一个中国远征军的妻子、一个东北女人所经营过的客栈。女人在第二天醒来以后出现在我们面前，从她的倦容中我知道她一夜未眠，而且她一定痛哭了一夜。她来是为了去野人山，我们知道她的意图，她想亲自去一趟野人山，想看到昔日男友的坟茔，她想验证男友的死亡。

她请了两名向导，在第二天就出发了。我和克南站在旅馆门口目送着她的远去，因为有当地向导，我们慢慢地就消除了对她生命安危的忧虑。

克南待在他的房间里，在秘密记日记。每当我们分开时，我们仿佛都有了独立的思维，我又可以随同丽莎的叙述回到昔日的战争之中去。这种生活已经决定被我重新叙述，我心里明白，我对那场战争充满了畏惧，我就像林桂枝一样，陷入了囚房，渴望着出逃的机会。我看见了周龙，他是奸细，至少对于我来说，在林桂枝未意识到周龙是奸细之前——我已经意识到了，这是战争告诉我的真相。当然，战争隐藏着无以数计的敌人，有时候，竟然是最信赖的那个人也会变为你的敌人。我的头在眩晕，战争！战争要扭曲、分裂、揭穿一些什么样的人性。周龙又回到了囚房。严格意义上讲并不是监狱，它不过是临时搭建的囚禁室，然而对于现实中的我来说，那就是监狱，所以，我像林桂枝一样渴望着出逃。

这正是一个机会，当然，周龙给她带来了机会，周龙说日本人审讯他时，在无意之中听到了一个消息：日军将进入下一次围攻远征军的战役，所以，大量的日军将参战，只留下部分的士兵守兵营。

周龙的眼神很明亮，尽管他再次被捆绑，然而，在林桂枝看来：即使是那些绳索也无法再捆绑住他。在那一刻，似乎周龙就是她唯一的同盟，由此，她可以把自己的命运交给这个男人去支配。她已经没有时间猜疑。

这个男人已经孕育了他的计划，在午夜前夕出逃。对于已经成为奸细的周龙来说，他已经准备好了出逃的一切手段：一个男人在那样的时刻，携带着一个身陷囚房的女人出逃的全部计划和谎言。

他割断了绳索，天知道，他从哪里弄来的刀片，这本是一个破绽、一个细节，然而，林桂枝忽视了这一切。她只顾沉浸在绳索被刀片割断一刹那的狂喜中。

仿佛身体的束缚突然消散了。

这真是命运出现转机的时刻，她身上的绳索就这样被解开了吗？周龙同时也解放了。他的身体比林桂枝更亢奋，因为他负载着两种命运：前者是一个男人对一个女人的情感，从解开绳索的那一刻起，他就想带着这个女人私奔，从战争中私奔到另一个他认为没有战争的世界中去。后者则是奸细的命运，一个已经出卖国家的汉奸，大家都清楚，他所承载的必然是永不可赦的种种罪恶。

他站在门口，叫唤着那个守门的士兵，他并没有高声地叫喊，相反，他的嗓子仿佛沙哑了，这是他的伎俩，他不想惊动旁边已经打盹的士兵，他对守门的士兵说肚子痛得厉害，想上茅房。

这是汉奸周龙出逃的第一步，他一出囚房，就挥起拳头，砸晕了那个士兵。总之，在黑夜中，他的两只手狠狠地往士兵的脖颈上砸去。这是林桂枝第一次看见周龙的另一种行为：他就像弄一只小鸡一样将那士兵一下子就弄晕了过去。当然，林桂枝很痛快，因为他所砸晕的是她的敌人，她的敌人就是她国家的敌人。

然后，他牵着她的手开始往漫无边际的黑夜奔去。在暗夜处，出现了一排排铁丝网，他伸出双手，他的皮肉是钢铁，可以为她的身体挡住那些铁丝荆棘。这就是她可以一次次信赖他的理由，也是他可以一次次在她面前表演英雄和汉奸的双重时刻。

直到逃出一排排铁丝网，她才嘘了一口气，她是趴在地上，从铁丝网中钻出来的，他的手背被铁丝扎破流血，但他似乎并没有感觉到疼痛。他和她都回过头来，他们竟然如此顺利地就逃出了日本人的囚房。现在，他拥抱住了她，她并不挣扎，对于她来说，这个短促的拥抱类似庆贺胜利时的拥抱。那时候，每一次获得胜利，仿佛都是一次拥抱。

她在这场拥抱中根本体会不到异性之间的那种窒息和心跳，也许，她的身体已经被那无限而短暂的时刻笼罩过：她回过头去，在缅北丛林深处的幽暗中，扑进将军的怀抱，她因喘息、感恩、惊喜集一体的灵魂突然间抓住了将军的一枚纽扣，这个时刻，笼罩了她的一生。

此刻，她和他松开身体的拥抱，他拉住她的手开始继续出逃，因为这是日军区域，久留是危险的。她的目标，她整个身体出逃的目标是远征军的营地，她深信周龙也是这个目标。所以，她根本就不探究他会把她带往何方，何况，她是一个女人，她对路线、距离、时空的记忆如此有限，她根本分辨不清楚东南西北。

她的意识只是跟随着他奔逃着，她似乎根本用不着追问他到底去哪里？因为她深信不疑，她和他都已经成为远征军的军人，他和她都已经融入了战争之中，他们归根到底是第二次世界大战中的战士。所以，他们才不顾一切地出逃，想寻找自己的部队。

几个小时以后，他带着她来到了缅北丛林中的一条小道上。他对她说："现在，我们可以喘口气了，我知道，战争已经离我们远了一些，也就是说，我们已经越过战争的区域了。"

"为什么？"她睁着迷惘的双眼。他笑了，此刻，已经是凌晨，微光映现出他们因出逃而留在身上的痕迹，他们的衣服已经被挂破，渗出的血迹和汗水混合在一起。她感觉到他笑得很阴郁，有一种令她无法解释的力量使她仰起头来看他，他说："你现在什么都不用害怕，我一定要带你离开这个地方。"

21

林桂枝环顾着四周，这是陌生的区域，很显然，她已经听不到炮弹的呼啸声了；很显然，她的视觉已经看不到死于战争中的士兵了，她已经离将军越来越遥远了。他说：“这就是我的目的，现在，由你选择吧！我不想强制性地带你离开，如果你不愿意，我知道，你还会再次出逃的，所以，让你来决定吧！”她依然很迷惘地看着他说：“决定什么？”她一直看着他的眼睛，事实上是在穿越缅北地区的原始丛林。她突然想起了菊池贞子，她难过地说：“让菊池贞子再一次陷入困境，丽莎一定很难受，将军也一定很难受。”

“够了，你为什么怜悯那个日军慰安妇，你为什么总是想到丽莎和将军，我已经告诉过你了，我们已经开始远离战争了，再继续往外走，子弹会呼啸而来。你为什么没有感觉到我的影子呢？”

影子，影子。这个问题林桂枝从来没有说过，她想起了将军的影子，她突然固执地说：“我不想离开战争，离开了战争我们又能做什么呢？”迷惘的她此刻并不想再听他说什么，她现在已经明白了一些东西：周龙好不容易带她逃出来，但周龙却改变了路线。

这是一条她并不喜欢，也不准备沉溺其中的路线。尽管环顾四周时，确实已经开始远离战争。简言之，已经嗅不到来自战争中散发出的子弹击穿胸膛及射穿心脏时的血腥味儿了。四周显得出奇地寂静，仿佛以往历经的一切传奇色彩，以及因战乱所崩溃的神经突然间消失和松弛了。

“我可以带你回老家，老家有一片桃园……”他突然伸出手来想揽紧她的腰，她惊恐不安地后退着，她用不高也不低的语调提醒他说：“你不该这样，如果你不想回去，那么你走好了，我可以自己回去的。”

他靠近她，强行地揽紧了她的腰，她挣扎着，他更紧地搂着她说：“我早就想抱你了，在梦里我已经抱过你千次了……为什么总是拒绝我？”他开始吻她，她使劲地挣扎着，她突然回过头去，她竟然已经后退到丛林深处的一座悬崖旁边。她回过头去，她的灵魂嘘了一声，然后重新回到他身边，她低声说道：“你到底想干什么？难道你想把我推下悬崖吗？”

他松开了手，他总算意识到了他已经一步一步地把她逼到了悬崖边，他说：“我并不想推你下去，我们活得如此艰难，然而，我们依然要活下去。所以，我想带你离开，如果你答应我，就意味着你已经拯救了一个男人，我知道，只有我知道，只有你跟我离开，远离这场战争，才可能由此拯救我的灵魂……”

“你到底在说什么？好了，我们回去吧！也许将军和丽莎都在寻找我们。”她说。

“这么说，你非要回去，你是决定要回去的？”

林桂枝点了点头，这是一次不容置疑的选择，她毫不怀疑这种选择，所以，她也不容许别人怀疑这种选择。周龙点了点头说："如果这样，我们回去吧，就让我跟你的灵魂回去吧。天知道这到底是怎么一回事，是谁制造了这场战争！如果是这样，就让我们回到战争中去，也许这就是命运，我知道你为什么离战争越来越近，因为你离不开你的将军……"

他说到将军这个词时，眼角出现了一种讥笑，一种嘲弄似的笑，似乎是在笑他自己。然而，却是在讥讽这场战争，以及介入战争中的每一个人。林桂枝并不知道，就在她坚定不移地决定或选择自己的生活时，周龙同时也从内心选择了自己的命运。

之前，他带领着林桂枝奔逃时，似乎已经决定远离这场战争。他不想再回到战争之中去做奸细，尽管汉奸这个词在当时的缅北战争中还没有流行起来。然而，他知道，自从他在不知不觉中已经沦为日军训导的特殊人才时，他已经出卖了国家的秘密，他意识到自己已经离汉奸这个词越来越近了。

只有他知道，出卖自己灵魂后的秘密：他之所以能够顺利地携带林桂枝出逃，他之所以能够活下来，完全是因为日军需要他的身份，当他身陷囚房，被日军审讯的时刻，谁能知道他和日军的那次密谈到底策划出了多少罪恶。

他带着林桂枝顺利地越过了一道道铁丝网，在林桂枝面前，他就像英雄一样无畏和敏捷。然而，林桂枝忽视了这一切：为什么日军没有审讯她，为什么他们出逃时如此顺利？林桂枝可以忽视更多的细节，因为她的内心已经融入了战争的炮火中，因为有炮火和子弹呼啸的地方，就有将军的身影。所以，她忽视了眼前的这个人，即使他和她在这个地方分道扬镳，她也要独自走回去。她决心回到将军身边去，回到那枚纽扣的主人身边去。

他无法强行阻止，他的神态看上去当然沮丧和无奈。她已经抗拒他而走上了另一条道路，那条充满荆棘和藤蔓的缅北小路——由此可以又一次通向战争。他并不费解，作为女人的林桂枝不喜欢战争。全世界的女人都讨厌战争，因为她的身体与战争形成了强烈的对抗，发动战争的似乎大都是男人，准确地说男人是战争的制造者和创始者。

那么女人呢？

林桂枝已经被绊倒了，她就是女人，已经被荆棘一次又一次地绊倒。然而，她不甘心，她固执地穿梭于那种理想生活之中，她奋不顾身地奔赴战争，只不过想见到将军，因为将军是男人。周龙已经无奈地放弃了那个决定，他知道：林桂枝是无法改变的，正像战争是无法改变的一样。

一个男人，跟随着林桂枝，两个人的身体已经疲惫不堪，已经被时间和战争撕裂。它们零乱地在热风中舞动着，带着一男一女，前往战争的核心：那也许是炮弹轰响的地域，是雷区，是死人区，是人与兽搏斗的地方。

一个女人要无畏地让身体和命运前往战争地区，与将军约会，而一个男人呢？他往前走，已经无路选择。而且他肩负着一种罪恶的使命，就在这一刻，他的使命似乎已经比他对一个女人的爱情更炽烈。

爱情是炽烈的，所以，现在的林桂枝无畏地朝前奔去。她似乎已经被这层茧缚住，她似乎已经被过于炽烈的血液所粘住，已经失去了解脱的方式。所以，任何人，任何生活方式都已经无法改变她的命运了。

那么男人呢？在这里，男人就是周龙，他已经被另一幅图像所笼罩，他跟在女人身后前去赴约，他似乎又回到了原来的地方，他本想带女人出逃，因为他有一个爱情的理由。而且爱情已经使他战胜了另一种可怕的欲望，然而，女人并不被他所驯服，因为女人有更为强大的力量——摆脱他的掌心和四肢中散发出来的、一个女人的爱欲。

暮色又一次开始笼罩四野。他和她不得不开始进入一座小镇。女人似乎已经感应到他不得不回来的心情，他已经放弃原来的计划。因这爱恨交织的情感使他又回来了。他又开始扮演她的伙伴，他带着她穿过被暮色所笼罩的小镇，进入了一家小客栈。

对于她来说，他只是一个值得信赖的伙伴而已，正像当时她站在怒江边的木棉树下，发现了他的马帮，她一看见他就知道，他是马锅头。那时候马锅头代表着一种身份，它是一支商队最高的头衔，所以总有许多不安分的女人被路上的马锅头诱惑而离开家乡。

马锅头对于当时离家出走的林桂枝来说——只不过是一种离经叛道的方向。因为在她的潜意识里飘荡着一幅又一幅图像：跟着马锅头，就可以离家越来越远，就可以到达任何人也无法寻找到她的地方。

在她的幻想中，这幅图里从未出现过从空中抛掷而下的炸弹、从四周飞扬而来的子弹，当然也不会出现血腥的场景以及来不及掩埋的尸体。当然也不会出现将军的形象，所有这一切都是命运的转折点，而此刻，她看见了客栈中拥满的难民，他们已经像蜂群一样占据了客栈。

22

这是一座名存实亡的客栈。老板早已离开，这是一座离战争很近的小镇，在暮色中，越来越多的陌生人已经把小镇包围，因此，周龙说我们还是到林子里去住好一些。她赞同这个主意，因为整座小镇仿佛是一座巨大的难民营区，散发出难以忍受的味道。

战争使缅北正在一天天地沦陷下去，因此，他和她不得不绕过小镇，在镇外的密林中栖居一夜。她躺在腐叶上，感觉累得要命，脚底已经起了水泡，这正是他可以对她产生亲近的时刻。他身上现在没有任何魔瓶，他可以到镇子里去走一走，找一些草药，因为第二天还得赶路。第二天依然漫长，他大约消失了两个多小时以后回来了，果然给她带来了草药，那是一些褐色的粉剂，涂在了她满脚的水泡上，之后她很快就睡着了。

此刻，我看到了什么？

这是 20 世纪的缅北，然而，我依然看到了一张男人的脸。确实，周龙的脸上没有写“汉奸”这两个字，如果否定这个词，周龙对林桂枝充满了爱慕，不知道他到底为林桂枝脚上涂了一种什么药剂。总之，药剂一涂上，林桂枝就很快进入了睡眠。夜色是如此皎洁，那是一个有战争硝烟的夜晚，尽管离主战场已经很近，第二天傍晚他们就会抵达将军的指挥部，然而，这个夜晚却出奇的静。

这个特殊的夜晚意味着将发生一场肉体的战争。丽莎坐在酒吧暗淡的灯光下向我描绘这个场景时，我几乎被震惊了，我带着女性的全部幻想，力图将这一幕真实地再现，因为我想看到已经变为奸细的这个男人，到底如何面对自己对一个女人的爱情。

夜色中闪现出的那双手并不胆怯，他已经从空中伸出去，作为男人，他在之前抚摸过马道上的荆棘、抚摸过商路上的险径，当然，他也抚摸过女人，在老家他有妻女，尽管没有爱情的基础，尽管那婚姻只是完成一场宴席而已。如今的他，似乎已经无法返回老家，作为传说之中的马锅头，他们还应该在路上邂逅许多风尘女子，比如栖居在路边客栈中的女人，在滇西商道的路上，无以计数的女人在客栈中露面，她们是十足的野花，典型的驿妓，她们的美貌和肉体足以满足和抵消路上的严酷和寂寞的生活。

他并不是没有女人的男人，只不过以往那些女人都唾手可得。林桂枝跟她们不一样，从一开始，他就已经感觉到了从怒江边走来的这个女人，已经剥离开了他过去的历史，如果她答应了他，如果在那座客栈她就已经开始了跟他期待中的那种肉体生活，那么，结局会怎样呢?

有一点是可以肯定的：那样一来，她对将军的幻想就会破灭了，她将和周龙一天天延续他们的肉体关系。也许，这个男人会带上她远走高飞，如果他们一旦远离了战争，可想而知，丽莎就不会与林桂枝相遇了，而且我也不会倾听到丽莎讲述的一系列故事。

周龙经历了许多女人，所以，他伸出手去，即使在夜色之中，他依然能准确无误地摸到林桂枝衣服的纽扣，可以这样说，他盯住那些纽扣已经有很长时间了。每当她想扭转他们的命运时，他的目光，那双火热的眼睛就像缅北的太阳一样，投射在她的衣服纽扣上，只要解开纽扣，那么，他就可以解开她肉体上的谜团。

他想得到一个女人，在他未得到之前，永远都存在着肉体之谜。所以，他给她的脚施了魔法，那些褐色的粉剂必定已经发生了效力，要不然，林桂枝怎么会睡得那样沉。

他克制住了强悍的力量，他要尽力地克制住他的肉欲之火，尽管战争已经笼罩了整个缅北，然而，他依然对这个女人充满了肉欲之火。所以，他克制住这一切，他的手变得柔软，第一颗纽扣已经被解开，然后是第二颗、第三颗纽扣。

他掀她的胸衣，把自己的脸贴了上去，这不是路边的野花，也不是马道上的驿妓，她是女人，是他的心灵已经在之前爱慕过的一个女人。所以，他的肉欲之火并没有强暴似地燃烧开去，他开始用吻战胜自我内心的限制。

肉欲是可怕的陷阱，所以，似乎他已经在之前尝试过那药剂的力量，他掌握着夜色的时间。在这里，这似乎是另外一个世界，他知道，只要他已经占有了她的肉体，那么她就会接受他并被驯服。

作为男人，他似乎驯服过许多女人，在他做马锅头的那些岁月里，他只要抛出钱币，女人就会投入他的怀抱。现在，她的乳房已经敞开，她竟然不知，她的肉体一点感觉都没有，他需要的正是这种效果。然而，他坚信，他进入她的肉体中去时，这个女人必定会发出尖叫声。

他解开了自己的衣服，他希望在这一刻将这个女人的衣服全部剥离。之前，他已经为这个女人找到了另外的衣服。总之，他是有准备的，他知道当女人裸体之后，一定会尖叫着寻找衣服。

他开始讨厌女人身上的衣服，那些汗淋淋的衣服应该从她身上全部除去。也许这样，命运就被他彻底地篡改了。他希望达到这样一种现实：当女人尖叫醒来之后，发现她已经一丝不挂地躺在他怀里，这是一个改变命运的绝好时刻。这个女人会大声尖叫，然而，在这里，谁都听不到她的尖叫，即使这个女人所爱的将军赶来，也已经失去了机缘。此刻，他就是要创造他和这个女人的肉体机缘。

他的肉体刚压在她的身体上，她就开始翻身，她一定以为这是一个梦。所以，她在翻身时力图推开噩梦中的石头和暗影，然而，那个男人的身体似乎已经越来越沉重地压在她身体之上。

尽管如此，她仍未醒来。因为药力依然在发生作用，还不到她彻底醒来的时刻。他的裸体就这样在夜色弥漫中一起一伏地开始进入她体内，然而，她并没有像他所想象的那样尖叫，药力比他所想象的剧烈得多。

所以，她迟迟未发出尖叫声。

那么，她感应到他的存在了吗，难道她的肉体根本就已经失去了感应的能力？就在我屏住呼吸的这一刻，我突然听到一声剧烈的尖叫，它正越过缅北的丛林、越过难民区的味道，向我逼近。

她就像他所期待中的一样醒来了。

这个现实比任何一刻都重要，因为这个男人赤裸的身体已经压在她的身体上。一种本能开始复苏了，她伸开双臂使用胸部和两肋的力量，她还使用了腿的力量——用身体战胜这个裸体的男人，由此，她使用了怒江边骂人的语言，最杰出的咒语，试图让这个男人从她身体上下去。

男人很快在她发出的咒语中到达了高潮，他就像野兽一样吼叫着，然后突然从她身体上撤退。然而，已经晚了，这场肉体搏斗已经来得太晚了。他此刻倒在腐叶上，即使她杀了他也不会再有丝毫的反抗。

她确实想杀了他，她绝望地用双臂护着胸部，他并不看她，他只是闭着眼睛，享受着肉欲之后的平静，如果她现在想杀死他，确实是一个机会，她在寻找衣服。首先，她必须把衣服罩在身上，这是一种古老的本能。

衣服啊衣服，在这一刻，我感受到了林桂枝的耻辱，她的耻辱写在胸上，她在一阵又一阵腐叶的弥散中，在自己毫无所知的情况下——被男人所奸污。

她在旁边的树篱之中找到了那些汗淋淋的衣服，她在夜色中，正一丝不挂地站着穿衣，这是她最为现实的手段。他还是已经感觉到了，他翻身而起，赤身裸体地来到了她身边对她说："现在，你终于是我的女人了。"她不吭声，她的绝望已经使她失语。他伸出手臂捆住了她，她并不拒绝，也不反抗。

我开始绝望和迷惘了：因为林桂枝已经十分麻木地接受了这个男人。

23

她的麻木将会把她带往何处去？她已经置身在生命中这个最大的陷阱中了，他帮她脱下了那层汗淋淋的衣服，他为她穿上了干净的衣服。他为她做任何事情，似乎她都不反抗，他就要带上她离开，他已经得到她，顺其自然地他将带着她到一个没有战争的地方去。

于是，他和她并肩走在一起，在她眼里看不到任何明媚的色彩，她只是顺从于他，顺从于他对命运的篡改。肉体，在这一刻变得微不足道，灵魂已经脱窍而出，灵魂再也没有力量牵附在肉体上。这是一个巨大的错误，然而，在那一刻，她感觉到了肉体下陷时的无助，她缺乏任何一种解救肉体的方式。

既然灵魂已经脱窍而出，肉体是什么呢？她已经顺从于他，在另一边是战争，有那么一刻，她的眼睛里噙满了泪花。然而，她惊讶地发现，自己再也无力回到将军身边去了，再也无力回到因为战争而产生的幻想爱情中去了。

他们卷入了像困兽正在夺路而奔逃的难民营中去，在人群里，他们不时地跌跌撞撞地感觉到地上的尸体，那是战争和霍乱制造的尸体，他不得不牵住了她的手，她并不拒绝——就像她的肉体曾经被他所占据，那是另一种战争，他是胜利者，而她呢，她在最后，在一个荒废的世界上发现一只困兽已经入了她的巢穴，困兽已经剥开了她的衣服、吮噬了她全部的灵性，而那只困兽嘴里依旧发出粗糙、哀伤的呼叫：我已经得到你了，你再也不会逃跑了，你再也不会离我而去了。

她站在难民群中倾听着这种声音，她平静地、毫无任何情绪地倾听着，仿佛听见或者听不见。总之，她已经放弃了她的幻想，她已经融入他肉体中去了——挺立的性器在进入她身体之后，林桂枝意识到，她再也找不到她的将军了，她再也回不到那只箱子身边去了，那只箱子留在丽莎身边，箱子中有将军的纽扣，在将军和丽莎看来，他们很快就会回去。

然而，回去的路已经被阻止。就在这一刻，飞机盘旋而下，噢，飞机突然从林中地带穿行而来，她环顾四周，到处都是难民的脑袋，每个人似乎都想把脑袋伸到地壳中去，伸到哪怕是陷阱的青苔中去，然而，他们唯一的选择是逃跑。

林桂枝不得不奔逃起来。而恰巧这是周龙不在场的时刻，他总是在一定时刻缺席，他总是有理由缺席，他的理由是为她去寻找水和食品，当然，他总会给她带回来蠕动的胃和干燥的喉咙所需要的东西。他不在身边，她却已经奔逃起来，飞机在上空轰炸时，难民们已经像蝗虫般混乱起来，他们带着女人、孩子、老人跌跌撞撞地逃命。在战争中，除了军人之外，似乎每个人都在想办法逃命。

所以，按照周龙的人生法则：他要带着他曾得不到，而如今已经被他所占有的女人逃跑。这也是一种逃命的方式。他们本想按照计划逃往昆明的，然后逃往成都和重庆，最终去上海。

当他又一次带着她进入密林时，那个夜晚似乎凉爽极了。他带着她躺在腐叶上，他现在用不着使用药剂进入她身体了。她展开四肢——她的肉体委顿地、平庸地躺在地上，她不闭上双眼，也不用眼睛看他。她的眼睛在看着缅北地区蔚蓝色的天空，即使那些战争的涂抹也无法改变天空的颜色，这就是伟大的、不朽的魔法。因为战争是无法改变天空的，天空是世界上最广大无边的世界。

他想要她的身体，即使旁边几百米处是难民营区，他也要寻找到幽暗的密林。所以，她展开四肢，女人展开四肢时，无疑是等待着男人上来。她肉色的肌肤似乎并没有被战争的暗影笼罩着。于是，他上来了，他根本不顾忌她心灵的城池，那些已经被他强行搅乱的波纹，他上来了，在他下面，就是肉色弥漫。

所以，他似乎已经坚信了一种命定的结局：他已经征服了这个女人，他已经战胜了那个将军。这个女人，因为与他的肉体关系，再也没有退路和机缘回去了。

机缘之路已经从女人的命运中彻底地消失，而他忽视了另一种东西，即战争，无所不在的战争带来一阵又一阵飞机的轰鸣，从蓝天上掉下来的炸药，像是疯子似的狂轰滥炸。

于是，他忽视了他的女人。她是不可能待在原地的，这是战争期间，任何一枚子弹都可以改变处境，何况是飞机。

飞机来了，而他却不在身边，这似乎是一种冥冥中的机缘之路：她开始随同像蝗虫飞舞的难民们夺路而逃，难民们分成难以计数的群体，裹挟在黑沉沉的炸弹片中，不顾方向地奔逃着，这必然使他和她失去原有的纽带。

其实，他们之间的所谓纽带，只不过是一种肉体关系而已，仅有的肉体关系是经不住时间的摧残和磨砺的。所以，时间改变了一切，当林桂枝为了逃命随同一群难民终于逃到伊洛瓦底江边一座村庄时，她抬起疲惫的、汗淋淋的脖颈，她突然在人群中看见了一个女人。

沈阳女人竟然出现在眼前：女人的面颊上涂满了锅灰，眉头、双颊上黑漆漆的，像是刚刚从一座煤灰弥漫的世界中逃出。

两个女人绝望的目光交织在一起的那一刹那，也是她们彼此认出对方的时刻，她们拥抱在一起，热泪顺着她们的面颊和脖颈流向了胸部。

相遇又一次激荡起一种话题：关于男人，关于战争，沈阳女人坐在难民群中，四周一阵又一阵难以忍受的腥臭散发出来。她对林桂枝说，她依然没有找到她的男人，自从离开那座客栈之后，她就认命了，她一定要找遍缅北，跟她的男人相遇。

为此，她已经做好了充分的思想准备，哪怕她的男人已经在战争中阵亡了，她也要寻找到男人的尸体，她要亲手埋葬她的男人，然后再活下去。于是，寻找她的男人似乎已经成了她活下去的理由。为了保存这种幻想，为了逃避在乱世中滋生的最痛苦、最常见的性别灾难，她把面颊涂成了锅底色，以此来捍卫自己的性别。谈到她的男人，从她锅底色的面颊上涌现出一种温馨的微笑，她说："我一次又一次地梦见了我男人，每次看见他时，他都活着，每次看见他时，他怀里总抱着枪……所以，我相信，我一定会与他相遇。"

林桂枝的胸部微微地起伏着，她突然看见了将军，当沈阳女人讲述她的男人时，她已经看见了另一个男人，这个男人不是她的丈夫，也不是周龙，而是将军。

眼前突然消失了那个用身体占有她肉体的男人，她似乎嘘了一口气，她希望她和这个男人永远地失去联系。一种被涂改过的命运似乎又清晰起来了，她看上去什么都没有改变。

对面是这个沈阳女人，即使她的面颊变成了锅底色，然而，这个女人依然充满信念，她相信在不久的未来，她一定会与丈夫相遇。沈阳女人的出现，从某种意义上再现了林桂枝已经消失在肉体之下的幻想，她似乎已经伸出手臂，触摸到了离战争越来越近的地方。

现在，沈阳女人和她寻找到了共同的目标，那就是离开难民群，寻找离战争越来越近的地方。于是，她们从伊洛瓦底江边村庄的难民群中抽身而出，她们将不再逃命，她们将融入战争。

很难想象，周龙看不到林桂枝的那个时刻。唯有回顾过去，才能看见这个男人，手里带着一小瓶水、一小块食物。当飞机轰炸时，他趴在地上，他还不想死去，因为活着对于他来说比在飞机轰炸下变成尸体更充满意义。他迷惘地站在难民群中，很显然，他已经同林桂枝分开了。他费了很大的力气篡改过命运，竟然在短促的一眨眼之间就失去了意义。然而，他并不想放弃这一切，放弃就意味着死亡。在战乱之中，每个人都不想放弃生存的力量，对于周龙来说：失去林桂枝意味着失去了精神和肉体的双重力量。

24

克南搂紧了我，我们已经来到了伊洛瓦底江边的村庄。昔日汇聚着无以计数的难民和尸体的村庄，现在已经变成了一座繁茂的集镇。我在集市上捧着一只熟透的苹果，甜蜜的味道渗入了我的毛孔。克南坐在我身边，由于这里正在举办一种地方贸易活动，因此，所有的客栈都住满了人。

我们好不容易走进了一家旅馆，终于有了一间客房，但仅仅是一间客房，这意味着我和克南将同居一室，在旅馆老板娘看来，我们是一对情侣，当我们对房间产生怀疑时，她很有趣地调侃道："难道你们不想住在一屋吗？要知道，这已经是21世纪了。"

21世纪已经来临了，20世纪已经逝去。而我现在却生活在20世纪40年代。夜里，克南不得不躺在我身边，因为只有一张双人床，面对那张双人床，我不住地回味着老板娘的话，现在已经到了21世纪了，住在我们隔壁的一对男女已经开始叫床，而此刻，克南翻转身体开始盯着我，他把一只手开始往我的身体上伸来，那只手已经伸及胸部。

我想起了林桂枝，整个夜晚我都沉浸在林桂枝与周龙第一次发生性事的处境之中：当时，林桂枝的肌肤上溶入了药剂，那是一种可以迅速让她的身体处于休眠状态的魔法。这样的时刻，周龙可以占有她的肉体了。

肉体，当它渗出灵魂时，它存在着，它为人们的肉欲活动而存在，并为人们的肉欲而服务。而一旦肉体融入灵魂之中去，它才会获得一种快感。我猜想，在周龙和林桂枝几次有限的肉欲关系中，周龙经历了占有一个女人的肉体的快感，然而，他并没有用肉体真正征服这个女人。所以，当林桂枝猛然间发现在奔逃的难民群中已经看不到周龙时，她似乎得到了松绑。

我现在躺着，我和克南究竟为何躺在一起，我们拥有相爱的理由吗？

我们之间可以拥有灵与肉的拥抱吗？和谐的燃烧似的拥抱之后，我们拥有可以相爱的权利吗？我又一次让我的身体筑起篱笆。在缅北地区，有一点并没有变化，当年林桂枝和沈阳女人在乱世之中一次又一次地穿越过的缅北篱笆，现在依然呈现出金黄色，一排排地出现在我的眼前。

人类需要用墙壁和篱笆维持着自己生活的内部，即生活的神秘性。当我一次又一次地面对墙壁和任何一种篱笆时，我的肉体就像奔逃的狐和鹿，就像奔逃的林桂枝——仿佛在乱世中看到了她的将军。

我又一次减灭了那种想被一个男人进入的欲念。现在，我知道，理智可以控制住的肉体已经沉睡在黑夜之中了。我坚信克南会尊重我的选择。确实，克南并不勉强我。因为，克南不可能是周龙。克南的手仿佛从我身体的一阵克制性的波涛中感觉到了一种理念：即肉体可以诞生的那种性欲也可凭着肉体会见灵魂时的一刹那，被收敛在水中，或熄灭在炉火之下。我知道，终究有一天，我和克南会产生真正的肉体关系，但现在还不是时候，我知道，我们都在等候着那天的降临。

克南的手抽了回去，我们可以躺在同一张双人床上，我们可以平静地躺下去，犹如躺在充满繁星的天空下面，回首过去，任何历史都与过去有关联，这正是历史最迷人的地方。

现在，有一种理由让我开始寻找林桂枝：她同沈阳女人相遇的那一刻，又一次让她回到了战争中心地带。沈阳女人坚定地寻找男人的信念在那一刻，使她消失在周龙肉欲之下的那种爱情突然像一朵花一样从花瓶碎片中冉冉升起。

那是她少女时期使用过的瓷花瓶，每当怒江边的春天来临时，她就会跑到木棉树下去，她抬起头来看见鲜红的木棉花，她从树上采撷艳红得让她的青春期撑开的花朵。然后，她将木棉花插在花瓶中。

花儿，是她青春期的伙伴。此刻，似乎被那只花瓶中的木棉花儿所召唤，她突然忘记了周龙和她的肉体关系。这肉体，这并不情愿的肉体关系包含着无奈和麻木，曾使她决定放弃自己真正的选择。

而在这一刻，她选择了战争，她即使不选择战争，战争也无时无刻地剥夺着她生活的权利，因为越来越混乱的难民已经朝着整个缅北在奔逃。她此刻决定，带上沈阳女人去寻找将军的队伍。这样一来，她们就有了目标，她们告别了慌乱奔逃的难民，她们不是为了逃命，相反，她们朝着枪声弥漫的地方奔去。与战争赴约，这是一个令人伤感的场景：于是，我看见了林桂枝已经醒悟的肉体，她仿佛已经挣脱一个男人带来的阴影，从沈阳女人身上感受到的信念已经从她肉体中长出来，这是一种新的幼芽，当她一次又一次回过头去，她已经看不到周龙，在那样一个时刻，她似乎已经坚信，战乱使她和周龙已经永远地失去了机缘。

她们竟然在那个黑夜掉进了战坑，那简直是一个噩梦，是一个逼近自己肉体的噩梦，她们朝着前方奔跑，沈阳女人很兴奋，因为她知道，离战场最近的地方也就是离她的男人最近的地方。

她们的身体一前一后掉进战坑，分不清这是日军的战坑还是远征军的战坑。总之，她们已经掉进了战坑，这个现实让两个女人很惊讶，然而她们却抑制住笑声，因为她们听到一个女人的呻吟声。

除了她们之外，谁还会掉进坑中呢？此刻，林桂枝仰起头来，她们借助于那天晚上的弯月，那道弯月的光泽很微弱，就像一个即将告别人世的人，游丝似地喘息着。

林桂枝趴在战坑之外，朝着四周望着，她断定还有另外一个女人掉进了战坑中。既然如此，她就在寻找那个女人。终于，那道弯月映现出一张女人的脸：它显得像纸一样的白皙，像沟渠一样弯曲的上半身似乎在挣扎着。

她让身体越出战坑，她来到了另一个战坑前，她把手伸给那个女人之前，只想把那个似乎周身疼痛的女人拉上来，她根本没有任何时间仔细地审视那个女人的全貌。因为任何一种容颜都在那样一个夜晚失去真实的色泽和年轮。而且，在那样一个夜晚，任何面孔都显得不重要，仿佛林桂枝的那只手，朝着战坑，她想把那个女人拉出战坑，凭借的不是理性，而是如水一样依然在她体内穿行的情感。

然而，那个女人却一动不动地待在战坑中，并不断地朝她摆手，就在这一刻，她看到了这个女人的脸，她惊讶地叫出了菊池贞子的名字。然后，在战坑中，她与菊池贞子拥抱在一起。

我开始闭上双眼，睡神已经入侵我的眼皮。即使是林桂枝与菊池贞子相互间拥抱的那个惊喜相交的时刻，也无法阻止我的睡眠。

我竟然梦到了将军：他脊背上的13颗子弹开始在那个潮湿的雨季折磨他。他辗转反侧地在床上睁大双眼，我的双手伸出去，在梦境中我的双手一定想触摸到将军身体中的疼痛。而在梦境之外，我的双手触摸着克南的背，梦境主宰了我。

克南一定在睁大双眼，在这样的夜晚，他一定惊讶地感觉到我的梦。然而，也许他根本不知道我并非在触摸他的背，我只是在梦境之中寻找将军的背脊。

将军似乎在抵抗我，也许是他的疼痛使他难以忍受，他突然开始拥抱我，我醒来了，睁开双眼，拥抱我的人并非将军，而是克南，此刻，又近拂晓，我们起床了。

在二十一世纪的缅北，一切都充满了静谧，再也感受不到从难民体内散发出的味道，我很想解释我为什么触摸到克南的脊背，然而，克南已经将我带到了楼下的一个小餐馆。我们已经品尝着旅馆的早餐：一种辛辣的面条顺着我们品尝中的器官，使我们年轻的生命叩问着又一种现实，在缅北，为什么阳光如此明媚。

25

菊池贞子是因为逃命而掉进战坑的，这是日军的战坑。但是已经被日军废弃了。在随同日军转移的时刻，她又开始了她的逃亡之旅。即使她重又被日军所擒获，她依然想带着身孕回到她的祖国。所以，在日军的转移途中，她又寻找机会逃跑了。日军朝着前面转移，她朝着后面奔逃，所以她掉进了战坑。

三个女人竟然又一次在战坑中相遇了，这也许是一种乱世缘分。在这里，她们同时越出了战坑，林桂枝对自己陷入日军战坑中的事感到耻辱，她抖落了满身的灰尘，她环顾四周，日军已经消失了，更为重要的是周龙已经消失了。对于她和周龙曾经发生过的肉体关系，她还来不及认真地思考，时间由不得她从肉体关系中感受羞辱和悔恨。她们三个女人越出战坑，带着三个人不一样的期待，就这样用身体在忘情地挪动，每挪动一步似乎就离战争更近了一些。

菊池贞子本想独自去曼德勒，然而，看样子，她的身体是越来越笨重了，林桂枝劝说她先找到远征军部队、找到丽莎，再计划回国，菊池贞子没有否定内心的恐怖：她不知道带着身孕如何回到远在日本北海道的故乡。在战争期间，每个人的故乡都随同身体的漂泊变得越来越不确定。

而林桂枝在行走时总是会回过头去，她的本能和直觉告诉她说：周龙并不可能已经离她远去，周龙就在附近，也许在某座林子里，也许同样在追赶远征军。而且她深信不疑，周龙之所以追赶远征军只不过是追赶她而已。

她仰起头来，到处是弥漫的尘烟，到处是难民在逃命，一些难民因染上病，很快就断气了，你的身体在不经意之间就会触碰到死亡。那是尸体，它们就像被一阵雷鸣和风暴所击毁在地的树干，它们没有规则地躺着，每走几步，总会与死人相遇，战争就在眼前，你想逃避是不可能的。也许，周龙所说的那个世界确实存在着，然而，它似乎离这里很遥远。

她很快就忘却了周龙，因为她不得不伸手帮助菊池贞子，她似乎虚弱得更厉害，然而，越是虚弱时，菊池贞子越是坚定地挪动着笨重的身体。一个女人，在战争中怀孕，并不是一件人性化的事情。然而，一个女人就是这样怀孕了，她不得不承载着这双重的负担，那个孩子并不知道外面的世界，孩子在子宫中似乎依然顽强地生存着。每当菊池贞子跌倒时，林桂枝和沈阳女人总是会害怕一种可怕的场景发生：即女人意外的流产。如果真是那样，她们应该怎么办？所以沈阳女人不得不提醒菊池贞子："你要小心，孩子在子宫中，如果流产的话，你就会失去那个孩子。”菊池贞子听了这话，便小心翼翼地行走，就这样，她们不得不减慢速度，本应该在中午前追赶上远征军的，然而，直到下半夜，她们才看到远征军的帐篷。

一顶绿帐篷竟然在明澈的月光中变得像盛开的蘑菇，对此，林桂枝感受到了希望，直到那些蘑菇变得越来越硕大，她才确信已经进入了远征军的营区了。她对沈阳女人说：“到了，我们已经到了，你就要找到你的男人了。”她转过头来又对菊池贞子说：“快了，我们快到了……”然而，她感到了一阵悲哀，菊池贞子的目标是多么遥远啊，日本北海道的故居并不在这里，她在菊池贞子的脸上并没有看到她所期待的笑容。

而她的脸却绽放开了忧虑之后的微笑。不管怎么样她的目标就在这里，它们已经绽放了犹如战地的花朵似的幽香。所以，她在那个时刻已经确定了一件事：她的生命已经离将军越来越近了，这种现实，任何障碍都无法剥离，她噙满眼泪告诉我说：“即使我的身体一次又一次地经历了羞辱，我同样要回到将军身边。”

她知道，羞辱已经把她的身体覆盖住，如果没有在难民群中与周龙失散，也许她就没有勇气再回到这里了。几个远征军士兵把她们带进了营区，他们并不知道她们的确切身份，而且在三个人之中，又有一个说日本话。所以，站岗的士兵扣下了她们。直到第二天，林桂枝才对前来审讯她们的远征军的一个连长说："我是林桂枝，我是将军的护理员，所以，我正在寻找将军。"

连长又把审讯的目光投向沈阳女人，她异常清醒地说："我来自沈阳，我前来寻找我的丈夫，他是一名远征军战士，但我并不知道他编入了哪一支队伍，我寻找他已经很长时间了。"

当审讯的目光最后落在菊池贞子的脸上时，林桂枝不得不帮助这个女人解释她的特殊身份："她来自日本北海道的乡村，因为战争，她被迫做了日军的慰安妇，并且意外地怀孕，这是她第二次从日军部队中潜逃出来，她想回到她的故乡，回到她的亲人身边去。"

就在这一刻，她竟然看见了丽莎，她总是在最为关键的时刻看见这个战地记者，丽莎一出现，似乎就用不着解释了。在这个世界，解释是繁芜的，然而她必须解释清楚置身在战争时期的身份，因为连长告诉她们："我们要抵制奸细，已经有奸细潜入了我们的部队。"

奸细这个词似乎对林桂枝来说是陌生的，丽莎站在一边，解释了奸细这个词。然而，她依然感到不解，难道在这个世界上，真的有奸细存在吗？难道奸细就是在依靠出卖自己的国家而生存下去的吗？

不管怎样，有了丽莎，她很快就有可能与将军见面了。对于她来说，竭尽所有的力量，带着自己饱受了羞辱的身体前来会见将军，正是她此刻的目的。然而，将军并不在营区，将军的名字意味着岩石似的笼罩，将军一出现在战争中，就意味着一次风雷、岩石似的笼罩。

沈阳女人被编入了卫生队，这也是林桂枝的愿望，她希望沈阳女人会在战火中与她的男人相遇，对此，沈阳女人毫不置疑地说："我会看见他的，我会在战争中与他相遇。"沈阳女人已经穿上军服，这都是丽莎的安排。

现在，只剩下菊池贞子一人了。

这个女人又一次面临着等待和选择：她只好等待，因为按照战事，现在她已经失去了归国的最好良机，如果她固执地想回国，那么在路上，只要走出远征军的营区，每时每刻都会有死亡的劫数在等待着她。任何一颗从空中飞来的子弹都有可能会落在她的身体上。所以，仁慈和熟悉战事的丽莎劝菊池贞子一定要留下来，留在营区，留在丽莎和林桂枝的身边。

菊池贞子不得不顺从于这种局势。她的面颊交织着因妊娠而起的斑点，每当她从忧虑中满怀期待地开始等待时，那些斑点仿佛在颤动，仿佛在倾诉她内心强烈的期待。

林桂枝终于可以随同丽莎到将军的身边去了。那是一个雨后的下午，到处都是泥泞，到处都是飞溅在身体上的泥浆。而就在这泥浆的中央，竟然走着一个男人，她一看见这个男人的背影就嘘了一声。

嘘声犹如子弹射向脊背，她肯定地告诉自己说：那个人又回来了，这真是一个令人心颤、不安和恐怖的一刻。

丽莎叫出了周龙的名字，丽莎并不知道她和周龙之间发生过的一切。丽莎显得有些高兴地对周龙说："我们恰好要去见将军，你就回来了。"

林桂枝站在丽莎背后，她总想回避周龙的存在，然而，他就像缅北丛林深处一道幽暗的阴影，已经越过了界线，偏偏要朝着她的身体移动，这种笼罩感加深了她的惊颤。

她看着周龙：他满身污渍一副难民的形象，他是直奔她而来的。她知道，他又一次放弃了离开战争越来越远的念头。他又回来了，她知道，他回来是为了她，为了他们有过的肉体关系。她并不知道，周龙回来是为了另外一个目的，这个目的在她和他失散后又重新燃烧起来，因为他深信她一定是去寻找将军了。既然如此，他为什么要走呢？一种无法抑制的嫉妒似乎在那一刻占据了他的身体，从而使他毫不犹豫地选择了回去的路。

26

阳光为什么如此明媚，我们已经站在滚滚向前流去的伊洛瓦底江边，克南突然对我说，他父亲的父亲也就是他爷爷在缅北战役中曾在伊洛瓦底江水中游过几次泳。我很想问他爷爷的名字，然而，每当我想开口说话，总会看见他回避的目光。我不知道他到底在回避什么，他说他到江水中游泳，我没制止他，这是属于他自己的生活。我坐在江边的砾石堆上，不远处是一棵棵硕大的榕树，我移动了一下位置，来到了凉爽的榕树下。我要在这一刻，面对着阳光，回忆丽莎向我竭尽全力描述过的那个世界。那天黄昏，丽莎又喝了一小口葡萄酒，她说，自从她从缅北战役中撤回到英国时，她就离不开红葡萄酒了。往事如沉入杯底的暗影，曾经是她生命中一道溶不开的影子，丽莎说，她当时并不知道林桂枝已经暗恋将军很长时间了，而且她也不知道周龙已经变成了奸细，更准确地说是汉奸。

丽莎满怀激情地带着林桂枝和周龙前往将军的所在地，那是用帐篷搭起的临时指挥所，将军回过头来，自从林桂枝陷入缅北丛林，被将军解救的那一刹那开始，她就看见了一个军人，一个将军。日后，她从未见过将军穿便服，他总是身穿军服、系着皮带，他总是将生活在战争中的将军形象一次又一次地展现在她眼前。丽莎热情地奔上前去拥抱将军，林桂枝站在一边，她又一次屏住呼吸：丽莎每次拥抱将军时，时间总会那么长，丽莎紧紧地拥抱将军，她总有那么长久的力量不松开双臂，这是一种令林桂枝很羡慕的拥抱。

将军伸出了手，她要模仿丽莎了，她要走上前去，拥抱将军，她几乎忘记了周龙的存在，她忘却了那些令她懊悔不及的、不该发生的肉体关系。她嗅到了将军的体味，嗅到了源于战争的味道，于是，她趴在将军的肩头上突然哭了起来。

“你哭什么？林桂枝。”将军扬起手臂轻轻地拍了拍她的肩膀说，“你们又回来了，我真高兴。”将军的目光很快就与周龙相遇了。

将军和周龙的手握在一起时，只有林桂枝不安的心灵划过了一道阴郁的影子：周龙回来了，周龙又回到了将军的身边。这是不是潜伏着一种难以预测的危机，她从周龙的眼神中感受到了那种危机。而且将军又一次把周龙留在了他身边、留在了他的侍卫队中。

现在，我感觉到林桂枝忧虑不安的现实。一道影子又在一个黄昏潜入到她的身边，她当时正在消针头上的毒，锅里的水在沸腾着，一只手已经搭在了林桂枝的肩膀上，她感觉到那只手的分量。手一经落在她的肩头，她就敏感地意识到了他们的关系并没被她割断，因为他是前来纠缠她的影子。

他悄声对她说两个小时以后在西边的林子里等她。她刚想否定，他就坚定地说：“我等你，你不来，我就会一直等下去，会让林中的老虎把我吃掉。”

他是一个专横的人，她一旦拒绝，他就会用一切理由来堵塞你的言辞；他是一道纠缠你的影子，在这里，在她的影子之外，他的影子总想占有你的影子朝前移动，朝后移动，朝左、朝右移动。

她不相信他会被老虎吃掉，他曾经是马锅头，在滇西，一个男人一旦被称为马锅头，就意味着他可以演绎生活的冒险史了。一个马锅头如果会被老虎吃掉，就会断送了自己的前程。所以，一个马锅头既不会被林中窜出来的饥饿之虎吞噬，也不可能被一切意想不到的风景所湮灭。

她看着铁锅中沸腾的水开始发愣，她的心灵从周龙出现时就已经失去了平静。她选择着，预测着水中的温度，最后她似乎在水由沸腾变为平静的状态中看见了那些针尖，它们变得越来越锃亮，仿佛可以扎进她肌肤之中去。她接受了这种现实，回避是不可能的，然而，既然他已经在林中等候她，那么，她就去赴约好了。

总要有一个时刻，把一切事情澄清和了结。所以，她乘着夜色来到了西边的林子里。她还来不及环顾四周就已经被一双手臂紧紧地揽住，喘不过气来，她低声叫唤道："放开我，如果你不松手，我就叫了。""你叫吧，不会有人听到你叫的……"

他把手伸进了她的胸部。

他无疑想延续他和她之间的肉体关系。现在，他不再使用魔法了，夜色是最大的魔法。他把手伸进了她圆润的胸部，然而，就在这时，她张开口，咬了他的手臂。他并不松手，他说："你咬吧，你咬下去吧！"他居然感受不到疼痛，这正是她无力反抗的原因，她只好用脚踝、大腿猛烈地踢他。这一次他似乎感觉到了什么，他的兽性或者说他宣称过对她的爱——就这样被坚决地摧毁了。这一次，他本可以用一个男人的力量前去征服她、占有她的肉体，然而，她的脚踝、大腿像裸露出的武器，这不是呼啸过来的子弹和炸雷，而是强硬的拒绝、有力的拒绝。终于，他或许在这一刻才意识到：她对他没有爱情。

他突然咆哮着掩住了头，他的头仿佛想碰撞树干、残云和黑暗。趁他在树林里咆哮如雷时，她已经奔逃出了林子。女性用来对抗男人的武器是逃跑，在任何时刻，这种驱使身体奔跑，从而抵制男人的武器，似乎从不失去效率和节奏。她成功地逃避了一场肉体战争，从而导致了更深的仇恨。当然，深陷其中的她并不知道这个男人的另一面，在战争期间，这个男人的另一面是被包裹起来的。

从那以后，周龙似乎不再纠缠她了，以至于她认为她的脚踝和大腿抵抗了一场个人欲望。而她似乎因此可以喘口气了。

现在，我又一次感觉到了林桂枝的影子，她已经蜕变成二战中的一道风景，一朵战地上怒放的花朵，也许是木棉花。现在，我正慢慢地随着林桂枝故事中的影子，幻想那种现实：林桂枝正在紧贴着战争的弹片前行，犹如紧贴着将军的影子。

这是午夜，林桂枝钻出了帐篷，她是去给一个重伤员喂止痛药剂出帐篷的。就在这一刻，她突然看到了一道影子，正在将军的帐篷外徘徊着。此刻将军的帐篷里依然亮着灯盏的光。而丽莎就在银色月光所笼罩的帐篷外面，她在徘徊，她在等待吗？那一夜，林桂枝也一直偷窥着，她回到自己的帐篷，她从笼罩在她头顶的帐篷中感应到了另一个女人的等待。因此，她透过帐篷的一道缝隙用另一种方式偷窥着。

她看见将军帐篷里的灯光终于熄灭了，将军应该躺下了、休息了。丽莎徘徊的影子也终于离开了。她看到了这个结局，她和衣躺下，战争期间她从不解开衣服，甚至也不解开纽扣，因为战争每时每刻都在突变中。在任何一种变化之下，你都得跟上突如其来的迁移。她躺下之后，感觉到一种欣慰：将军并没有走出帐篷，也就是说将军并没感觉到或看见丽莎在帐篷外等候、徘徊的影子，这多少让她的爱情得到了一种满足感。

在那个半夜以后，她又一次钻出了帐篷，她总觉得那个重伤病员在痛苦地叫喊着，因此，她溜出了帐篷，前往伤员的帐篷，就在那一刻，她看见了一道影子同样也溜出了帐篷，那影子突然变得越来越清晰，他就是周龙。

他来到了将军的帐篷外，当然，他是侍卫队员，他有权利靠近将军的帐篷，也有权利出入将军的帐篷中。然而，她突然感到有些困惑，并产生了质疑：周龙似乎在徘徊，他的影子显得诡秘，这不像是一个侍卫的形象，倒像是一个奸细、一个谋杀者。然而，确切地说，在那个夜晚，林桂枝只不过是产生了一种质疑而已。她来不及并捕捉不到一个已经被她的身体抵制过的男人，潜伏在将军身边，只为了继续他秘密的奸细生涯。

27

林桂枝又一次亲临战争现场的时候，她将接受考验。或者说她逐渐开始了她的质疑。那是一个细雨蒙蒙的时刻，也是一个漫长撤离的时刻，她背着包和卫生队的队员们穿过一片泥地时遇上了周龙。当周龙从一棵大树上跳下来时，她吓了一跳，她不明白为什么会在这条泥路上与周龙相遇。周龙为何没有随军而去，部队在一个多小时前已经撤离，已经撤离了日军的腹地之中。在前面，在那些剖开的本应是葱绿然而却已经被鲜血渗透的热带丛林，一场战争即将开始。战争总是要在某一刻以凝聚的全部力量开始。

然而，作为待在将军身边的侍卫队队员之一，周龙为什么出现在林子里，而且从树上跳下来。周龙解释说："我在等一个人，你们先走吧。"自从那次遭遇到强劲有力的抗拒之后，周龙放弃了对她的追求，但这并不意味着周龙看见她出现时，眼神中失去了灼热的色泽。

他解释道："我在等一个人，你知道我是侍卫队员，我要摸清楚路线，所以，我在秘密之中等待一个人的到来，这个人会告诉我怎样走完明天错综复杂的路线。你走吧。"

周龙灼热的眼睛似乎只是在催促她尽快地离开，仿佛她的存在会影响周龙的等候，她感觉到了周龙有些焦灼的等待感。而且周龙的目光似乎在游移中环视四周。她当然不会留下，她之所以与卫生队员留在部队后面，是为了到一个地方的联络点取药。

药品已经空缺了很长时间了，就连简单的镇痛剂和消毒液都没有了。所以，大量的伤病员面临着来自肉体的疼痛，这是被子弹打穿的疼痛，有很多伤病员的伤口化了脓，因为感染而失去了生命。

所以，药品在战争中充当着救世主的作用。一旦失去了药品，只会让更多的伤病员死于疼痛。此刻，她带着卫生队，她已是队长了，尽管年轻的身心被爱情笼罩着，然而，她已经是小小卫生队的队长了。就在她转身的那一刻，周龙突然唤了她一声，问她现在带卫生队去哪里，她毫不迟疑地说出了那个地点，这是因为尽管她已经对周龙脱离部队的行为产生了小小的质疑，然而，她并不知道这个男人已经背叛了他的国家。

她带着八个人组成的卫生队穿越了那条林带，当她们钻出林子时，一座小镇呈现在眼前，她们以快捷的脚步潜入了小镇，她们已经在林中抛开了军装、穿上了便衣。她们是八个年轻的女人，都在热烈地投身于战争之中去。

战争正在以各种各样的方式历练她的勇气和心智。卫生队进了小镇，她们在联络点配制药品后就开始离开小镇，几匹马载着药品，以秘密的方式潜入林带。她们此刻准备去追赶将军的部队，然而，在密集着苔迹的林带，突然出现几个蒙面人，他们将卫生队的队员们捆在树上，劫走了马背上的药品。当然，他们还劫走了几匹马，他们的速度快得让人透不过气来。总之，这似乎并不是意外的遭遇，一个持刀的男人在临走时说的好像是日本话。林桂枝心里抽搐了一下，是谁走漏了消息，被日本人盯上了？

她的心智告诉她，她们被盯上了，她们的行为和目标已经被出卖了，被绑着的队员们嘴里被塞上了发霉的毛巾，敌人将用这种方式将她们置于死地。

就在这一刻，就在她们气息奄奄的时刻，周龙出现了。在他出现的几十秒里，她盯着他，她和队员们将因为这个男人而获救，反之，她们将继续被捆绑下去，结果会被林中出没的眼镜蛇咬死，要不就会因为绝望和恐怖而死去。

在周龙解开她们绳索后的几分钟，她盯着他，她头一次感觉到他的眼睛在回避她。他为什么要这样做呢？她死死地盯住这次被捆绑的事实——她们的行动被出卖了。

然而，出卖她们的是谁呢？

她盯着他，因为在几个小时之前，她唯一只向周龙讲过。此刻，她盯着他的脖颈、嘴唇，他的眼睛和眉毛的距离，她盯着他的下巴和身体。

他佯装得很巧妙，不错，他经历过人世间的任何风暴，他是因为战争失去了做马锅头的机会，同时也因为战争与林桂枝相遇。所以，战争让他失去了历练商道的一切风险，战争也同时让他陷入了迷径之中，他已经无法抽身而出，他确实就是出卖者。林桂枝泄露出卫生队的秘密，而他出卖了她们。他要竭尽全力，因为他的汉奸生涯还没有抵达目的地。所以此刻，他变成了解救者，在卫生队陷入生命的险途时，是他解救了全部队员。除了林桂枝之外，所有的女人都心存感激。只有她在研究这个男人的突然出现，当然，这并不奇怪，他有任务，他在等待，他是侍卫队员，他自然拥有保守秘密的任务，只要战争存在着，每个已经穿上军装的人都肩负着战争的职责。她不会问他到底肩负着什么，每个人都是秘密，就像战争已经铺天盖地地涌来，战争的最大特质就是制造死亡。

他们又回到了大部队中，另一支小分队给他们送来了药品，她们沉浸在被解救的快乐之中。很长时间，因为投身于战争，林桂枝来不及研究周龙在干什么。

这是另一个午夜，丽莎秘密地把林桂枝叫到她身边，她给林桂枝讲述了这样一个插曲：在她奔走于曼德勒之间，当然，作为英国记者，她肩负着她作为记者的秘密使命。在一个下着暴雨的下午，她钻进了密林中的一个洞穴，她已经跟这个洞穴结下了不解之缘，每次独立地奔往曼德勒，她都要在这个洞穴中休息片刻。就在她坐在洞中避雨时，突然听到一阵马蹄声由远而近。她感觉到异常，这是整个战争给人的心理带来的异常。所以，她很快隐藏起来。她可以听到水滴声，还有各种苔藓生长的声音。她屏住了呼吸，可以从暗中看到洞穴口的明亮，尽管暴雨肆虐不休，然而这却是一个白昼。

她看到被白光照耀的洞穴口进来一个人，牵着一匹马，这个男人蒙着面，她依稀看到了他的那双眼睛。眼睛，正是这双眼睛让丽莎产生了一种悬念，这并非是一双完全陌生的眼睛，在那一刻，在令人窒息的时刻，她抑制了一种震颤，因为这双眼睛让她想起了一个男人，他就是周龙。

先进来的蒙面人一动不动地站着，似乎在倾听什么。接下来，洞外响起了口哨声，另一个蒙面人走了进来。藏在潮湿苔藓中的丽莎几乎屏住了全部的呼吸，透过微小的一道缝隙窥视着两个蒙面人的存在。

先进来的那个蒙面人从内衣中掏出一张纸条交给了后来的蒙面人。不到几秒钟，两个蒙面人就消失了。丽莎讲述了这一切，她最大的困惑在于她看见的那双眼睛。是不是周龙的那双眼睛她没有看清楚，这一切使她心神不定，她一定要对林桂枝讲出这个困惑。

28

困惑开始盘旋在丽莎和林桂枝之间时，正巧是将军发高烧的时刻，他终于躺下来了，这是林桂枝可以又一次与将军接触的时刻，她不分昼夜地守在将军的床榻前，同时陪伴将军的还有丽莎。

发高烧是一件危险的事，许多人因为伤口溃烂而发烧，往往在持续高烧之后就会进入死亡的休眠期。

我在等候着克南的双手放在我肩头上时，我实际上是在幻想着遥远而虚幻的一幕：林桂枝坐在将军的床榻前，这是美妙而令人焦虑的时刻。林桂枝不时地更换着潮湿的白毛巾，将它覆盖在将军的前额。丽莎则坐在旁边，两个女人都在守候将军，使她们在战争中同时窥视到了心的秘密，那也许是女人对男人的爱，那或许是女人被战争笼罩下的一种坚韧和执着的期待。

她们轮流睁着双眼，看着已经被高烧所击倒的将军，屋外，彻夜站着他的一个警卫。就在这一刻，我感受到了爱情，透过那顶20世纪40年代的黄绿色的帐篷，我感觉到了她们最想做的事就是伸出手去，触摸到将军的存在。

将军发着高烧，他存在于这个空间，他当然不会离她们远去。我还透过时空看到周龙，当周龙出现时，丽莎本能地站起来，还有林桂枝也站了起来，还有我的本能也在那一刻驱使我站了起来。

我问自己：周龙到底是不是汉奸？如果他已经变成了汉奸，那太可怕了。丽莎的手伸出去，拉住了林桂枝的手，否则，林桂枝一定会抑制不住那种猜疑，因为手是用来摸索世界的，在更多时刻，手可以替代一个人的灵魂触摸和撞击这个世界。林桂枝有些冲动地站起来，想去面对周龙，周龙走过来，手里端着一只杯子，手里还握着一只调勺，林桂枝从周龙的手中接过杯子，她沉思了片刻，喝了一口杯子里的水。

她在片刻中似乎已经被历练过了，她不动声色地喝了一口水，润了润咽喉，她的目的是在防范一种令她的精神错乱的念头。当周龙端着杯子走过来时，她在心里嘀咕着说：如果那杯子里有毒怎么办？如果有人将毒液投入杯子中那该怎么办？她毫不迟疑地从周龙手中接过杯子，并正视着他。

在周龙过去的存在之中，他只不过是一个爱欲的追求者，他总是想得到她的肉体、占有她的一切，而此刻，在周龙的现实存在之中，他变成了蒙面人，如果他就是丽莎在隐身的洞穴中所看见的那个蒙面人，那会意味着什么呢？

他为什么变成了蒙面人？而且他为什么要与另外一个蒙面人见面呢？这都是丽莎来不及深究的问题，只要周龙一靠近将军，她似乎紧张得很厉害。那是一种暴风雨来之前树枝已经预感到的紧张，那些长在旷野之中的树干似乎已经从空中感知到了一切，一场不可阻止的暴雨即将来临。林桂枝为将军喝了第一口水，然后她开始拖延时间，她说：“我口渴得厉害，将军也一定是口渴了，但这时让他醒来对他的休息不利，我们再等一等吧。”

林桂枝有意识地拖延了时间，只为了尝试和等候她喝下去的那口水，会不会散发出毒性。为此，她等待着，丽莎似乎已经领会了她的心情，丽莎仿佛也焦灼地等候着。

就这样，半小时过去了。林桂枝并没有感觉到有什么不适，一切都正常，按照正常状态向前发展。林桂枝知道，应该让将军喝水。他醒来了，他仿佛已经感知到了床榻前一个男人和两个女人的影子。

三个影子互相交织在一起，仿佛在编织战争幽暗中的另一些故事。将军睁开双眼，林桂枝抽出了将军胳膊下的体温计，体温终于降下来了，对于她们来说，这真是一个奇迹，一个不亚于穿越茫茫无际的野人山的奇迹。

林桂枝把枕头垫高，然后让将军靠得舒服些。就这样，他们几个人离得如此近，他们又在一起了。两个女人心怀着爱情。丽莎亲吻了一下将军的额头，这是丽莎的方式，而林桂枝只是站在一边，现在，她终于可以把那只杯子递给将军。她已经替将军品尝过那水，现在她可以信赖那杯子里的水。她不可能像丽莎一样吻吻将军的前额，即使让她学习一辈子，她也无法学会丽莎作为一个英国女人表达爱意的方式，将军确实口渴了，他一口气喝干了杯子里的水。

周龙站在一边，将军在召唤他，周龙走过去，他依然是将军的侍卫，丽莎和林桂枝在之前已经秘密地商议过了，她们要花一些时间来研究周龙的存在，因为已经不断地听到战争中出现汉奸的事例，然而，他是汉奸吗？

一切都应该受时间检验，周龙是否成了汉奸，为此，丽莎和林桂枝经常坐在芒果树下，研究周龙的行为，她们用女人敏感的心灵窥伺着，那是一个炎热的午后，她们突然看见了周龙。

她们隐蔽在侍卫部队的一片小树林里，在这里她们可以看见将军所栖身的那顶绿帐篷，在里面，是将军的指挥所，帐篷中挂着地图，地图对将军似乎很重要，无论置身何处，将军首先面对的必定是地图。在那些地图中布满了陷阱，也布满了壕沟，缅北战役中各种路径的地图似乎在任何时刻都要紧贴在将军栖居的地方，即使没有土墙，也要挂在帐篷中。

她们看见几个出入将军身边的侍卫，他们交替地出现着。她们最想看到的人自然是已经被她们怀疑的对象。她们怀疑的触须已经离这个男人越来越近：男人终于露面了，他似乎刚下岗，他站了一夜的岗哨，现在可以离身了。

她们的视觉紧紧地跟随着这个男人，战争时期，她们的视觉太多地交融在灰烬中的一次又一次死亡，那些突然呼啸而来的子弹可以致死，让死亡呈现在眼前，死亡是腐烂和灰烬。战争同时在考验着每个人，现在，周龙出现在眼前，他似乎并不疲惫，他回到了自己的帐篷。

等待是如此冗长，一切事物都需要耐心地等候。然而，在这里，周龙出现了，他换了一套便装，这是将军给予他的权利，在将军赋予他的权利之中，周龙既是侍卫兵，也是秘密的侦察兵。这两种权利基于战争的需要，因为周龙是马锅头，他在战争之前已经穿过缅北任何一条路线。他不仅熟悉地理，同时也熟悉变幻莫测的气候变化，同时，还熟悉缅北的地域性与人性交织的复杂性，所以，将军给予他两种职责：第一是侍卫兵，第二则是侦察兵。

现在，他换上了便装。

在战争中一个军人换上了便装意味着什么？两个女人开始研究战争之外的问题，因为两个女人对这个男人的另一面开始着魔。她们开始搜寻这个男人的证据，她们也在那一刻迅速地穿上了便衣开始出发。然而，她们看不到周龙了，因为周龙是骑马离开的，尽管她们看到马激起的一阵灰尘，然而，却无法追赶上周龙。

那个午后，她们徒劳地站在原地，从这一刻开始两个女人钻进了马厩，她们跟守护马厩的战士聊天，她们用最快的速度取得战士的信赖，从马厩牵走了一匹马，她们就可以前去追寻周龙的足迹。

人们都在暴露着自己的足迹，唯其如此，人开始了篡改自己的历史证据。丽莎凭着她的随军记者证可以随意到马厩带走军用战马。而且丽莎对骑马有一种特殊的技能，这基于在英国的庄园生活。小时候，她就在庄园外的旷野上开始骑马，在父亲的训练之下，年仅 16 岁，她已经能够骑着马飞快地穿越丘陵中的沟壑。

29

凭着这种骑马的技能，今天这个来自欧洲的女人，将带上这个来自怒江边的女人——穿越她们所置身的缅北战争区域。穿越尸身所弥漫的腐烂味，那些尸体虽然已经埋在尘埃下，却已经在热带地区开始腐烂，战争意味着死亡和腐烂。

她们要搜寻到一个男人的证据。她们需要便装，然而，马蹄自然也会暴露声音，每当她们追踪到周龙的影子时，往往是他的影子回过头的时刻。他回过头的一刹那间差点看到了骑在马背上的两个女人。她们收住缰绳，一次又一次地蒙骗了周龙，在战争时期，任何人都可以是蒙骗者或被蒙骗者，因为战争是变幻莫测的。种种迹象表明：周龙喜欢进入缅北一座小镇。由于周龙对马蹄声很敏感，所以，她们改乘了货运车，那是英国货车，最早是由英国人开进缅甸的，由于战争，更多人使用英式货车载客，她们搭上了一辆货运车，她们瞄准了周龙的去向奔去，不过，很快，周龙的马蹄声远远地越过了英式的货运车。

已经被战争所摧毁过的任何一个区域，仿佛都身负重伤，就连英国人留下的货车也在喘息中朝前奔驰着。令人疲惫不堪的战争，已经消耗尽人们的体力和热情，尽管如此，在缅北这座小镇中，依然飘动着小酒馆特有的辛辣味，穿着便装的丽莎和林桂枝在一个细雨飘扬的时刻，已经悄无声息地抵达了那座小酒馆。

在对面，是另一家小酒馆，她们已经通过秘密的跟踪判断出了这样一个事实：周龙正频繁地出现在小酒馆。与他坐在小酒馆用餐的是另外一个男人。那个男人好像说的是缅语，从他的手势和嘴型可以判断，他正在与周龙谈论什么交易。那是小酒馆的老板，他有一口变黄的牙齿，一些已经被虫和香烟蚀空的牙齿，让人看起来极为不舒服。

正是这一口牙齿让她们记住了这家小酒馆，她们深入细雨中的小酒馆时，也正是周龙进入对面小酒馆的时刻，不到几分钟，站在门口的酒馆老板，咧着他的一口黄牙迎来了一个男人。这是一个三十岁左右的男人，他并不言语，他的体态、神态都显得干练，他在小酒馆老板的招呼下进了酒馆，他们上了二楼，来到了临街的窗口，坐在窗口的周龙朝窗外看了一眼，他当然不会料到，有两个特殊的女人已经跟上了他。

他已经被盯住了，因为战争意味着流血和杀戮，战争也意味着背叛和忠诚。他已经露出了令人迷惑的一面，丽莎和林桂枝都在两种不同的境遇中感知到对他的猜测和怀疑。然而，他根本没有想到，危机已经袭来，两个女人利用了巧妙的隐藏术和衣饰把自己变成了难民，她们用草帽和衣饰改变了形象，所以，如果不仔细地观察，根本就无法认出她们的真实身份。

战争因充斥着难民而混乱不堪，她们坐在小酒馆的内侧。起初，她们先预付了定金才进了小酒馆，也许她们太像难民了，所以，小酒馆的老板娘一下子把她们挡在了门外，这是一个已经失去正常秩序的世界，所以，老板娘一定担心像她们这样的难民妇女进入酒馆，根本就付不起饭钱。丽莎的整个脸都被一顶草帽盖住，甚至连她高高翘起的鼻梁也被草帽的阴影给遮住了。所以，人们根本认不出她英式妇女的容貌。

丽莎从怀里掏出缅币递给了老板娘。就这样，老板娘热情地把她们两个人迎进了餐馆。在那个世界，或者在任何一个世界，人们都不会凭声音和行为来确定人的身份。因为钱是锃亮的，即使在幽深的战争黑暗之中，钱也可以打开一条通道。

从那一刻开始，老板娘似乎就从丽莎无法掩饰的，很优雅的掏钱过程中确立了她们的身份：这是两个用难民服裹起来的女人，携带着尘埃和残迹的难民装并没有剥离她们的优雅，即使战争一步一步地逼近这座小镇，她们的优雅依然存在着。

并非所有的女人都持有这种优雅，丽莎特殊的优雅来自她的英格兰国籍和她从小的庄园生活、来自她对人性特有的爱和探究人性世界的力量，而林桂枝的优雅来自中国怒江边缘的那座小镇、来自识读汉语的那个环境、来自她踏上出走之路后相遇的战争和对一个将军的爱情。她们带着被难民服所严密包裹住的一种优雅，如今，她们正在进一步地探索战争和人性。

在对面，是周龙的脑袋，他只露出了他的上身，那个三十岁左右的男人已经来到周龙的身边。现在，她们看到了周龙的嘴唇在蠕动着，他在说什么呢？难道他是在肩负着将军给予他的另外一种使命吗？在这个世界上，每一个心怀使命的人都在力图实现自己的目标，如果周龙肩负的是将军给予他的使命，那么，两个女人的跟踪是荒唐的，它会使周龙倍感伤心。

现在，那个三十岁的男人不断地点头，丽莎突然发现了一种迹象，整个过程都是周龙在说话，男人在不断地点头。这是一种不正常的现象，如果周龙肩负着将军给予他的使命，那么，周龙应该是来探测敌情和路线，周龙应该是沉默者，说话的应该是对方。

丽莎在这样一种莫测的怀疑之中突然产生了另一种怀疑：坐在周龙对面的三十岁的男人到底会是谁呢？此刻，已经读过不少战争史和间谍史的丽莎突然之间改变了初衷，她想带着林桂枝跟踪与周龙会面的这个男人，因为这个男人也许比现在的周龙更充满危险。

于是，她们调整了目标，40分钟以后，在细雨中走出来了那个三十多岁的男人。他挺立着身躯，看气质，他的身份很特异。第一，他不像是缅甸人，也不像是中国人，但是，有一点可以确证，他应该是亚洲人。第二，他从小酒馆走出来的脚步声显得很急促，他似乎毫不顾忌飘落在身上的细雨，那些雨点虽然纤巧，却会溅湿一个人的头发、内衣和身体。而且，他的目光笔直，他穿过小镇大街，那目光变得阴冷，所以，他不可能是一般的男人。

丽莎对这个男人的兴趣，现在似乎已经远远地超过了对周龙的兴趣，于是，她果断地决定：由她去跟踪这个陌生的男人，由林桂枝前去跟踪周龙。她们在细雨中分手，她们是两个难民，她们默默地告别，她们已经被战争中出现的一种可怕的困境所束缚，谁都不想抽身而出，为了弄清事实，为了靠近真相，她们分别插入难民群体中，以掩饰各自的身份。

最真实的身份在战争所带来的混乱之中被掩饰着，此刻，林桂枝从低低的草帽檐下往上看，她站在镇外，她知道，周龙将通过这里，这是一条唯一的道路。所以，她置身在一群难民中，她们蜷曲在一座已经彻底废弃的柜台下，她们浑身散发出从各个器官弥漫出的腥臭，很显然，她们没有洗澡的机会。很难想象，一个女人几个月不洗澡，会变成什么样。她嗅着难以忍受的腥臭味，不时地抬起帽檐，这个世界已经失去了正常的秩序，难民们已经失去了家园。她们带着惊恐、饥饿和绝望，十分无助地蜷曲在柜台下面。

而林桂枝与她们不一样，如果在缅北丛林深处，在她的身体即将受辱时，将军没有出现，那么她的命运也许比这群难民们更悲凉。然而，将军改变了她的命运，留下了一枚纽扣。此刻，她仰起头颈，它是用来观望、探测世界的风险的。所以，她尽可能地支配它、利用它。还有她正在利用自己的一对眼睛，在这个世界上，失去光亮的人就是瞎子，就会沉入漫无边际的黑暗之中去。

然而，她拥有眼睛，所以，她要利用这种明亮去解决现实生活中的迷惘和问题。她眼前最迷惘的是确定这个男人在干什么。她必须在战争中成长，因为她已经不知不觉地融入了战争，她愿意为战争献出自己的身体，就像那些已经牺牲的士兵一样。

30

林桂枝带着潮湿而敏锐的双眼，蜷曲在一群女难民中，蜷曲在缅北的一座小镇，已经彻底废弃了的柜台下面的那种场景，再现为一种永恒的镜头。此刻，我蜷曲在缅北小镇的旅馆里，我们总是难以离开旅馆，投奔一个地方时，我们已经投入了一座小旅馆。

我到了一家缝纫铺子，门口坐着一个老人，她似乎是这家缝纫铺子的女主人之一。她打量着我，她大概已经八十多岁了吧，我一看见这个年龄段的老人，就会顿然生起一种想象力，即时间和战争，时间和人融为一体的那个世界。所以，我蹲下来，面对着老人，我知道，她这个年龄应该经历过第二次世界大战。而且，这座小镇就是当年林桂枝和丽莎出入的小镇，她们为了追踪周龙秘密的行踪，曾经装扮成两个难民。这也正是我想进入小镇的理由。

老人坐在木椅上，我看着她脸上的皱纹，仿佛这些是历史所激荡起的一个人的波纹，由此揭开了另一个秘密。即周龙与另外一个女人的关系，这个女人不是丽莎，也不是林桂枝，这个故事应该这样说下去才完整，我忘记了描述这个女人与周龙的关系，是因为林桂枝在我的想象中占了全部位置。

镜头应该伸得更远一些，伸到由这个老人的皱纹荡漾出去的缅北一座小镇上。那时候，当林桂枝从低垂的帽檐下探出头来时，她在专注地等待着周龙的出现，细雨之中，终于走来了一个男人和一个女人，她惊讶地嘘了一声，那一声只会把她的自我笼罩。周围充满了无数的声音，它们交织着无助的呻吟和肉体的疼痛，它们是饥饿发出的阵阵震颤。

她的嘘声只是让她正视了另一个世界，周龙出现了，然而，却并不是一个人，而是跟一个女人在一起。疑团变复杂了，这个女人又是谁，她为什么突然出现在周龙身边呢？

看上去，这只不过是一座小镇中的女人，她趿着拖鞋，走在周龙身边，仿佛想就此抓住周龙的影子，可周龙就是要往前走，不顾一切地往前走，走似乎是周龙的本性。

女人紧跟在身后，突然死死地抓住了周龙的衣袖不放手，这一次周龙回过头来，他的眼神变得温柔起来，随即抓住了女人的手，女人紧紧地贴近周龙的怀里，周龙也伸出手来拥抱了女人一下。

透过低矮的帽檐，林桂枝突然在这一刹那间感受到了周龙作为男人的另外一种生活，难道他出入于这座小镇，仅仅是为了会见这个女人吗？在细雨中，周龙竟然又被女人拉回到小镇的细雨之中，他们正在往回走，沿着潮湿的、已经变得幽暗的小镇，沿着充斥着难民者的肢体中弥漫出来的气味，沿着林桂枝越来越模糊不堪的视线。

林桂枝决定跟上去，此刻，她更适合做侦探或者间谍，也许是很长时间的迷惑和猜测让她决定不顾一切地弄清楚这一切。所以，她从难民群中站起来，她把帽檐拉得更低。这样就更安全，也更隐蔽，她执着地跟踪向前，她没有受过侦探或间谍的严格训练，她只是凭着一种激情：想检验这个男人到底有没有改变良知、有没有在战争中沦陷下去。说穿了，她只是想检验周龙到底有没有变成汉奸。这是一个让她喘不过气来的问题。

周龙在细雨中已经伸出手去，揽住了女人的腰。他们正沿着小镇的街道拐进另一条十分窄小的小巷。周龙有时会敏锐地回过头来看一看四周，很简单，他并没有专注地、心无旁骛地揽紧那个女人的细腰，他回过头来的眼神已经泄露出了他内心的焦虑。

我们都在为这个世界焦虑着，为林桂枝历史中的故事，也为将军，为一切沉浸在战争之中的秘史而焦虑着。所以，我已经决定接近坐在缝纫铺门前的这个老人。因为她的性别，作为女人的性别已经使我感受到了一种线索。现在，我感到除了她性别之外一种年龄的诱惑，因为我已经计算过，她的年龄正好符合第二次世界大战在缅北战役中的沦陷史，那时候，她正是林桂枝的年龄，也正好是林桂枝所看到的这座小镇上被周龙用手揽紧细腰的女子的年龄。

因此，我已经决定接触这个老人。她咳着嗽，看起来她已经患上慢性咳嗽症，我能够感觉到她的咽喉经常被痰一样的东西所噎住。因此，我花时间到药铺为老人配制了一些咳嗽药，一半是中药，一半是西药。

跟世界接触，需要付出热情，我知道这个规则，当我带着药品一次一次地出现在这家小镇缝纫铺前时，老人认出了我。她很惊讶地从我手中接过药品，咳着嗽告诉我说到院子里坐一坐。噢，通过缝纫铺的过道我们朝里面走，老人走得很缓慢，我们经过缝纫铺前时，她的女儿和一个孙女正用脚踏着缝纫机。她们对我的存在似乎并不关心，所以，我们顺利地进了庭院。

这是典型的缅北小镇的庭院，它用竹篱围成，把世界分割，在竹篱的四周，是别人家的庭院，几棵上了岁数的藤树正彼此互相抓住，它们正沿着各自的树身尽可能地自由自在地攀缘着。老人让我坐在树中央，肩靠着一棵藤树，老人说："每当看到外地人进入小镇时，我就感到异常新奇，我坐在门口，就是期待着看到像你这样年轻的女孩子，你们是来旅行的对吗？我知道，你们是来寻找一段历史……我知道这一切，就像我一样，多年来，我一直在寻找一个人，坐在门口希望见到一个人的出现，已经过去很多年了，我一直在等待他……"老人突然返回房间，她的房间紧靠着一扇窗户、一把楼梯，她也许年龄大了，所以住在楼下。

她从房间中给我带来了出其不意的一只小镜框，它只有巴掌那么大，远远地，我就已经看到了那只褐色的镜框，我的心开始跳起来：那只镜框仿佛一根线，紧紧地拉住了历史的另一端，又仿佛一只褪色的蝴蝶标本必须被我钉在墙上，或收藏在箱子里。

老人问我在旅行中有没有见过这个男人？我惊讶地盯着镜框，里面的男人身穿军人制服，朝着我们微笑着。我没有否定，也不准备回答老人的问题。我伸出双手接过镜框，它正带着老人手上的余温在我手心中央移动着。这个男人的面孔引起了我的注意，难道这么多年来，老人就在等待着这个男人？也许是我的异乡人的身份使老人滋生了倾诉的欲望，她竟然在无意识中已经沏了一杯当地人喝的苦茶，茶水放在石桌上，一团暗影投到杯底。

在老人的倾诉中，我又一次见到了林桂枝在那个细雨中的时刻，戴着草帽，把帽檐拉得很低，终于出现在了我又一次想寻找的画面中。这一刻，周龙已经揽紧了那个女人的腰走进了小巷中的一座木楼中去。他并没有发现什么异常，因为林桂枝隐藏得很成功，而且他即使回过头来也不会在一个衣衫褴褛的难民妇女身上发现什么。周龙在那一刻已经进入了女人的木楼，他随其上楼时也没有回头，林桂枝站在楼下。很快，暮色就像粉尘般开始在楼下活跃起来，她的影子开始随暮色变得很诡秘，周龙所置身的任何一种场景现在她都想进入。所以，她赤着脚上了楼梯，在楼梯上她就已经听到了那个女人肉体中发出的欢叫，这种欢叫跟整个世界不和谐，所以，它让林桂枝感受到了一种停顿，即时间在这里的停顿，只是为了验证生命中的一种混乱而已。她感到了一种浑浊的混乱，她下了楼，站在街头，她依然在等候，没过多长时间，她果然在低低的帽檐下又一次看见了周龙。

周龙快速地穿过街道，她验证了在那个暮色已经变得浓郁的时刻，周龙和一个女人合欢的事实，除此之外，她能够验证什么呢？周龙很快就在她的视线中消失了，他是在穿行难民人群中时突然消失的。当她回到帐篷中时，她看到了周龙站在将军的帐篷外值班的情景。

31

随即丽莎也回来了，她一回来就钻进了林桂枝的帐篷，并把她唤到外面。林桂枝本想通过丽莎的叙述感受到另一种线索，然而，丽莎简单地描述了她追踪那个男人的情景：男人穿过难民群时，丽莎突然绊倒了，当她想爬起来时，才在细雨中看到绊倒她的是一具尸体，腥臭味扑面而来，使她开始恶心难受，就在这一刻，男人已经从她的视线中消失了。

丽莎埋怨那具尸体绊倒了她，使那个男人消失，使她丧失了前去追踪那个男人的机会。现在，林桂枝也开始讲述她追踪周龙时目睹的现实，丽莎睁大了眼睛看着林桂枝说道："这么说来，像周龙这样的男人，还是有女人爱他的。"林桂枝不吭声，她感觉到了丽莎在盯着自己，丽莎似乎正在考问她。然而，她不会在这样的时刻，把自己跟周龙的那段肉体史告诉丽莎。

就让那段极不情愿的肉体史陷落在她的记忆深处吧。

现在，让林桂枝忘记这段历史好了。我回到了老人的倾诉中，我不知道五十多年来老人到底向多少人倾诉过这段历史。

尽管历史已经发黄。然而，她依旧在倾诉，她为之等候的人，我想一定是周龙。她跟周龙很早以前就认识了，在她秘密地潜入一座滇西客栈时，她做了驿妓。在滇西小镇的客栈中，通常都有神秘的驿妓们长年累月地驻守在客栈中，为往返于客栈的赶马人、马锅头提供肉体交易。据老人说，她就是在那时候认识了周龙，那是滇西洱海边的一座客栈，来自缅北小镇的她，带着热带地域妖娆的身体，开始了她的肉体生活。

肉体，当一个老人谈到肉体时，庭院中的藤树仿佛在摇曳，它们依旧在用悄无声息的力量攀缘，相互缠绕。我屏住了呼吸，老人竟然如此信赖我，也许因为我是异乡人，而老人想借助我旅行的力量，帮助她寻找到一个男人。所以，她信赖我，她已经被高龄缠身，她已经被世事反复无常的变幻笼罩了一生，也许她不久之后就会离世，所以，她似乎从我的眼神中感受到了寻找一个人的希望。所以，她一展现那只镜框，我就知道，她跟镜框中这个男人有着千丝万缕的关系。而且这种关系源于第二次世界大战，这正是让我为之沉醉的背景，也是我为之寻找的线索之一。一个女人，在行将离世时，突然在一个异乡人的眼神中发现了希望。所以，她坦言着她的旧故事，这个故事发生在五十多年前。

在洱海边的客栈中，马锅头周龙认识了来自缅北小镇的这名驿妓以后，不时地往返于客栈，不时地同她产生寂寞中的肉体的关系。这以后，战争爆发了，她回到了缅北小镇寻找父母，她是唯一的女儿，然而，她的父母已经死于一场霍乱。在热带地区的缅北，霍乱是经常导致死亡的原因之一，再加上战争，霍乱爆发就更加频繁了。

由于战争她再也无法回到滇西重操旧业；由于战争，她竟然再一次在她的故乡与周龙相遇了。那时候正是周龙出入于小镇的时刻，事实上，周龙一出现在小镇上就已经被她注意到了。那是一个下着细雨的时刻，周龙穿着便衣潜进了小镇，恰好她趿着拖鞋从父母留下的店铺中走出来，自从父母死后，她就守候着杂货铺打发着漫长的时光，她不想撤离这座小镇，因为她害怕子弹会穿过她的肉体。

当周龙进入小镇时，她撑着雨伞，悠缓地走着，突然，她感觉到了什么，一道影子仿佛蛇一样朝前移动、仿佛蛇身一样穿越着两个不同的时空，让她在微雨中呼吸到了昔日的一种肉体气息。

她追上前，她急促的呼吸声让周龙回过头，她叫出了周龙的名字，周龙说："你是谁？你为什么认识我？"她不顾微雨中走着的人们，不顾四周难民们的叫喊声，倏然间走近周龙身边，仰起头来说道："我是洱海客栈中的黎小娟……"这是她的名字，也是周龙称呼过的名字。

“小娟，你怎么会出现在这里？”“你又怎么会出现在这里？”他们互相询问之后就开始了来往。周龙不间断地出现在小镇，周龙告诉她说他已经是一名军人了，所以，他必须参与战争，在第三次秘密的约会之后，他给她带来了那镜框，她看到了穿着军装的周龙。

她总是感觉到周龙肩负着一种重任。所以，她从不打搅他，然而，她可以等候。有时候，周龙显得很冷漠，他总是暗示她说，他并不是一个十分自由的人，他的身体中秘藏着使命，所以，他不能太早地沉溺于他们的肉体关系中去。

她爱上了周龙。在战争中迷恋上了这个在镜框中穿着军装的男人。她等候他时，并不仅仅是一种肉体关系，与旧日在洱海客栈中那个驿妓相比较，她已经蜕变为另一个女人：她不需要这个男人为肉体关系而付出金钱，她只需要看见他而已。只要能得到他的拥抱，她就已经心满意足了。

一方面，她是战争边缘的人，另一方面，她却不知不觉地卷入了战争之中去。她守候在小镇，就在那些日子里，她每日屏住呼吸在等候，他有一个特点，总会在蒙蒙细雨中潜入小镇，潜入那家小酒馆，会见一个三十多岁的男人。

现在我明白了，她为之等待的这个男人就是周龙。她一辈子等候的这个男人后来消失了，因为战争而消失，再也没有出现在小镇上，再也不可能跟她建立起永恒的肉体关系。

老人怀里掏出了一块暗粉色的丝绸，正在轻柔地抚摸着那只镜框。多少年以来，她一直用这种方式，丝质的柔软情感，抚摸着这只镜框，她告诉我，她为之等候着。战争结束以后，另一个中国男人走进了她的生活，那是来自中国腾冲的一名缝纫匠。他在小镇租了房屋，开始他的缝纫生活时认识了她，她决定把自己的一生交给这个男人，而这时恰好是她的等待已经彻底绝望的时刻。

她只是一个普通的女人，她从来也没有到记录第二次世界大战的任何一种档案中寻找过她等候的男人。因为她总是害怕她过多的露面，会有人揭穿她曾经有过的驿妓生涯。她害怕妇女历史中这段充满耻辱的生活会被揭穿，所以，她暗藏在这座小镇，嫁给一个中国男人，开始了生儿育女的世俗生活。几十年前，那个中国男人死于疾病，她的儿女继承了父亲的缝纫店铺，而这时候她开始变老。人在老了的时候，在她回首往事时，最容易抓住的当然是那些失去过的情感。她一直费解的是周龙为什么再也没有出现在小镇，他到底是活着还是已经死了。

我本可以帮助老人揭开这个谜底，然而，这并不是一个最佳的时机，因为帮助老人揭开谜底的那个时机并没有到来。现在，我回到了旅馆，我在等候克南，我们两个人都在昔日的缅北战场搜寻着不同的证据，我知道，时光以最残忍的力量掩盖了昔日的战争。

青草又已经从潮湿的土地上肆虐地冒出来，而在当年，这块土地上抛满了尸体，到处弥漫着腐烂的味道。

我钻进了旅馆的浴房，在和平时期，洗澡是多么自由，你尽可以在自己感觉到身体已经汗淋淋时钻进浴房。而在战争时期，洗澡是多么艰难。为此，我又要开始插入一个与洗澡有关的故事，因为这个故事与下面的诸多纠缠有关系。

那是午后，丽莎和林桂枝终于在密林深处寻找到一处山泉，这是她幻想洗澡时看到的一座浴房，一座露天的浴房。还在头天晚上，丽莎就钻进林桂枝的帐篷，问她有多长时间没有洗澡了。

她们都感觉到身体痒痒的，所以，两个女人约定了时间，到密林中寻找山泉沐浴。丽莎告诉林桂枝说："明天是将军的生日，我要去会见将军，所以，今天我必须洗一个澡。"

噢，将军的生日，一个男人的生日。丽莎说她已经准备好了礼物送给将军。那是她母亲从英国邮寄给她的一块怀表，它代表时间，它最适宜佩戴在将军的胸前，永恒不变的时间秘密地流动着。所以，她提醒林桂枝让她准备好一份礼物送给将军。

32

浑身散发出香皂味的林桂枝在那天晚上站在了后勤部

队一只简易的锅炉旁，她正在做一件事情，就是用锅炉烧水，她蹲在地上，她要让她的将军在过生日之前洗一次热水澡，这就是她献给将军的礼物。灼热的火焰熏着她的面颊，仿佛爱情给她的生活注入了阳光，她把热水倒在了两只军用铁桶中，然后用扁担将两只铁桶挑到了将军门口。

恰遇换岗的时刻，周龙接替岗哨，林桂枝想回避他的目光，周龙却盯着她肩上的扁担，盯着晃荡的洗澡水。周龙说："担水干什么？""明天是将军的生日，想让他彻底地洗个澡。"

"我怎么不知道明天是将军的生日呢？"周龙说。

林桂枝沉默着。将军听到了他们的说话声就出来了。将军笑了笑说："我都把自己的生日给忘记了，谢谢你们想起这件事，不过，用不着过生日，我倒是想洗一次澡呢。"

在将军洗澡时，周龙叫住了林桂枝说："我已经有一些日子没有见到你了。""是啊，是啊。"她轻声地附和道，她想起了小镇中的那个女人，然而，她尽力地忘却这件事情。在某些时刻，她更希望周龙能够寻找到他的女人，唯其如此，她跟周龙的关系才会变得松弛起来。她离开了。在将军洗澡的时候，她感觉到了一种惬意，一种凉爽的感觉沁入了她的心脾。她依然能够感觉到周龙正盯着她的脊背，她知道，每当她表现出对将军的一种爱慕时，周龙的眼神就会现出嫉妒，她已经管不了这一切了，周龙现在已经有了别的女人。

在战争时期，她作为一个女人，在四周散发出热带气息的时刻，送给了将军两桶洗澡水，她已经获得了心灵的满足。现在，离下一场战争已经近了，他们有可能又要迁移，战争意味着一次又一次的迁移，战争意味着难以言喻的献身，在将军生日的时刻，两个女人出现在将军面前，她给将军带来了一双鞋垫，那是她抽空在夜里用针线缝制的。在用红丝线一针又一针绣出的鞋垫上，有形状不同的鸟和鱼在飞或游动。这是她生活在怒江小镇时，无意之中感受到的意象，她根本没有学过缝纫，在很久以前，她生活在一座小花园中，她生育过一个孩子；她有过婚姻，而且现在那场婚姻依然存在着，她只不过出走了。在她那个时代，出走是一件俗事，就像烟和酒变味一样正常，而且是在一个乱世年代，出走的人意味着去寻觅自己的人生道路。所以，留在家里的人并不太着急，他们只是充满了等待而已。

她带着那双鞋垫和丽莎同时出现在将军的门口，丽莎盯着周龙看了看，点了点头，又微笑了一下。周龙退下了，丽莎贴近林桂枝的耳朵说：“你相信不相信，周龙肯定又要穿上便装出发了。”

林桂枝点了点头，然而，在这样的时刻，她只想见到将军。今天是将军的生日，在故乡小镇的时候，每当她的生日一到，家里人都会为她举办一场宴席。在宴席中，她会成为最被宠爱的对象，每一个人都会送给她红包和礼物。而此刻，丽莎走进了帐篷，丽莎永远都是那样勇敢，她跟将军做了一次拥抱，然后将那只英式的怀表取出来，戴在了将军的脖颈上，并申明说："最永恒不变的是时间，你相信吗？"然后，丽莎就退下去了，只留下了林桂枝。

林桂枝把那双红色布面的鞋垫递给了将军，羞涩地说："将军，祝你生日快乐！"然后她开始看着将军，她真希望将军能够喜欢这双鞋垫，因为在这双鞋垫中出现的鸟和鱼都蕴藏着她的祝福词：像鸟一样地飞翔，像鱼儿一样自由地游动。将军仔细地看了看鞋垫说："林桂枝，谢谢你，这是我接受过的所有礼物中最珍贵的礼物。"她刚想说话，电话铃响了起来。

趁将军在接电话，她退了出来，她想前去寻找丽莎，然而，找遍了丽莎有可能出入的地方，也没有见到她。她有一种预感，丽莎又去做一件事了。最近以来，丽莎仿佛变成了侦探，她总是自语道："周龙会见的那个男人到底会是谁呢？"林桂枝仿佛感悟到了什么，如果周龙没有在他的帐篷休息，那么周龙一定又出门了，这么说来，丽莎又去跟踪周龙了。

丽莎去的地方也是林桂枝想去的地方。她穿上了便衣，一路上都要经过岗哨，她对哨兵们说她要去镇里买药品。在一条腥臭的河边，她把自己的发丝和衣服染成了一片腥味，这也是丽莎教会她的技巧，丽莎说："我们只有把自己变成战争难民时，才能接触到最真实的东西。”

最真实的东西隐藏在战争的混乱中，所以，丽莎敏感到周龙离岗时的神态，周龙总是在下岗时悄然离开，她感觉到，周龙一定又去小镇了，如果是这样，丽莎也去小镇了。

小镇难道是一个联络点吗？

战争时期布满了星罗棋布的联络点，战争需要每一种消息，这都是从联络点中散发出来的。她跑啊跑，终于搭上了一辆运货车，司机开始并不想搭她，因为她一身腥臭味。然而，她掏出了缅币，她想用超出两倍的缅币搭车。她上了车，这样她来到了那座小镇。

她依然戴着那顶草帽环顾着四周，她相信在这里没有人能够认出她——因为帽檐很低。然而，还是有人认出了她，从热风中伸出来的手拉住了她的手臂，这个人就是丽莎。

丽莎的脸上涂了一层烟灰，这使她更接近难民了。因而漆黑的烟灰已经改变了她脸上的轮廓线条，她俨然一个难民妇女。丽莎有一次悄悄告诉她说，她想在战争结束以后，写一本书揭示战争给人性带来的变异。所以，她正在搜寻素材和资料，她盯住了周龙，周龙一离开，她就想方设法地跟上他的脚步。她已经不骑马了，她发现骑马跟踪周龙是一件徒劳的事，因为周龙是马锅头，他对任何跟马有关的声响太敏感了。身后传来任何一种马蹄声都会使周龙回头，都会使他产生怀疑。

她搭货车再步行，使自己变成难民妇女，力图跟上周龙的脚步，尽管费力，然而她们都跟上了，并出现在小镇上。这并不是一个有细雨的时刻，周龙之所以选择这个时刻出发，必有原因。

周龙又出现在那家小酒馆了，站在门口的那个酒馆老板，已经把周龙带上楼去。丽莎带着林桂枝已经潜入了对面的小酒馆——谁都不知道，她们想借助于窥视术在这个乱世解决她们内心的疑惑。

她们看见了坐在窗口的男人，不到几分钟，另一个男人的影子飘到了窗口，依然是那个三十岁左右的男人，因此丽莎贴近她的耳朵说："我感觉到周龙和这个男人之间一定存在一种可怕的关系。"

林桂枝已经睁大了眼睛，她愕然地点了点头，那个男人已经下楼了。丽莎说："我们必须去跟踪这个男人。"她积极地配合着丽莎，与丽莎一同下楼时，她抬头往上看了一眼，周龙站在窗口，正目视着那个男人的影子。

她感觉到周龙似乎看了她一眼，随即她低下了头，丽莎并没感觉到这一切，丽莎正不顾一切地加快脚步，这使得林桂枝也必须加快脚步。男人已经朝着小镇奔去，此刻，一匹马出现在她们的眼前，就在男人拉住缰绳的时候，突然有一颗子弹击穿了男人的胸膛。

男人随即倒在地上，隐藏在野草中的丽莎和林桂枝彼此拉住了对方的手说："他死了，他一定已经死了。"她们不得不沿着起舞的野草开始做隐蔽式的撤离，到了一个安全地带时，丽莎对她说：“我知道是谁杀死了这个人。”

林桂枝微微地喘着气，丽莎分析说：“看样子，有人已经认出了你我，所以，这个人，一定要杀死他所会面的人……当然，藏在暗处射出子弹的这个人只可能是周龙。”

射出子弹的男人只应该是周龙，除此之外，不可能会是别人。因为那个别人只是虚幻，并不存在。这意味着什么呢，于是，她们的眼前变得一片迷蒙，她们并不甘心，也不准备将此事告诉将军，因为一旦将军知道，更多的人就会关注此事。如今，两个不同国界的女人心甘情愿地肩负起了这桩事件。

33

女人陷入男人的肩胛之间，女人在转动着肩和头颈。可她已经苍老，年迈不堪，任何回首往事的方式也只不过是一片嘘声。然而，我依然想研究她，研究她的肉体，研究她有限的记忆，研究她不可能变得像少女般明澈的双眼，这一切都依赖于将现在的时间和过去的时间交织在一起。

丽莎作为一个见证人坐在酒吧的灯下，给我讲述那些故事中的故事，现在恰巧可以与这个女人联系在一起。那是一个傍晚，丽莎和林桂枝准备前去会见周龙的那个女人，她们坚信通过这个女人，一定能终结她们内心可怕的追问。她们不再把自己扮演成难民，因为她们知道那些从衣襟上散发出的腥臭不适宜袭击那个身体藏有暗香的女人。

在那个时代，已经很少嗅到从身体中散发出暗香的女人，因为战争彻底地改变了一切。暗香需要环境、需要隐藏、需要心态，也许这个女人遭遇到爱情，所以，即使整个世界散发出战争的腐烂味和血腥味，这个女人依然藏有暗香，并将身体中的暗香献给男人。

丽莎嗅到了这种暗香，这绝不是法国香水的味道，而是来自中国的民间，来自石榴汁和苹果汁，来自热带缅北的地域，来自一个女人成熟的肉体生活。

丽莎似乎对陷入战争之中的各种各样的女人的命运也深感同情，她在研究战争的同时也在研究女人，所以，她在关心着菊池贞子，关于她的故事放在后面，这个女人快要分娩了。

同时，丽莎也在研究与周龙有着肉体关系的这个女人。傍晚，仿佛拉下了一块巨大的幕布，丽莎和林桂枝穿上了缅北地区特有的缅裙，当她们裹在裙子中向着这座小镇奔来时，她们知道周龙今晚一定会出现在小镇，她们提前进入了小镇。

周龙消灭了与他会面的男人，虽然这个事件没有得到澄清，然而，她们深知，除了周龙之外，世界上不会有第二个人射出子弹。她们藏进了女人所住的院落，在里面，在繁茂枝叶的掩映下，隐藏身体是一件容易的事。她们看见了怀抱暗香的女人终于出现在庭院中，因为突然间传来了敲门声。周龙出现在门外，又出现在已经打开的门内，这几乎是在几秒钟之内开始的。

她们屏住了呼吸，女人靠近周龙的怀里说："没有你，我无法活下去，你为什么很长时间不来见我？"周龙的语言少得可怜，从他嘴唇中发出拥抱时的叫喊声，他们拥抱着上了楼。

丽莎靠近林桂枝的耳朵说："我很难想象这一切，在这里，在被难民所包围的小镇，很少想象到会有男人和女人的约会。"她们并不满足，她们来此地的目的是为了通过一场约会，研究更深邃的事件：在周龙和这个女人的肉体关系之中，有没有隐藏着更深的事件？这才是她们共同的目的，因为周龙已经消灭了那个男人，那么，既然如此，难道就不会出现第二个人代替那个男人吗？

她们紧贴着篱笆，这是缅北地区特有的墙壁，因为炎热，所以，人们需要风，在夜里辗转反侧的时刻，风会从竹篱中吹来，激荡起肉体的欲望。她们的脸、眼神已经紧贴着竹篱的墙壁，她们赤脚上了楼，她们是被战争培养起来的私密侦察员，她们拥有女性最为敏锐的直觉。

首先，她们感觉到了竹篱的另一边，一个男人已经用他的身体覆盖着这个女人。肉欲之火焰像战争的尘土已经压在女人的身上，那个女人轻柔地叫唤着。

她们拉着手，忍耐着这场肉体之战的欢叫，她们灼热的呼吸已经紧贴着竹篱。然而，热风荡漾使她们透不过气来。尽管如此，她们依然得忍耐这一切，因为她们似乎已经触摸到了那枝蔓，似乎只有这个女人才可以用肉体感悟到这个男人的全部秘密。

如果说这个女人用肉体藏住了诱人的暗香，那么这个男人一定用肉体深藏住了只有他自己才可能进入的秘密。暗香是可以散发出来的，秘密只可能去寻找，等待并不艰难，也许是肉欲之火焰已经熄灭了。此刻，透过竹篱缝隙，这些细密的缝隙仿佛一层层屏障，挡住了更为清晰的现实。

尽管如此，她们还是用整个身心窥视到了一张纸片儿，它已经被周龙卷起来，周龙将那张纸片儿卷成三角形，然后塞进了女人的裙装口袋中，他贴近了女人的耳朵私语着。即使在这样一个两人的空间中，周龙似乎也不出卖自己的声音，所以，她们难以接近他的声音。有一点她们可以证实了，周龙正试图通过这个女人达到一种目的，那三角形的纸条很重要。所以，她们悄然撤离，在战争中的撤离是为了保存力量。而她们此时此刻的撤离则是为了等待这个女人的出场。

她们赤着脚穿越了小镇的街道，隐藏在已经被夜色笼罩的一棵大榕树下，茂密的枝叶纷披而下，藏住了她们的身体，没过多长时间，那个女人出来了。在女人的头顶上，是浓密的夜色弥漫，女人一边走，一边撩起她的长裙。

她会到哪里去？男人让她去送纸条，她将经过什么道路？在那一刻，夜色所展现的这个秘密仿佛越来越敞亮，然而，却被突如其来的飞机轰炸声所湮灭了。飞机的速度很快，来不及奔跑和趴下的人们刚一听到头顶的轰鸣就看见了爆炸。

那些被炸开的一棵棵榕树浑身震颤出一束束墨绿色的叶片。同时被炸开的还有一棵棵丰硕的芒果树。那饱满的芒果，金色的汁液在喷溅。最悲惨的是被炸开的肉体，他们多数是难民，因为只有难民才居无定所。

整个世界混沌、幽暗和疯狂，人们用所有可能的动作，奔跑和趴下，只有在这一刻，你才可能知道，生命对于每一个人是如此重要，它犹如一场巨大的事件，在最危险和困难的时刻，每个人都在绝望中选择捍卫生命的方式。

就这样，她们追踪的女人从她们混乱的视野中消失了。在布满爆炸物所留下的一片狼藉中，有人在号叫着，他们为在倏然间死去的亲人和朋友流下了世界上最晶莹的泪水，动用了沙哑的嗓子，他们号叫而抽泣着。

在这个世界的幽暗之中，似乎寻找一个女人飞翔的翅膀失去了力量。镇子里出现了战争时期特有的颓败，一些房屋已经在坍塌，一些人依然还被埋在土坯屋下面。

她们不得不回到将军身边，周龙已经在执岗，她奇怪：这个男人似乎已经长出了翅膀，他总是可以利用任何混乱飞翔起来。就在这一刻，她们刚回到帐篷就听到了菊池贞子分娩时的挣扎声和尖叫声。

她们奔向这个特殊的女人。

菊池贞子正经历着战争中一场与身体搏斗的分娩，她的肉体仿佛倾注了一切疼痛，她的盆骨仿佛长出了荆棘，她不时地用双手抓住女护士的手臂，她无望地叫唤着。在经历了好几个小时的疼痛之后，菊池贞子很顺利地分娩下了一个女婴。

女婴的啼哭，仿佛让世界充满了生命诞生的欢笑。然而，三天以后，部队奔赴前线，所有家属和后勤人员必须转移出去。她们大部分是妇女，她们作为性别中的一类留下来。丽莎作为随军记者可以跟随部队出发，林桂枝却需要撤离大部队。

她带着卫生队的队员们开始随同后勤人员来到那座曾经经历过日军飞机轰炸的小镇。就在这座小镇里，林桂枝又见到了周龙的那个女人。那是一个上午，女人穿着缅裙拎着水桶来到了大街的水井旁——有几口水井已经被焚毁了，只留下了两口水井可用，人们不得不排着队等候着，在人群中女人回过头来看见了林桂枝，便笑了笑。

34

女人对林桂枝说："我男人也穿军装……"她的男人应该是周龙，林桂枝突然产生了一种强烈的心情，她想进入这个女人的世界，她和丽莎在那次飞机轰炸中被阻止的追踪一直是一个谜。

战争给每个人带来了被摧残之谜，在阴暗处随时都有冰冷的子弹注视着你，每时每刻都在催促你前去赴死。

林桂枝在五十多年以前同这个女人站在水井前，她们都拎着水桶，这就是战争，活下来已经很不容易。而此刻，已经到了第二天，我以为，我与那个从第二次世界大战走出来的女人的缘分并没有结束，因为我还想知道一些不为人知的细节。

因此，我绕着街道，仿佛在环绕着当年林桂枝所栖居的那座被战争笼罩的小镇，它离战场很近，卫生队在小镇的学校设置了救护站。有好几个小镇的女人很愿意参加救护工作，那个女人也来了。

虽然她如今已经变成了一道干枯的景象，环绕她的是五十多年前的怀旧，这些怀旧有时清晰得像新鲜的茧丝线儿，不停地在她手中萦绕。有时候却陈旧得像蜘蛛的一只网，被风一吹拂，就会四散逃离，那只纤巧的蜘蛛在不停地奔逃而去。

我坐在水井边缘，在这里我看见了自己的面孔，我母亲曾经说："你长得像你外婆，像极了。"我母亲并没有与我过多地描述我外婆的面貌，我对林桂枝的全部了解，源于丽莎的声音，那个同样历经过时间摧残的沙哑之声，坐在酒吧的暗处，用不长也不短的时间向我揭开了几个女人和几个女人参与战争的故事。

林桂枝一天比一天清晰地脱颖而出，就像她的爱情在热带饱含着战争的弹片，依然以坚韧的力量，在内心中生长一样。此刻，我来到了那个女人的庭院，她正坐在明媚的阳光下梳头。

她的头发已经花白，那是一个黑中带白的世界。然而，她的头发依然浓密，那些太长的发丝此刻披在她的肩头，宛如让她披上了一件黑白交替的披肩。她沉浸在她个人的世界里，她正在用一把木梳仔细地梳理着她身心中的历史。

我在那天上午帮她梳理好了一个发型，她仰起头来看我，我把一块包里的小圆镜递给了她，让她看了看自己的面容，她说她已经有很多年不照镜子了。自从她的镜子在一次震颤中成为碎片之后，她就失去了镜子。

那次生命的震颤在哪里？它竟然让一个女人失去了照镜子的勇气。那几天，我总是想寻觅到这个秘密，我相信，它只可能跟战争有关系。

对于我们这代人来说，回首战争却并没有进入到那黑暗中的世界，也许，我们所置身的和平世界太久了。所以，我对世界感恩，它使我们一代又一代感受到青草的摇曳、鸽子的飞翔。此刻，我终于又让她产生了倾诉的激情，当一个女人听到另外一个事隔多年依然清晰的名字时，她必然惊愕地睁大眼睛。

我向她提到了林桂枝的名字。她的身体震颤了片刻说："你怎么会知道她？"我说我知道她是因为战争，我知道这一切是因为尽管战争已经离去，然而，那些死去的面孔依然在我眼前闪烁着。

"林桂枝从一开始就在怀疑我……我知道，从我自愿到卫生队时她就怀疑我，直到如今仍感觉是一个谜。"她说。

不错，在丽莎的叙述中出现过这样的故事。当女人前来申请参与卫生队的护理工作时，林桂枝递给她一张纸和一支笔说："写吧，要真实地写下你全部的历史。"只读过两年小学的小娟，周龙这么称呼她，我们也由此称呼她，她是女人，然后她才是黎小娟。她很勉强地用缅语写下了自己的历史。然而，她却巧妙地回避了历史中的那段：即她用肉体从事滇西驿妓的那段历程，及她与周龙在洱海边的驿站上相遇的肉体生活。

她省略了那段生活，她仰起女人的长颈，似乎是为了再次遇到战争中的周龙，为此，她似乎并不害怕死，尽管林桂枝提醒她说，战争中的生命是不属于自我的，只要你参与了战争，在任何时刻都可能与死相遇。林桂枝想用此手段威吓或控制这个叫小娟的女人。然而，她很坚定，她的坚定就像很久以前的林桂枝，她带着将军遗留在她掌心的纽扣，她带着全部的赌注——想在被第二次世界大战所笼罩的缅北，与将军相遇。

就这样，小娟参加了林桂枝的卫生队。此刻，老人吐露了心声："我在当时只想见到周龙，我想也许参加卫生队就可能见到周龙了。我肯定了这一点，所以，我参加了卫生队。"她说，"我并不知道林桂枝在怀疑我，我想方设法地与她接近，因为我害怕她会丢下我、舍弃我，如果那样，我到何处去寻找周龙呢？尽管林桂枝在怀疑我，她仍然教会了我简单的护理工作，比如包扎。因此，我尝试着给难民包扎伤口，在那一段时间，卫生队接到通知，要想方设法帮助难民，要尽可能地留在小镇上，让受伤生病的难民恢复健康。"

因此，卫生队不得不滞留于小镇。由此，小娟开始跟着林桂枝，她似乎与林桂枝寸步不离，因为在她看来，只有寸步不离地跟着林桂枝走，才有可能走到周龙的身边去，跟着林桂枝可以学到许多护理技能，她并不知道林桂枝也是半路出家，她也不知道林桂枝的历史，因为林桂枝从来也不讲述自己的历史，在她面前，林桂枝只是卫生队队长。她很少微笑，然而，面对难民时，林桂枝会显得很温和，她为难民用酒精一遍一遍地消毒，那些腐烂的伤口发出的腥味，有时让人恶心。林桂枝移动着那些难民们的身体，成群的蝇虫飞舞着，扑向林桂枝的面孔。

在那些时刻，林桂枝成了黎小娟的偶像，她学会了护理工作，她学会了从消毒水和洁白的纱布中拯救生命的方式，她伸出双手，她的手接触过女性的全部生活，比如盐、内衣、奔跑、悬念，她的双手还接触过男人。

而在这里，她却要接触战争所制造的伤口。

从难民们的伤口弥漫出来的是猩红、是细菌、是腐烂，更多的是疼痛。就这样，也许是她细腻而温和的护理工作感动了林桂枝，她慢慢地从林桂枝的脸上看到了微笑。然而，那只是转瞬即逝的微笑，也许，在被战争所笼罩的世界，任何人都不可能从内心发出由衷的微笑。

因为，每一天都有人会死去。

每天中的每个时刻，总有难民们死于高烧，当一个难民的身体开始感染时，意味着离死亡越来越近了。为此，她们需要抗生素，然而，战争就在眼前，她们已经有很长时间缺乏抗生素品了。为此，小娟想到了表哥，她的表哥就在曼德勒开药铺。小镇离曼德勒有几十个小时的距离，小娟说："我们可以试一试，到曼德勒去找表哥……"林桂枝摇了摇头，因为这个建议太危险了。

在战争期间，任何行走都意味着与死亡赴约。然而，小娟看起来很坚定，她和林桂枝还是决定冒险去曼德勒城，尽管它已经被日本人全部占领。她们搭乘大货车，经过半个下午和一夜的颠簸，终于到了曼德勒城。她们在拂晓之前，摸进了城中央，每个路口都有日本兵在守着，他们操着日语，他们操纵着这座城市，同时也控制住了这座城市的商业区域。

黎小娟和林桂枝要通过一条条小巷，因为她们深知大道已经被把守。所以，只有通过小巷才可能进入城中央，而且她表哥的药铺就在城中央。许多年前，她到过表哥家，那时候她才十岁，凭着搜寻到的有限的记忆，她们终于来到了表哥的药铺门口。小娟伸出手敲门时，才发现门上贴了封条。

后来她们才知道，曼德勒所有的药铺都被日本人封了，在他们所控制的世界里，他们不允许将任何药品提供给难民和他们的敌人，这是一个令人绝望的时刻，她们不得不撤离出曼德勒。

35

就在她们撤出曼德勒时，三个日本人操着日语走了上来，小娟说："我听不懂他们说什么。"林桂枝说："如果能跑，我们一定要设法跑出去，我们一定要回到小镇，一定要跑出去。"

三个日本人走上前来，其中一个日军端着刺刀挑开了林桂枝脸上的头巾嬉笑道："花姑娘，是花姑娘啊。"突然来了更多的日军，其中还有一名年轻的军官，他走上前来看了看两个女人说：“你们要到哪里去？”他竟然会讲汉语，似乎有很多年轻的日本军官都会讲汉语，也许，这是他们侵华战争中的一种基础训练。日军军官仔细地看了看她们的面孔，挥了挥手说：“留下来，必须让她们留下来为帝国的军人们服务。”

她们还来不及叫喊、挣扎就已经被黑布蒙上了双眼，嘴里塞上了毛巾。对于两个女人来说这是她们所经历的第二次世界大战最为残酷的黑暗的时刻。

首先是被黑布所蒙住的双眼，使她们丧失了光明及对道路的辨认，她们试图用双手前去触摸。然而，她们的双臂反捆在后背，所有用来辨认方向的触须都失效了。

其次是嘴唇，那块发出腥味的毛巾塞住了嘴巴，使叫喊和挣扎的权利为之丧失。

而且致命的是她们被分开了。当林桂枝睁开双眼时，黑布终于脱落而下，一个日军站在她的面前对她说：“现在，你洗一个澡，换上这些睡衣、睡裤。”然后，她被带到了浴房，这已经是晚上了，她感觉到了夜色弥漫，她感觉到了矗立在她面前的一道道墙壁，她看到了把守在每道门前的日军，他们端着刺刀，对她微笑着。

然而，在这样的时刻，为何要让她洗澡？为何要让她穿上睡衣、睡裤呢？她并不会无知地抵抗，因为她已经不是从前的林桂枝，她已经被战争训练出了一种机智和勇气。她来到了浴房，打开水龙头的时刻，她想到了小娟，她十分牵挂这个女人，她知道，小娟不会走得很远，她只会在旁边。她站在水龙头下面，她要把身体洗干净，她要站在水龙头下面，利用这有限的时间——寻找出逃之路。

她插上了门销，在她看来，门销是不可能打开的，门销是安全的。所以，她把自己的脏衣服扔掉，尽管那是一套日式睡衣、睡裤。插销确实是牢固的。她有意拖延时间，因为她知道，浴室外就是刺刀。

尽管时间已经被一再拖延，然而，时间是变幻的，她不可能永远留在浴室，她需要越过牢固的插销，越过这些被刺刀所围成的日军驻守地。然而，当她穿上睡衣推开门时，一个日军士兵端着刺刀威逼她说："老实一点，跟我来。"作为一个女人，如果她不参与第二次世界大战，也许，她会惊恐得尖叫。不过，她已经不是怒江边小镇上的那个女人了，她已经历了一系列的苦难，而且面对了她的敌人，她已经积蓄了足够的仇恨，她知道，那闪烁在她眼前的刺刀——可以杀人，可以穿透肉体的全部器官。所以，叫喊是毫无意义的。不知道为什么，她想起了将军的微笑，她想活下去，活下去有无数可能在幻想之中看见的美好：比如，她仿佛回到了将军身边，那是她日思夜想的生活方式，回到将军身边意味着，她想一次又一次地了结心愿，即把那枚纽扣在某一天，秘密地缝在将军的衣服上；比如，她想竭尽自己的力量，以一个女护理员的方式，前去参与战争，并希望她的双手能解除更多的难民和受伤军人的痛苦；比如，她想在战争结束以后，回一次怒江小镇，她想回到花园中去，看看她的孩子，她想让女儿原谅她的离家出走。

刺刀离她很近，已经把她引到前廊，已经无路可走。然后刺刀又把她引到了拐角处，她看见了灯光下的一间房子，门掩上了，是那个日军伸手拉上的门。她嘘了一口气，想找到门上的插销，只要有插销存在，她知道她的身体就会有暂时的安全感。然而，插销已经消失了，它从前存在过，似乎是被刀砍下的，因为门框上有刀痕。

正当她想寻找别的方式时，门被推开了，随即又被关上，那个曾经见过她的日军军官站在她身边，他说："我时间很短暂，我没有时间跟你解释，所以，服从是你的选择。现在我做给你看。你必须像我一样解开纽扣，你必须脱干净你的全部衣服，我需要你的肉体，现在你明白了吗？从今天起，你就是我们帝国军人的女奴。"

他面对她脱衣服，她要做的唯一的一件事情就是服从他，她知道如果不服从，必死无疑，她并不想因为挣扎而死去，因为她有如此多的美妙幻想已经被她看见。然而，仅仅看见是不够的，那只是虚无而已，所以，幻想是需要等待的。

她开始脱衣服，她突然产生了一种心智，也许她简短的护理生活让她产生了诡计，这诡计是用来战胜敌人的。她敞开了胸部，贴近她的敌人说道："你可以要我的肉体，如果你不害怕的话，不过，实话告诉你，我已经患上了梅毒，我的性器官长满了梅毒……”

她跟菊池贞子学过几句日语，她学日语时告诫自己：这语言是用来对付战争的，她并不喜欢这种拗口的语言，就像丽莎所说的一样，任何语言都是为了交流，语言也是为了对付敌人，她的敌人就在面前，赤裸裸的身体只剩下了兽性，她表达出了她的诡计，军官恍惚了片刻，抓住她的乳头说：“梅毒！你是梅毒携带者？”军官盯着她的上身，她的上身是赤裸的，她必须裸露，而她的下半身就像被千层丝布裹住，对于军官来说，梅毒是可怕的，比缅北地区的眼镜蛇更可怕，比野人区的瘴气更可怕，她确实抓住了一种致命的武器，比子弹更有效。

于是，军官惊恐万分地恼怒地穿上衣服，并叫嚷道：“你是梅毒携带者，你失去了为帝国军人服务的权利，所以，我要告诉你，我要让你的病菌随腐烂的叶子在泥土中下沉……”军官穿上军装后走了，她似乎听懂了他的宣布，她不害怕，因为她知道，日军一旦活埋了她，她就有了一种希望：逃跑的机缘之路。

她穿上了衣服，这是属于她的衣服，是一套缅北的裙装，所有缅北的妇女一年四季都在裙子中做女人。如果不是遇到这场战争，缅北的妇女们会在属于她们的热带，进行着缓慢的农业生活，是战争破坏了固有的秩序。现在，缅甸陷落了，民众的身体也处于沦陷之中。

她又一次尝试了捍卫肉体的战争，她蜷曲着双腿，她知道天一亮，他们就会活埋她。她终于意识到丽莎在空隙之中带她学习日语的益处了，如果不学会语言，她怎么能理解她的敌人的声音呢？

正是从她的敌人的声音中她听见了活埋她的计划。就像战争中的一局棋，她明白了，她知道在战争中已经死去了那么多的生命，如果她奔往了活埋的路上，无法逃跑，那也是一种幸运。

有一点让她倍感庆幸：因为她是一个梅毒携带者，所以，她捍卫了自己的尊严和身体，就这样，她守候着，这是通向希望的一个早晨，幕布刚一揭开，她的身体就已经获得了一种明媚的召唤。也许，她已经感知到了另一种机缘之路，确实，她感受到了子弹在热风中呼啸而来的场景。

然而，门推开了，又是那个年轻的军官。

她浑身颤抖，她完全没有意料到他会再来，他会在下半夜进入这间房子里，他找来灯光，他手里举着一支手电筒说："我不相信你是梅毒携带者，所以，我又来了，我们帝国的军人那么需要女人……你为什么要成为一个梅毒携带者呢？"

他走上前来，他的手就像一只铁钳卡住了她的脖子说道："你必须说实话，明天早晨，我会让随军医生来检验你的身体。如果你没有梅毒，你必须为我们的军人服务。"军官突然举起手电筒扫射着她的全身，在她的意念之中，她的下体已经被千层丝布严密地包裹着。她低声说："如果你不相信我是梅毒携带者，那么，我现在就让你看见我下体的脓疱……"

36

让我把眼睛闭上一会儿，让我从两个女人的境遇中逃离出去，噢，我们的身体如果一旦与战争相遇，那么，会遭遇到一种什么样的命运呢？现在，作为女人的我，已经卷入了第二次世界大战中最黑暗的一幕之中去。我的肉体仿佛随同林桂枝的肉体在战栗。

我现在必须进入另一个女人，即黎小娟的命运之中去，我不知道她是否具有林桂枝的胆量和智慧，因为在之前，她们已经历了完全不相同的两种命运，我们可以把两种命运划分为两个妇女的青春前奏曲。当林桂枝生活在怒江小镇前花园和后花园中读书和嫁人时，黎小娟正用自己青春的肉体在滇西洱海边的古驿道上，历练一个妇女的肉体生活。

黎小娟的命运不可能跟林桂枝一样，我知道这一点，并想将黎小娟的故事讲下去，当她遭遇着与林桂枝同样的苦难时，她知道，命运已经变得一片漆黑，就像双眼被黑布所蒙蔽的现实一样漆黑无比。当那块黑布从眼睑上往下滑落时，她已置身于日军的军营之中。

她被直接押往一座日军慰安所，在这群妇女中有韩国人、日本人、朝鲜人和中国人。她们几近麻木地瞟了她一眼，在她们的世界里，少一个慰安妇或者增加一个慰安妇似乎是习以为常的事情。当然，她们还是冷漠地看着她的降临。似乎也在暗自研究她到底是从哪来。黎小娟对这群妇女们的存在并不知道有何意义，在她看来，这些女人要么是人质、要么是俘虏、要么是随军家属而已。

所以，她感觉到了寻找到自己同类的那种片刻的欣慰感。不管怎么样她可以同这些女人站在一起，生活在这间房子里，她知道，她已经被迫同林桂枝分开，自从黑布把她们的双眼蒙上的时刻，她们就已经被分开了。

之前，她并不了解慰安妇的命运。她不了解在战争之中的缅甸，在第二次世界大战之中来自各个国家的妇女，正在用她们的肉体为这些远离家乡的士兵们服务。

她简短的肉体史源自中国古驿道的滇西，源自富有滇西传说的洱海边的那家古驿站。所以，当她在经历了短暂的一场睡眠之后，便被带到一间房子里，她并不知道，她要重新敞开她的肉体，她要在子弹的呼啸中献出她的肉香，这个现实来得很快，容不得她沉思、犹豫或选择。

她不是新手，在肉体经验史上，她拥有一定的肉体经验。然而，在这里，在面对一个已经脱光了衣服的日军面前，她依然保持着肉体的震惊和恐怖，她想退到墙壁的另一边，退到身体筑起的墙壁之外，哪知道，她碰上的是一个已被肉体所折磨的日军，也是一个已经在战争中丧失了个人道德的日军，他伸出手剥开了她的衣服。

她不叫喊也不挣扎，她的肉体在生命中第一次遭遇到了强暴，这是她的肉体史上最绝望和最羞辱的时刻。最致命的是连续有三个日军士兵占有了她的肉体，接下来，肉体像最萎缩的树叶落在了低处，她度过了最黑暗也最漫长的一夜，然后抬起头来环顾着四周。

躺在床榻上的慰安妇们仍在睡觉，她们似乎已经习惯了在自己的肉体沦陷之后重新回到住所、回到这黑暗的光线和淡淡的忧愁之中来。她们连声音也不发出，甚至也不辗转反侧，她们连做梦的权利也已经消失了。肉体像冬眠的僵尸失去了盈动的力量。

在这里，她有同类，然而，她们似乎已经失去了灵魂，而她不一样，她欠起身体，翻身下床，她想跑到外面，哪怕有一块旷野，让她透一下气也好。

她溜了出来，那是黎明，露水正在大地上蒸发着，那是一天中最凉爽的时刻。她赤着脚，她连鞋子也找不到，因为房间中太幽暗了，那用床单挂起的窗帘，那些扔在地上的乳罩和内衣，散发出女性肉体中特有的味道。

她赤着脚，在这一刻，她想起了周龙，这是可以支撑她幻想的意象，这是一幅图景。不受时空、地理和恐怖的限制，她想寻找到更真实的那个男人，在他面前，她似乎愿意为他做一切事情。所以，她曾经为他去传递情报，那些用密码写出来的情报，写在纸上叠成了三角形，如果没有遇到那次飞机轰炸，她就会成功地送出情报。然而，飞机来了，在轰炸声中，周龙找到了她，并把有情报的纸条吞咽到肚中，那是站在小镇一座已经被炸裂的青砖墙前。从此以后，周龙就消失了。此刻，她赤着脚，她想，这是早晨，寂静极了，为什么不跑呢？为什么要羞辱地用肉体为日本军人服务呢？她又一次感觉到了被强奸的恶心。她走到门口，几个端着刺刀的士兵刚刚打完了几个哈欠，然后，看见了她便叫唤道："花姑娘，花姑娘……"

刺刀挡住了出口，使她终于意识到，自由已经不再属于她了，她想起了林桂枝，不知她的命运如何。就这样，逃跑是不可能的，死去也不可能，她害怕死亡，每每举起匕首时，她的骨头就会颤抖并阴冷起来。

她开始等待时机，让她感到欣慰的是战争似乎又一次笼罩了日军营区，他们开始大练兵，推开窗户就能看见日军营区，推开窗户就能看见年轻的士兵们端着刺刀在空寂的泥地上趴下又站起来。一个韩国女人说她渴望打仗，因为战争让她的肉体可以得到安稳的休息；一个日本慰安妇说她也渴望战争快些到来，她想回到母亲的身边去。而黎小娟呢？她站在用铁丝网围起来的泥土上，赤裸着双脚站着，她不跟任何人说话，也不希望跟任何女人搞好人际关系，她是缅北人，这座军营离她生活的小镇并不遥远。

她仰起头来，她期待着这些日军突然之间听从命运的出发，她知道唯有战争才可能带来混乱。她想利用混乱出逃，这里并不可能是她为此生活的地方，而且她厌恶极了自己的肉体。她窥伺着周围的变化，她时刻准备着出逃，她知道只要跑出大门，她就可以跑向那些纵横交错的密林中，她宁愿被森林中的野兽吃掉，也不愿意留下来做慰安妇。

这样的时刻降临了——那天夜里，没有一颗星星，也看不见弯月，夜空黑得让人窒息，似乎还裹挟着一阵闷热，这意味着热带地区特有的雷雨即将来临。她刚推开窗户，就听见了军队整装待发的声音。有几个日军冲进了慰安所，大声吆喝着："快快穿衣，十分钟后出发！"

黎小娟的头轰地响了一声，仿佛感觉到从脚底散发出来的一阵奔逃之声。她仰起头来，她从不脱衣睡觉，她时刻在准备着逃跑，一旦有机会她就会抓住机缘之路而逃出去。

她和衣而睡的另外一个原因是因为她不愿意自己的肉体裸露，每当她羞辱地回忆着那个日军强暴她时，她就会感到牙齿在噬咬着什么，她想用牙齿噬咬痛自己的手指、咬痛自己的肉体，现在，她比慰安妇的任何人更主动地做好了出发的准备。在这里，她不想出卖自己从哪里来，她的国籍是混淆的，因为她的面孔代表着亚洲妇女的形象，所以，有时候，她告诉其他的慰安妇，她是新加坡的一个孤儿；有时候，她告诉她们自己来自中国。她想把自己的国籍弄混淆，她从不在任何人面前暴露真实的自我。因为她深知，在这个地方，连她的肉体都被剥夺了自由，所以，她的灵魂和自我也同样染上了污渍。

她们几十个人终于出发了，她出发之前走在前面，那个端着刺刀的日军士兵来到她旁边，用胳膊故意碰了碰她的乳房说："你是新来的吧。"她冷漠地盯着他手中的刺刀，她生怕那刺刀不小心就会扎进她的心脏。

她还不想死。如果她想死的话，在任何一个时刻，她都可能死去。然而，她牢牢地抓住生的机缘之路。在路上，她开始放慢了脚步，因为她知道，她走得越缓慢，越有可能寻找到出逃的机会。就在这时，从她的胸前滚过一阵阵惊雷，还有一束束比手电光更刺眼的闪电。

37

林桂枝故意缓慢地解开裙装，她知道，这个男人带着手电之光来是为了照亮她的阴户，而她刚才的声音似乎已经把男人的心绪搅乱，他显得有些焦躁的手似乎已经握不住手电筒，她的裙子刚开始往下滑时，男人也开始往后退。她掌握了男人最虚弱的地方，她低声嬉笑着说："你来吧，我都给你，我的病菌也会染上你，你来吧……"

她揪开了裙子，躺在床上，男人在这一刻已经拉开了门。从过道上传来那个年轻军官气急败坏的声音。林桂枝又一次捍卫了自己的肉体，她迅速地拉上了裙装，她由此把自己全身裹严，她等待着明天，在被活埋的路上等待着突变。

她在以往的生命中，曾经一次又一次地领教过生命和万物发生奇迹的时刻：比如，在怒江小镇上，她拥有婚姻生活，她从前花园溜到后花园，她总是感觉到世界暗淡无光，自我的身体已经下陷，在那个并没有点燃爱情之花的男人面前。由此，她突然看见了马帮，从怒江边上经过的马帮让她的自我世界敞开了。这是她生命中一个奇迹般的蜕变。比如，在缅北丛林，当她的命运开始第一次迷途时，也是她面临着身体遭遇到摧残的时刻，将军出现了，她抓住了将军的一枚纽扣，从而抓住了一次生命为之蜕变的机遇……所以，她要一次又一次地让生命的过程发生蜕变，她要一次又一次地度过生命中最为艰难的时刻，每当她寻找机遇时，她都在寻找另外一个女人，她就是黎小娟。

黎小娟是她的姐妹，然而，她却找不到她，她知道，此时此刻，黎小娟同样面临着寻找逃跑机会的境况，通过她与黎小娟短暂的相处，她确信黎小娟会用她坚韧的勇气改变她的命运。现在，雷雨降临了，几十名慰安妇顶着雷雨开始往前走，很幸运的是她们是女人，所以，她们走得越来越慢。

慢，由此可以让她们掉队，在这个过程中，一个慰安妇的鞋跟断了，她叫嚷道："我的鞋子，我的鞋断了。"然而，没有人理会她。林桂枝在轰鸣的暴雨中突然开始让自己的身体往前滑倒，因为滑倒是必然的。缅甸地区的泥浆之路要让她们不滑倒是不可能的。而且是在战争时期。只不过每个慰安妇滑倒的意义不一样。别的女人滑倒就会爬起来，她们似乎已经认定了继续上路，只要有可能就是竭尽全力地走下去。

这种命运的召唤已经由不得她们去选择和篡改，她们在这场异国的肉体之旅中，继续前进，这是一种别无选择的道路，而黎小娟不一样，她故意滑倒，有意制造在泥浆中挣扎、喘息的情景，只不过是为了滞延时间，在任何时刻，在任何地点，在任何生死攸关的时刻——唯有时间可以改变一切。

她滑倒了就没有准备再爬起来，她在泥浆中趴下。其他的女人趔趄着，朝着一个又一个不可知的方向奔走，她们只是在奔走和逃命，已经谈不上什么肉体生活，已经谈不上在出卖肉体，从呼啸之中过来的雷霆和子弹也许会让她们失去生活的权利。

她不顾一切地贴着泥浆，那些黏糊糊的泥浆已经开始浸透她的面颊、头发、胸部，甚至形成一件厚实的外套将她严严实实地包裹起来。她尽量屏住了呼吸，在这个没有一丝亮光的漆黑的夜晚，贴近大地，贴紧那些泥浆就能嗅到安全的气息。

很显然，她的存在已经被忽略了，这正是她为之抓住的一线希望。终于，她的面颊从黑乎乎的泥浆之中仰起来，四周寂静万分，只有闪电还在碰撞。日军部队已经离她远去了，她成功地出逃了。在暴雨中，她什么都不害怕，如果从密林中窜出来的野兽与她相遇，她也不会产生恐惧，她不希望再回到日军中，回到慰安妇的队列中去。

大地寂静下来，她缓慢地站起来，让暴雨从头到脚地清洗着她的肉体，仿佛在肉体交易之后，她要回到澡房。每一次都是那样，尤其是用金钱交易后的肉体，女人们总习惯于端起盆中的清水，清洗干净全身。

现在，她无限欣慰地仰起脖颈，她等候着黎明的到来，因为只有黎明才可以让她分辨方向，此时此刻，另一个女人林桂枝她在哪里，她有没有等待。

几乎是面对同样的黎明，两个女人已经开始面对着不同的遭遇。

当黎小娟终于迎来黎明的时候，她看到自己置身于一片热带的丘陵，她站在绵延的丘陵中朝下看，她竟然看到了村庄，这是让她为之兴奋的理由之一。因为，村庄一出现就会出现村民，交织在村庄中的道路，甚至还会出现运货车。她开始朝着村庄走去，正是林桂枝被押往死亡之路的时刻。

林桂枝已经被押出了日军营区，这是她为之希望的时刻，尽管要活埋她，然而，只要越过营区，似乎命运就会被改变，即使不改变她也不害怕。在战争中已经死去了多少人，如果她的身体朝着潮湿的泥土下陷，如果命运在那样一个时刻，已经完全失去了篡改权，那么，她宁愿死在尘埃之中，也不愿意用肉体为她的敌人服务。

她此刻是一个梅毒携带者，她的敌人已经为她的身体下了定义。四个日军举着刺刀带着她已经上路了。大约走了四十多分钟，日军端着刺刀把她围在中央，另一个已经从后边赶来的军人扛着锄头开始挖坑。锄头每次落地时，林桂枝都要战栗一下。她对自己说，四周静得可怕，也许没有什么希望了。她望着一只鸟，那是一只有淡绿色翅膀的小鸟。它仿佛并不负载战争给这个地区所带来的沉重，它依然轻盈地从一个枝头飞到另一个枝头。

林桂枝眼看着坑越来越大、越来越深，深得像她梦境中突然陷下去的一个看不见底的井。她似乎已经做好了前去赴死的准备。因为她基于战争的混乱而产生的几种希望并没有发生，她想象过在路上，也许会发生一场战争。比如飞机轰鸣着，然后，押解她的人就会奔跑，她也就会利用混乱奔逃出去，这是在战争中经常遇到的场景，而这样的场景在押解路上并没有发生。

现在，她平静地开始在赴死之前抓住有限的时间，属于她的时间已经很少了。她首先想到了那枚纽扣，在命运最为关键的时刻，对那枚纽扣的想象，似乎就是对将军的爱情，遗憾的是她已经不会再有时间为将军缝上那枚纽扣了。接下来，几个日本兵将她推向了土坑边。

万物都归于尘土，又从尘土中冒出来，它们是幼芽，是可以成长的新事物。她被推下了土坑，她的身体也在慢慢地下陷，也许是迅速地夺走她生命中的呼吸，她紧闭上双眼，灵魂顺着身体在上升，而肉体却在下陷。她彻底地闭上了双眼，让泥土一寸一寸地开始湮灭她的上半身，就在她的咽喉无法透气的时刻，她从内心发出了悄无声息的告别词："将军，告别了，永别了，我怒江边的家人，我的女儿，永别了。"

接下来，她的身体进入了赴死的状态，她的呼吸再也感受不到潮湿的雨季中，轻盈扇动而飞翔的翅膀；她的身体下陷得越深，越能听到死神的召唤。

突然，她感觉到有子弹从她耳边穿过。似乎是一颗颗子弹正从密林中呼啸而来，然而，她的眼前一片黑暗，她的身体开始窒息。她已经失去了知觉，尽管她在想象中曾经看见过那种变化已经降临，她仍旧无力睁开双眼，仔细地从潮湿的苔藓中感受到生命的一种存在。她的命运被篡改了，改变了她命运的这个人当时正从密林深处经过，他就是周龙，他击毙了几个日军，然后把她从土坑中解救出来。

38

她怎么也没有想到，当她睁开双眼时，竟然枕在周龙的手臂上。是谁，让她不死，是谁让她中断了前去赴死的路，这个人就在眼前，她似乎还没有从那土坑中越出身体，那些潮湿的味道是多么清新啊，她在赴死之前，已经对生命告别了。然而，她为什么又回来了呢？

而且，让她从死亡之路上回来的人竟然是周龙。难道这也是机缘吗？周龙什么也不说，让她坐在马背上，他似乎不想解释为什么途经了这里，也不想解释他在密林中看见的那个土坑和她身体下陷的情景。就这样，她，一个女人，来自怒江边的小镇，因战争而差一点被活埋，又从死亡中回到了现世。

在这国土上，日军试图从这里进入中国的疆域，从而占领整个国家。她，一个女人又回到了远征军的卫生队中，在她和黎小娟消失的日子里，卫生队依然在小镇为难民和伤病员治病。周龙把她护送回小镇的路上，林桂枝向他讲述了黎小娟和自己的故事，她有意观察周龙的表情。那时候，他们正在路上，他们坐下来在一片树林中休息。周龙说："我并不爱她，我跟她在一起只是一种游戏……"林桂枝听了暗吃一惊说："这怎么可能是游戏，怎么能跟黎小娟做游戏呢？"

"你并不了解她，我跟黎小娟初次认识时是在滇西洱海边的客栈，她当时是驿妓，你知道驿妓吗？她住在客栈里，依靠肉体来维持生活。肉体，你们女人的肉体，你知道吗？我怎么会爱上这样的女人，要让我周龙去爱上这样的女人是很难的，所以，我希望忘掉她……”周龙背对她又说道：“我知道你和黎小娟有过短暂的相处，但我相信，像黎小娟这样的女人不可能像你一样被活埋，她并不在乎自己的肉体，她也许已经留在了日本军营做慰安妇，这对于黎小娟这样的女人来说是最正常不过的事情了……所以，我从来就没有爱过她，我之所以跟她在一起，是因为你一次又一次地拒绝我。”

林桂枝望着这个男人的背影，她一直在屏住呼吸，这个男人的声音让她对世界的迷惑越来越深。首先是黎小娟，她的历史竟然充满了一段暗淡的驿妓史，她知道驿妓，她小时候常听到镇里的男人谈论离家出走的有些姿色的女人，镇里的人总是说这些女人耐不住小镇寂寞，她们长出了玫瑰色的翅膀，她们穿上了玫瑰色的衣服，到很远的地方做驿妓去了。当时，她并不知道驿妓是怎么一回事，到了她成年以后，某某家的女子就出走了，镇里的人又说这个骚女人找男人去了，到很远的地方做驿妓了。那时候她明白了，这些女人通常投奔一座客栈，长年累月地住在客栈里，利用女人的肉体为过路的男人服务。那时候，一种常规中的道德评判，使她意识到这个世界上的女人是最无耻的人，她们生活就是出卖肉体，就像驿妓一样出卖肉体。

然而，时光已经过去了许多年，她已经历了许多事，人只有在经历了一系列的肉体磨难之后才会从灵魂深处诞生属于自我的道德准则，她现在暗吃一惊的是黎小娟为什么去做驿妓，她知道这是一种忍受着万般屈辱的生活。那个性情温柔的黎小娟怎么会陷入这种困境，她开始同情这个女人的同时也知道周龙的另一段历史，周龙是在滇西洱海边的客栈中认识黎小娟的。这么说来，在那个时候，他们的故事就已经开始了，这是让她感到迷惑的一个世界，更让她感到迷惑的是周龙竟然不爱黎小娟，他似乎有充足的理由陈述自己的不爱。然而，黎小娟却不一样，她坠入了爱河，而且林桂枝知道，黎小娟是因为想寻找到周龙，才参加了她们的卫生队的。

令她感到吃惊的是周龙那么残酷地下了定义：他判断黎小娟这样的女人一定已经做了日本人的慰安妇。这是又一个耻辱的话题，基于此，作为男人的周龙可以不爱上黎小娟，却可以跟黎小娟发生肉体关系。

她迷惘地回到了卫生队，黎小娟已经不在身边，在山冈上，在潮湿的密林深处，周龙的双手揽住了林桂枝的腰，他的嘴伸过来，吻着她的脖颈，他似乎在绝望地恳求她道："让我再要你一次吧，让我再要你的肉体，哪怕是最后一次，也许这一次会拯救我的灵魂，也让我的灵魂回来，不会走得太远，不会离你远去……"

她推开了他，就像推开了眼前的栅栏、篱笆，阴郁和杂芜般地把他的双手和身体推开，坚决地说："不可能，永远也不可能，如果你非要逼我，我就从这悬崖上跳下去。"

他没有强迫她，他什么话也不说，把她送到了小镇，然后就消失了。她迷惘地望着他消失的小路，他救了她，他给予了她回到大地的生命。然而，她对他为什么一点感恩的心都没有呢？相反，他的出现和离去却在她的生命中正在编织着一张黑漆漆的网。

她又一次开始研究这个男人，因为她又一次感觉到这个男人的复杂性，他的复杂不仅仅显现在以往的疑惑之中，而且显现在这个男人对于黎小娟的态度上。

一个男人既然已经与一个驿妓有过肉体关系，却为什么要对这个女人发出咒语呢？而且，在这以后，这个男人又跟这个女人保持了一段肉体关系，而当这个女人陷入日军的陷阱时，这个男人为什么还在咒骂这个女人呢？

她开始从自我的道德意义上评判这个男人时，黎小娟却在那天后半夜敲开了她的门。她挑亮油灯，她觉得世界一片混沌不清，她正伸出手去，她怎么也不相信站在她房间里，浑身颤抖的这个女人竟然是黎小娟。

"你是黎小娟吗？"她的声音也在颤抖着，在如此短暂的时间里，她似乎正在经历着一种时空的分裂，在另一边，是肉体的震颤，是她的双眼被蒙住的时刻，她伸出双手，想触摸到黎小娟。然而，一片嘘声使她顿然迷失了方向；而在这一边，是黎小娟的影子，她披头散发，她活像一个女鬼，然而却是人，她低声说：“我是黎小娟，我回来了。”

两个女人在油灯的照耀下紧拥在一起，黎小娟低声说：“我逃出来了，像你一样已经逃出来了。”黎小娟说完倒在了地上。劳累和惊恐使她倒在了地上，当林桂枝为她护理时，她发现了黎小娟身上的许多伤痕，这是黎小娟逃跑时留下的痕迹。她坐在黎小娟床边，作为女性，她头一次感觉到了在黎小娟的身体中负载着许多屈辱和疼痛，她不知道黎小娟是怎么跑出来的，这是一个谜，又一个源于战争的谜，就连周龙也认为黎小娟一定做上了日本人的慰安妇。

她的逃跑竟然成功了。

那么，黎小娟一定遭遇到了许多肉体的折磨，因为她知道，要从日本人的刺刀下逃出来不是一件容易的事。而黎小娟的脚踝受了伤，这是她肉体的外伤，在黎小娟的肉体中，灵魂一定负载了更剧烈的疼痛。

当黎小娟醒来时，这个谜终于被解开了。

黎小娟说：“我用我的肉体付出了代价，我没办法，我不想死去，我想活下来，你知道我为什么活着。在我未找到周龙之前，我不会轻易地死去，在日本人的军营中，他们强奸了我，我是女人，我知道强奸是怎么一回事……就这样，我活下来了，突然有了一次突围，下着大雨，到处都是闪电，我就这样滑倒了，我的身体被泥浆裹住……他们再也没有看到我，就这样，我回来了。”

现在，林桂枝明白了，黎小娟之所以活下来，而且逃出来，是用自己的肉体付出了代价。当她把自己的故事真实地、毫不保留地告诉给黎小娟时，黎小娟顿悟似地说：“你比我聪明，所以，你的肉体没有被他们强暴过。”

两个女人发誓绝不把自己的故事告诉给第三个人，因为她们意识到总有那么一天，战争会结束。她们似乎在浓烈的伤口味中嗅到了战争结束以后，满山遍野的花香。这是两个女人陷入战争中最伟大的幻觉，因为，就像她们所梦想的那样：战争总有一天会结束。

39

最伟大的幻觉源于灵魂和肉体生活的苦难史。此刻，我，一个女人，一个置身于21世纪的女人，守候在这两个女人生活过的小镇，这是缅北一座用竹篱围起的小镇。面对着已经进入日暮时分的小镇，我已经从第二次世界大战的故事中走出来，克南就在旅馆等我，他已经回来了。克南有他自己的事情，正像我已经被某一团蛛网编织过一样，我沉浸其中：关于战争，关于女人和男人，这都是我沉浸其中的奥秘，也是我解开奥秘的迷惘生活之一。克南站在旅馆里，他在等我，他等我已经有很长时间了，似乎这也是一种奥秘，在战争离我们远去之后，置身在和平年代的一种解开奥秘的方式。

克南说他已经爱上我了，他一边走一边寻找，一边就已经爱上了我。在这片热带地区，我们的身体仿佛早就渴望着拥抱，然而，在拥抱之后，我们所谈论的话题却依然是往昔和战争。

他谈到了他的父亲的父亲，也就是克南的爷爷，不知道为什么，我越来越感觉到他的爷爷就是将军，林桂枝和丽莎所爱上的那个将军。我决心把这个被我已经用女性的灵魂所感悟到的秘密揭穿，克南惊讶地捧起我的面孔说：“如果在当年，你会爱上我爷爷吗？”

“我会！”我毫不迟疑的声音使克南震颤了片刻，他的双眼在迷惑中点了点头：“我相信，我相信。”随即他打开箱子，似乎在他的箱子中有许多秘密，他打开一本笔记本，抽出一张已经封塑的照片递给了我。

微风中荡来一阵凉爽，告诉我已经到夜晚，我靠近窗口，嗅到了小镇上的植物疯长，它们在植物之外，在井栏边的苔藓中生长，它们在我呼吸及挺立的姿态中生长。而我的心灵变得如此柔软，因为我手中缺乏这幅图片，这幅图片丽莎没给我，它是唯一的图片，摄像地点在缅北，时间是下午两点半。摄像人来自中国重庆，是一名战地摄影记者，他已经在战争中牺牲，这是在他牺牲之后人们从他的包中发现的，他在无意识之中拍下了将军和两个女人置身于战争刚结束的战场上，一束束盛开得像火一样热烈的花，我叫不出这种花的名字，它们簇拥着广阔的战场，同时也簇拥在将军和两个女人之间。这两个女人就是丽莎和林桂枝，她们一前一后地走在战场上，走在将军身边。所以，丽莎没有这幅图片。

克南告诉了我一个秘密，这幅图片被爷爷带回了那座岛屿，并放大，悬挂在爷爷的书房。战争结束以后，爷爷每天生活在书房之中，他不时地抬起头来看着图片中的两个女人。因此，克南知道了，这不是一般意义上的两个女人，她们曾伴随着爷爷度过了第二次世界大战中最宝贵的时光。

就在这一刻，我和克南之间寻找到了对某种事物的不谋而合。当我说出我和林桂枝之间最真实的关系时，克南惊讶地说道："我早就感到你长得像照片上的这个女人。"我解释说："她叫林桂枝，来自怒江边的小镇，因为一次意外的出逃，而与战争相遇并陷入了战争之中。"

这个故事就是这样讲述的，而在下面，我将继续去研究战争跟几个人的关系，它是人性，是那种从我们血肉之中长出胚芽的人性故事。白天降临了，克南与我分头行动，我们似乎都充满了目标，在克南研究他爷爷时，我也在研究林桂枝。

一个女人，靠着对一个将军的爱情又回到了她的卫生队队伍中。在进行了一个多月的驻守小镇治病救人的工作之后的一个下午，她们接到了秘密的通知，让她们尽快地撤离小镇。通知到来时，林桂枝正带着队员们到难民群中察看病情，经过治愈，一些难民已经可以继续前行了，他们不知道到哪里，不知道在战争中应该投奔何方？因为他们的故居已经被践踏，战争所带来的最大的灾祸就是践踏，其次就是死亡。在他们的眼皮底下，不知道已经死去了多少人。

黎小娟很兴奋，就要离开小镇了，这意味着什么呢？每天夜里，她都跟林桂枝倾诉她的感情世界，黎小娟就像一团焰火般燃烧着，她跟林桂枝同屋，幻想着见到周龙似乎已经成为黎小娟活下去的全部勇气，同时也成了让她在战乱中长出羽毛来飞翔的理由。

每当她倾诉时，似乎只有一个对象，他就是周龙，一个女人爱上一个男人，本身就是一个漫长的过程，她诉说滇西客栈和她的驿妓生活。因为面对林桂枝，她似乎什么都可以坦言，在这个世界上，真正的隐私是没有的，除非你不告诉任何人。当她面对林桂枝时，同时也是面对一个女性的世界，黎小娟的世界突然敞开，她们睡在楼下一间不到十平方米的房间里，而旁边和楼下都是难民和受伤战士的临时病房，从窗口不时地荡来消毒水的味道，就在这时，黎小娟想起了她的驿妓生涯。

她形容自己跑啊跑，跑得比兔子还快，她跑出了小镇，顺着中国滇西方向奔跑；她形容自己在惊慌失措的时刻跌倒在一座客栈的灯笼下面，那束枣红色的光刺痛了她的双眼；她形容自己第一次与一个男人做肉体交易时就像一只动物一样在泥浆中滚动着，直到把自己变成一个泥人；她形容自己的肉体已经寻找不到方向，它就是迷失而已。

她说她在滇西客栈做驿妓时并没有对周龙动过情，那时候，她似乎已经寻找到了一种原则，不会对任何男人动情。当她回到小镇时，她看见了周龙，那是一个暮色把她的身体所笼罩的时刻，她每天都在这个时间生活在惊恐之中，每天在这个时候她都要到小镇上绕一圈，她看到了一批又一批难民涌进小镇，突然，她看见了周龙。他孤身一个人的形象让她倏然间回到了滇西客栈，那时候的周龙率领着自己的马帮，他是马锅头，他像当时所有下榻到客栈的马锅头一样，拥有头衔、金钱和身份。

而出现在眼前的周龙孤单一人，走进了一家小酒馆，她注意他已经很长时间了，她发现周龙总是到小酒馆等候一个人，而且那个人总会到来，她就这样出现在周龙身边，周龙惊讶地看着她，似乎有些不敢相信她已经从滇西回到了小镇。就在这种孤独被战争所笼罩的世界里，他们的肉体开始寻找着对方，周龙把自己目前的真实身份告诉给她，她仰起头来看着他。在她的幻想中，那个穿军装的男人一定很挺拔。周龙给她带来了一幅穿军装的照片，她就是在独自看着这照片时爱上周龙的。

在战争期间，女人看到军人，就像看见明媚的阳光，而此刻，卫生队就要出发了，在黎小娟看来，出发意味着已经离周龙越来越近了。现在，她们开始出发，一些伤病员依然得用担架抬着走，在密林中她们将奔赴一座小镇，在那座小镇前方是战争的前线，在那里，她们将倾听着从前线传来枪炮声，她们将在那里抢救伤员。

经过几个小时的路程，她们来到了又一座小镇，从空中飞掷而来的流弹片不时地溅起墙壁上的灰烬，小镇上的居民和难民们均已撤离。空寂的小镇突然出现了一群女子卫生队，她们担起了担架，穿梭于前线和小镇之间，她们不畏惧死亡，对此，黎小娟是活生生的见证人，当她讲起她的这段经历时，天色已晚。我正陪同她在小镇散步，她的脚踩在石板路上，她衰竭的精神中似乎突然渗进了某种元素，比如盐和蜜，比如酒精和树藤，她抓住绵延在缅北时间之树上的藤蔓，然后对我说："我跟着林桂枝在枪林弹雨中穿梭时，是我的身体最有力量的时刻，每次穿行于前线阵地上，我都会看见战士倒下去，他们如被风暴所折断的树枝，他们就那样倒下了，有些人倒下就再也站不起来了……更多的人是受了重伤，他们需要我们，我们也需要他们，就这样，林桂枝引导着我，她怎么做，我就怎么做。当我头一次被一个死去的士兵所绊倒时，我知道，死亡无处不在，我也知道我为什么不害怕死亡，在那样的时刻，我已经忘记了这种害怕。也许搀扶起一个人，把这个受伤的士兵抬在担架上，比死亡更有力量。”

40

在这里，你很难想象，曾经做过滇西驿妓的黎小娟用她的脚奔跑着，她跟着另一个女人林桂枝，她们是两个国家的女人，却因为战争在阵地上相遇，她们不停地忙碌，她们已经不畏惧死亡，任何人在这里都会在死亡之路上历练自我的勇气。

林桂枝在阵地上，遇见了另一个女人，她就是来自沈阳的女人，她来自另一个女子救护队。在穿行于阵地上时，与林桂枝相遇了，当她们彼此相认出来时，她们的脸被战火的硝烟味所蒙住。就在这一刻，沈阳女人突然发现了一具尸体，她尖叫了一声，那个早就已经断气的士兵竟然是沈阳女人一直寻找的男人——她的丈夫。沈阳女人趴在男人的身体上，她的叫喊声不时地被炮火所湮灭，她捧着丈夫的脸，那血肉模糊的脸，在那样一个时刻，一个叫绝望的词汇已经降临，沈阳女人背起丈夫的尸体，她来不及与林桂枝告别，似乎在这里，任何告别都是多余的。

她们之间每时每刻都与战争存在着一种千丝万缕的关系，这就是永诀，在别的地方，谈论永诀是一种意象，只是一种象征和隐喻，而在这里，每棵树以及每个人都会突然之间再也不存在，这就是永诀的关系。

沈阳女人从阵地上背起了丈夫，这是她的男人，她因为这个男人从最遥远的东北来到滇西，又来到缅北战场，她每时每刻都在期待着这种相遇。然而，她也许做梦也没有想到，她见到了这个男人时，连最后的气息游丝都已经消散了，这就是永诀。当她背起丈夫的尸体时，她回过头来看了林桂枝一眼，她们都来不及也不知道应该到哪里去，沈阳女人背起丈夫朝着阵地之外的丘陵，那是一望无际的丘陵地带，也许她想独自一个人把丈夫带到一个静谧的世界中去，也许这就是永诀。

不管怎么样，沈阳女人终于寻找到了她的男人。随同她的背影离去，林桂枝同这个女人的关系似乎已经变成了往昔和记忆，这就是永诀。因为在日后，在战争彻底结束时，她试图在所有看见的场景中看见沈阳女人，然而，她却怎么也无法让自己的目光与沈阳女人的目光相遇。

这种永诀关系，不仅仅是设置在她和沈阳女人之间，也设置在沈阳女人和她丈夫之间。如果揭开这本书的谜底，它就是永诀关系。即几个人与战争与爱情相遇的秘密，当隐藏在战争中的秘密越来越迷惘时，只有永诀关系才可能揭开其中的谜底。

就在阵地上，一颗从空中落下的流弹突然在林桂枝的身边爆炸，这使得她们不得不从阵地上撤离，同时也被撤离到远离卫生队的另一座小镇上。在这里，她又见到了丽莎，同时也见到了菊池贞子，而她也意味着与一个女人，那个叫黎小娟的女人永远地告别了。

纷飞的弹片差一点就射中了她的心脏。

所以，她倒下去时，感觉到世界变得一片眩晕，她倒下去时，一大簇灿烂的映山红在她周围怒放着，她在花丛中倒下，顿然感觉到一双来自死亡的双手正在使劲地拉着她，而她却在拼命地抵抗，并大声说：“我不想死去，因为离我的死期还很遥远。”

她不想死去，她爬啊爬，终于爬出了一道道屏障，她想爬到高耸的丘陵面前，她怎么会想死去呢？她拼命地爬出了可以湮灭她生命的死亡之谷，她想看到一个人，不知道为什么，看见他是多么的艰难，她一遍遍地从内心呼唤着这个男人的名字，他就是将军。

然后是昏迷，在路上，她总是在昏迷中呼唤着将军，直到来到了那座小镇上，那块进入她肉体的弹片才被取出来。丽莎站在她的床边，丽莎说：“想不到你是这样勇敢，我听到了你在呼唤你的将军，我想尽早地与将军联系……让你们见上一面，好吗？”

菊池贞子怀抱着一个女婴出现在林桂枝面前。她从菊池贞子的怀中接过孩子，她用面颊贴近那个孩子，这让林桂枝想起了在怒江小镇上的女儿，她想离家出走的时候，女儿正跟奶娘在一起，那也是一种永诀的时刻：因为在那一刹那，似乎任何现实都无法让她不走，她的离家出走是一种命运。

菊池贞子无限渺茫地对她笑了笑说：“让她出生在这个乱世的国家，真不容易，我还是想回到老家去。”就在此时，丽莎带来了林桂枝在这个世界上最想见到的男人，将军从一匹马上跳下来。丽莎巧妙地带着菊池贞子离开了病房，把空间留给了他们。

这不是邂逅，而是丽莎出于人性最为巧妙的安排。也许是林桂枝昏迷时叫出了将军的名字。总之，当年迈的丽莎坐在中国南方一家酒吧对我讲述这段历史时，她的牙齿仿佛又一次触及到了林桂枝生命中最为致命的东西：即她在垂危的时刻，躯体依然在陈述一段不了之情。她在乱世中结下的爱情之谜，在她离开人世之前，依然像果实般结在她的胸部。

丽莎那时候好像刚品尝了一口酒，那种橘红色的酒滋润着这个英国女人干涩的嘴唇，仿佛又一次把她带到了热带。那是战争环绕的国家，那是缅甸，也是离中国最近的国家，丽莎开始站起来，她的羊毛衫里面，是她的心脏在咚咚地跳动着，她用颤声为我描述着那幕场景：当她告诉将军，林桂枝作为一个女人，在昏迷的时刻召唤的是他的名字时，她有意识地观看着将军脸上的表情。当时，将军正趴在地图上，他是将军，在战争中，他几乎有三分之二的时间待在地图边。她骑着战马经过密林，她作为女人听到了林桂枝最为隐秘的心声。因此，她一定要让将军在忙碌中抽身，她一定要让她们所爱的将军正视这种现实。她站在帐篷外时，已经看到了将军趴在地图前的场景，将军用笔勾勒着什么，那是布满整个缅甸战场的壕沟吗？或者是阴霾，是死亡之谷，是汇集在第二次世界大战的战神之图吗？

将军回过头来看到了丽莎，她和将军之间存在着一种既明朗又暧昧的微笑，为此，丽莎曾暗示过我，如果不是因为置身在战争中，她一定会有机会向将军表达自己的感情的。而此刻，她不是为了自己，而是为了另一个女人而来。

她了解这个中国女人的身世，了解她从小生活过的那座滇西怒江边的小镇。她曾经一次又一次地看见过这个女人向她讲述怒江边的木棉花怒放的时刻，整个小镇被怒江喷溅着，花儿飘满了整条怒江的情景。而此刻，她为这个女人观察着将军脸上的表情，她感觉到她的声音已经开始撞击将军的心灵。他抬起头来，目光开始在搜寻着，不是在他面前的军用地图上搜寻，而是在丽莎的表情中寻找答案。

答案就在谜底深处，有谁能在那乱世时代解出谜底？将军放下了工作，即刻上马，他跟随丽莎来到了林桂枝的病房，这就是答案吗？丽莎羞涩地一笑，多年以后，她年岁已高，却依然能够敏感地评判将军脸上的表情："在那一刹那间，我在将军的脸上捕捉到了意外的焦灼，一种让将军心疼的焦灼……"

焦灼！唯有这个词汇可以准确无误地揭示将军脸上的

表情吗？它揭示出了对另一个人的生命的关怀，它进一步地表达出了将军对一个女人密切的惦念。除此之外，还有爱，这爱也许不是爱情，尤其是在战争中，每个人都没有对时间梳理清楚内心的情感，因为战争掩盖了一切。当敌人一步步地侵入你的国家时，爱情在这种氛围中只能缓慢地生长，也许还未长出芽胚就已经湮灭在泥土之中了。

这是将军的焦灼，它正在路上，已经到达，这也是朦胧，他们沉浸在病室中的一缕缕明亮的光线之中，除此之外看不到什么。丽莎在外徘徊着，她又一次开始研究她的将军的人性，这是中国将军的人性，在第二次世界大战中出现了许多将军，她问自己："将军有爱情吗？"这是一个谜，就像周龙是一个谜一样复杂。半小时后，将军就出来了，她看见窗户推开了，林桂枝的身体移到了窗户边，她的半个身体从窗口探出来，似乎想用这种方式与将军告别。将军还回过头去看了她一眼：也许这并不是爱情，然而却比爱情更深邃。

41

到时候了，又到了研究周龙的时候了，我们眼前的周龙此时此刻在哪里？他依然在将军身边吗？关于这个问题，在那一段时间里，只有依赖于丽莎的追忆。因为只有她可以无所不在地作为战地记者穿行在每个豁口之中，就像穿越在沙粒的模糊和清澈之中一样。对此，丽莎在中国酒吧的一个角落，谈到这种场景时，曾经神经质地耸耸肩说道：“那是一个月黑风高的夜晚……”

毫无疑问，夜色的降临是缅甸这个国家最为凉爽的时刻，那时已经快到午夜了。她看到了帐篷中的灯光，每到夜里，来到将军帐篷周围时，总让丽莎产生迷醉的幻觉，此刻，将军在干什么？他不会每时每刻都趴在地图前吧？这是一个小小的疑问，它使丽莎已经来到将军的帐篷前。在夜晚，可以看见帐篷中有许多缝隙，这些比窗户更小的缝隙揭示出了另外一个世界。丽莎贴近了缝隙，这是一个小世界，她看见将军竟然趴在桌前睡着了，旁边的油灯闪动着，如同眼睫毛在眨动，将军只穿了一件衬衫。她想走进去，为将军盖上件衣服。她刚想挪动身体，突然看到一个人进了帐篷，她想应该是侍卫，不错，确实是侍卫，然而，仔细一看，这个人是周龙。

周龙走到将军身边，他离将军太近了，丽莎仔细地盯着，她正盯着一个疑点，这是一个巨大的疑惑，是她研究战争的一个入口处。此时此刻，周龙一动不动地站在将军的身边，他好像在决定和选择什么。就在这时，一阵风儿吹响了帐篷的地图，那一阵嘘声使周龙警觉地抬起头来，周龙又沉思了片刻，把手伸进腰部……丽莎屏住了呼吸，她已经想好了，如果发生什么不测，她就会即刻尖叫起来，她的尖叫一定会惊动整个军营。

就在这一刻，周龙的手却又从腹部抽了出来，也许他的手触到了匕首，丽莎肯定地说，周龙的腰部一定藏着匕首。然而，周龙却抽出了手，随即把一件军大衣盖在了将军身上。

丽莎嘘了一口气。她决不会忘记这个时刻，所以，她又一次开始把目标移动在周龙的身上。这是一个巨大的疑点。她想，如果周龙那天晚上从腰部抽出的是匕首，那么，他刺杀的对象肯定就是将军。为了弄清楚这一点，丽莎决定潜入到周龙的生活中去，她是一个喜欢尝试冒险的英国女人，所以，她才千里迢迢地来到缅甸。基于此，她已经融入了战争之中，战争已经在她的战地笔记本中。然而，她也在研究人性，因为人性在战争中表现得更为诡秘，同时也在战争中制造了一系列的悲剧。

她为自己在那一刻制造了一个角色：为了研究人性，她想变成追求周龙的一个女人，唯有如此，她才能进入到周龙的生活中去。那是一个正值周龙下岗的时刻，她藏在一棵大榕树下面，她洒了香水，事前已经穿上了一件镂空的上衣，这件上衣装在箱子中已经很长时间了，它的面料很细腻，看到这种面料的人总想伸出手去触摸。当初，在英国的一家时装店，一看到这种细纱面料，她就禁不住伸出了手。想触摸这件镂空上衣的本能使她快速地买下了这件衣服。临行之前，她清理箱子，她的内心已经装满了战争的阴霾和乌云，尽管如此，她还是带走了那件性感的上衣。

她从未有机会穿过这件上衣，即使是在她沉浸在对将军的自我迷恋之中时，她也克制住了穿上这件上衣的念头，因为她总感觉到还不到时候，而且在她看来，将军是一个严肃的男人，并不会欣赏她这件上衣。

现在，夜色朦胧，她突然站在那棵大榕树下面，她截住了周龙，低声说："我等你已经很长时间了。"这是一个冒险的时刻，周龙费解地望着她，她一步步地靠近周龙说："我开始想念我的国家了，我感到孤单极了，我厌倦了这场战争，我感到很孤单，你能拥抱我一下吗？"

周龙并没有立即拥抱丽莎，在那一刻，在丽莎的回忆中，周龙是理性的。他站在丽莎的旁边，当然，她已经感觉到周龙在嗅着她的香水味，那是从镂空的上衣中弥漫出来的味道。

这个理性的中国男人在那一刻终于难以抑制住这种诱惑，夜色和一个英国女人奇异的诱惑，他还是伸出手去拥抱这个女人，他不说话，他只是开始由轻，然后更紧地拥住了她的双肩。

丽莎的目的达到了。

她所设置的第一关已经通过，作为一个女人，她正利用女人的性别来探索这个世界，从这一刻开始，她必须作为一个恋人、一个女人的身份进入周龙的世界，通过那一夜发生的拥抱之后，周龙似乎被她迷住了。他的世界向她慢慢敞开，他的行踪渐渐地向她披露，比如，他的消失。似乎他消失的时候，她总是在目送着他，他以为这是来自女人的爱情，其实，她送他，只是为了更深入地把握住他的行踪。

她紧贴住他的腰部，她想更深入拥抱他时，感觉到了他腰部的那把匕首。她相信那匕首一直存在，那天晚上，他把手伸进腰部，触摸到的不是子弹，而是匕首。

果然，她柔软的身体感觉到匕首的外壳，女性的敏感和直觉告诉她说：这个男人那天晚上一定动了杀机，然而，他之所以没有抽出匕首，是因为时机未到，她要拖延这个时机，同时也要研究这个男人——这是她奔赴第二次世界大战的缅甸所滋生出的另一种契机，即在战争中研究人性是如何扭曲的，即解剖人是怎样变为魔鬼的。她要挖掘他心魔的世界，她要利用女性的性别勾引他，她要变成他形式上的情人，一个战争的情侣，站在他消失的地方目送着他，让他动情。

她跟他来到了密林，经过好几次看上去是热烈的拥抱之后，他的身体似乎想要她了。为此，她告诉他说，等战争结束了，她会把自己交给他的。他显得有些绝望地说：“战争才刚刚开始，战争何时能结束呢？”

她惊讶地抬起头来看着他，语言真的会出卖思想吗？她由此想听他说更多的词语，她已经可以完全听懂中国汉语了，因为在离开英国之前，她已经认真地研究并学习过汉语。这是一个国家最为独特的母语，她慢慢地靠近这些具有形态的词语时，似乎一个人、一种事物的形象已经交织在一起。然而，他总是说得很少，也就是说，他对词语的应用很谨慎，为此，他出卖思想的机会就很少。他几乎只有在他和她拥抱时会泄露他的精神，比如，他会说："难道你愿意永远做一名战地记者吗？难道你不害怕死吗？"她开始贴近这些声音妥协式地说："我当然害怕死，我比任何人都害怕死，我真希望战争能快点结束。"

他说："你千万要丢弃幻想，也别轻易地指望战争会尽快地结束，依我看来，战争才刚开始，日军的目的是入侵中国，从腾冲入口，进入中国的西南。"

"那么，你对这场战争有信心吗？"她问他。

"信心，什么信心，我现在置身在战争最为迷惘的时刻，我只是一名小小的卫兵，我决定不了战争的胜败……所以，我们有选择的权利……"他回答。

"选择，你想选择什么呢？"她说。

"我怎么觉得你总是想把我的心挖出来，让你看见上面的斑点？"他又发出了疑问。

她贴近他无限温柔地说："我怎么会舍得让你挖出心来呢？我只不过是被战争所迷惑了，不知道应该如何选择生命？"

他捧起她的头说："为什么不离开战争呢，为什么非要留在这里？如果我是你，我早离开了。”她现在应该捕捉到他的思想的脉络了，他是一名军人。然而，他却是战争的怀疑者，也是战争的动摇者，这样的人会在战争与生命的冲突中选择什么呢？

她把头埋在他的胸前，这是汗淋淋的胸膛，这是一个中国男人的胸膛，她想研究他，然而，她却嗅到了汗液味，嗅到了他的声音的味道。

她真的能破译那个谜团吗？她听到了这个男人的心跳声，她佯装与他亲近，只是为了亲近这个男人不为人知的另一种生活，他是奸细吗？他已经背叛他的国家和民族了吗？这一切都已经像绳索一样捆住了她的身体，让她难以抽身出去，然而，她已经做出了决定：在未弄清楚周龙的第二种真实身份前决不退出来。

42

身份，这本身就是一个迷惘的词，尤其在战争中，一个人站在你面前时，也许你已经看到了这个人的真实面孔，然而，你却无法看清这个人在哪里生活，因为战乱就像是缅北丛林中的一道屏障挡在了你的面前。

她在研究这个男人置身在缅甸丛林中的第二种身份，因为她在怀疑人性。

这就是人性，她进一步地贴近了他，她感觉到她已经回不去了，她既然已经千里迢迢地来到了第二次世界大战的亚洲主战场缅甸，那么，她就必须要澄清战争的一切，她和他见面时，每一次都必须显得焦虑和孤单，每一次都必须表现出迷惘的神态，唯有如此，他隐蔽的人性世界才会对她敞开。

她终于决定更真实而强烈地接近他的存在。因为她感觉到在她的肉体还没有给予他之前，她和他之间似乎永远存在着一段距离。

距离在两性之间——隔着肉体的城堡吗？

她脱光了衣服，三大以后，战争又要丌始。在战前，他显得很诡秘，所以，她必须了解在战前他试图干什么？她主动地开始脱衣服，他愣了片刻，低下头问她这是为什么，他显得并没有这种准备，她事前约他会面时，他就显得很恍惚和慌乱，但他依然来了。她动情地说："战争又要开始了，也许我们之中谁会被子弹射中。"他弯下腰开始亲近她的耳朵，他的嘴唇，显得很干燥，在里面似乎已经有一团燥热而他的心在跳动着。

他趴在她身上说："如果你真不想死，我就带上你离开，远离这场战争，是我最大的愿望。""我们会到哪里去呢？""中国很广大，我可以带你去上海，我过去是一个商人，我们可以去上海经营云南的茶叶。"

她开始触摸到了他的思想，就在这一刻，她的肉体开始下陷，她的肉体已经感觉到了他的肉体。事后，他们躺在腐叶之上，他突然说："然而，在离开之前，我必须做一件事情。"

他突然站起来，他变成了另外一个人，他不再是纵情的情奴，他清醒地穿上衣服说道："你知道，在这个国家，已经布满了日军，我们无论从哪条路上穿越，都会受到重重阻碍，所以，我必须做一件事，我必须杀死一个人。"

她嘘了一声，颤声问道："你想杀死谁？"

"我想杀死谁，与你并没有关系，只要我做完这件事情，就不会有任何阻碍挡住我们出逃的计划，我现在问你，你真的愿意跟我离开这个国家吗？"

"我愿意。"

在她的声音中听不到一点杂音，她回答得很果断。他离开了，她在他身后监视着他的行踪，她知道她已经一步步撕开了他的第二种身份，她终于抓住了他消失的方向。那是一个下午，他策马离开时，她已经乔装成一个缅甸妇女，她不策马跟随他，而是用脚在奔跑，这样，她就可以裹挟在一路上的难民群中奔跑。到处都是四散的难民，他们如蚂蚁群在雷雨之前，不顾一切地在迁移中逃亡着。

而他的马就在难民群中朝前奔驰而去，在马背上策马而去的男人，已经换上了便装，这正是他蜕变为第二种身份的时刻。他的速度并不太快，因为到处都是难民，速度太快，会撞伤难民。

不过，他终于越出了难民群，到达了一片密林中去。这片密林，她从未来过，远远地，她藏在树荫中看见了他把马拴在树上，他打了一个口哨，不到十分钟就出现了一个男人。她已经离他们很近了，她听到了那个男人在说日语，哦，这也是另一个国家的母语，她突然听到了一种暗语："到时候了，不能让那只鸟再飞起来。"周龙竟然会说日语，尽管他的日语表达能力很差，然而，有一点可以肯定，他的第二种身份已经被丽莎澄清：周龙正在秘密地与日军来往。

她藏在树荫之间的身体倏然间抽搐着，难道这就是真实的结局吗？难道除了这个结局就没有别的结局？她显得颓败、显得绝望，因为再没有比这个结局更坏的了。

此刻，她秘密地撤离了那个地方，在她的大脑中不断地回旋着那句暗语，那只鸟意味着什么呢？她在他策马而去之后，又奔跑在难民群体中，她以为可以跑起来了，已经看不到他了，所以，她跑了起来，她奋力地奔跑着，她要尽快地跑回去，她要尽快阻止这一切。

然而，就在她奔跑的途中，一个男人突然把她截住了，并托手把她抱在马背上。她的脸上迅速地被一块黑布蒙住，她挣扎着，随后听到了周龙的声音："我知道你在跟踪我，你知道我现在要带你去哪里吗？"

她已经被黑布所迷惑住了，所有世界的方向都在一刹那间对她关闭了。她承认自己的愚蠢，那么近距离跟踪周龙。她不反抗，反抗显然是无效的，她听林桂枝讲过黎小娟的故事，而且她现在想进一步地演戏，她想顺其自然，让周龙把她带到她不知道的地方去。

那是一座黑漆漆的山洞，周龙把她塞进去时说道：“我给你留下些食物，它们可以让你生活好几天，在我的计划完成以后，我就会带你离开这个鬼地方，我已经在这个鬼地方待腻了。现在，我可以告诉你了，既然你已经失去了自由，就像我曾经失去自由一样。我正在为找回这种自由努力。所以，我现在务必前去杀死一个男人，记住，我不会用多长时间，到了你把这些食物用尽的时候，我就回来了。我带你去中国上海，听说那是一个做梦的好地方，在这个世界上，人们需要梦境就像需要自由一样重要。可我们在这里已经失去了完全的自由。所以，等着我吧，你使我又感觉到爱上一个女人的快乐。”他亲了一下她的后颈，然后把她的身体塞往洞穴的深处，对她说了声再见就消失了。

她努力地挣扎着，这个世界是多么的荒谬啊，她竟然被周龙捆绑，在她探索人性和战争的路上，她竟然遭遇到了同样的命运，她献出了身体给这个男人还远远不够，因为这个男人已经暴露出了人性最恶的那一面：那就是背叛他自己的国家。这一点已经被她考查过了，因为他已经与日本人来往，也就是同入侵他国家的敌人来往。

她献给了这个男人身体还不够，她还被囚禁在这里，她解开绳索，然后再慢慢地解开了那块黑布，用眼睛重新探索着这个光明的世界。她仔细地辨认着洞穴，这个洞穴很深，周龙是站在洞穴上面将她塞进来的，四周是悬崖，也就是说这是一个崖洞穴。

她被塞进了崖洞，要想往上攀缘是困难的，她被囚禁着，就在这里，她试图利用绳索，然而那根绳索太短了，根本丢不到崖顶，于是她先让自己的灵魂安定下来。

灵魂对这个女人来说犹如在战争中怒放的一束鲜花，那是从死亡之途中冉冉上升的花，她屏住了呼吸，她认准了这种命运，因为在她探索真理的旅途中，她必须为此付出代价。然而，让她感到不安和焦灼的事正在折磨着她，她又一次开始了寻找出洞穴的路，她想起了周龙告别时透露的那个计划：杀死一个人，然后换取自由，并到上海去。

她突然听到了一种呻吟。

虽然她已经习惯了在这热气纵横的第二次世界大战主战场上，听见从每个角落和灌木丛中发出的呻吟声，那些呻吟声源自死亡，源自伤口和疼痛恶化前夕对于死亡的召唤和聆听。

只有聆听惯了从死亡中爆发出来的各种声音的丽莎，此刻才会显得出奇的冷静，她的脸已经很长时间没有涂化妆品了，那些从英国带来的护肤霜早已用完，她的肤色就像这块热带王国的树皮一样呈褐色。她现在把头、耳垂贴在石壁上，她纳闷，难道这个洞穴里还有另外的人存在吗？如果不是那样的，那肯定存在着其他的生命，另外的动物或者飞鸟。

43

也就是说在战争中的缅甸，奔跑在丛林中的兽群和飞翔在广大天空中的候鸟，也陷入了战争的摧残之中，它们死在荒芜的山川、死于热带霍乱、死于失去平衡和自由飞翔的空间，而且遭遇着子弹和硝烟。简言之，在战争中，任何生命都有可能遭遇到劫难。

然而，丽莎却清清楚楚地告诉我说，那不是动物和鸟的呻吟，那是一个人的呻吟。那么，这个人会是谁？除了丽莎，这洞穴中到底还有谁存在呢？我记得，那天晚上已经很晚了，丽莎看上去有些疲倦，而且她停顿了很长时间。我送她回到饭店休息，她说第二天在老地方她会揭开那个呻吟之谜。

我度过了一个最为漫长的夜晚，这是21世纪最冗长的夜。那种呻吟声从何而来，到底出自什么样的生命？这都是我迫不及待想解开的谜。

第二天下午，在准确的时间里，我最先抵达了饭店旁边的那个酒吧。那时候，酒吧正回放着最萎靡的歌曲，那歌声来自台湾歌手邓丽君，她是我喜欢的歌手之一。只是她太早地逝去了，她天才似的嗓音中，似乎显示出一条幽深而碧绿的热带，那是歌手邓丽君最灿烂的命运之道。

丽莎来了，她是如此灿烂。

她今天穿了一件玫瑰色的上衣，下身穿白色的裤子，她携带而来的香水味很特别，仿佛从夜色的树梢上带来的花露水。我们又一次要了葡萄酒，还有两只精美的酒器——犹如时光中那些暗藏着谜语的洞穴，现在已经敞亮。

丽莎的双眼又一次开始变得潮湿起来，只有回首往事的那种魔法会使这个英国女人如此地动情，她开始向我揭穿了洞穴的呻吟之谜。那是五十多年前，她移动着身体，她已经开始在慢慢地适应这个深不可测的洞穴，因为她知道命运那种一波三折似的变幻。

她循着呻吟而去，就像她的战地记者生涯，她一步一步地选择战火中的涡流，那是一团带着血浆的泥流，忽儿会把她托起来，忽儿会掷她于地，她必须成为战争的见证人，她必须真实地记录下战争的死亡。而她跟其他战地记者不一样，她对陷于战争中的生灵们怀着极大的怜悯之心，甚至是一只从子弹的呼啸声中落下的鸟，垂死挣扎的那一刹那，也会让她感觉到战争所带来的残酷和愚蠢。

现在，呻吟声再次从洞穴的青苔中飘来，那种忧闷而潮湿的苔藓味儿似乎远离着死亡和战争。它们在这一块崖壁上自由地生长着。她循着呻吟而去，从洞穴中射进来的光线中，她看见一个人。

异常凌乱的头发，散发出恶浊味的身体，然后是四肢在洞穴中，只有呻吟声证实着他还活着。让她感到惊讶的是这是一个年轻的男人，穿着一身日本军服。看见丽莎朝他走来，他低声地说："别让我死，别让我死……"他的年龄19岁或者20岁，他的身体蜷曲着，像是僵尸，却在战栗着。他战栗的陈述使丽莎参与战争的记录史上又增加了一个抵抗战争的士兵，他虽然显得微不足道，却在抵抗着。

他是三天前逃跑的。

事实上，他从参战的那天开始，就时刻在寻找机会逃跑，他是日本一所艺术学院的学生，迷恋着绘画。然而，却阴差阳错地参军，他所置身的是一个被军国主义的参战热潮笼罩的国家。他迷惘地卷入了战争，而当他在训练中扣动扳机时，他恨不得尽快地脱下军装；巴不得从军役生活中彻底地退出。抱着这样的态度参战，他注定要成为逃兵。

丽莎扶他坐起来，他开始陈述逃跑的经历。丽莎感觉到这个年轻人对她似乎抱有一丝希望，因为他感觉到丽莎的异国形象，以及她说话的仁慈。她不断地鼓励他活下去，而他则对她说："我厌倦战争，我开始就是在被迫中穿上军服的，而这并不是我的理想，也不是我希望的，我不迷恋子弹，也不迷恋杀人的游戏。当我进入缅甸时，我每天感受着这个国家的热度，它是如此漫长，在里面我不时地嗅着热带水果的香味。然而，我同时也时刻感觉到一个国家的秩序的混乱，我们的军队开始杀人，每次杀人时我都在潜逃，我从未扣动过扳机，因为每一次感觉到我们的军队在杀人时，我都会悸动，惊恐不安地想结束这种生活……”

丽莎给了他一些水和食品，这是周龙留下的，周龙并不想让丽莎饿死，他只想把她暂时囚禁起来。在那个时代，一个男人，对丽莎这样的女人尤其会产生联想，即丽莎的异国形象，因此也会给一个男人，尤其是一个亚洲男人带来想象力：那就是携带着丽莎远离这场战争。

从骨子里讲，周龙并不喜欢战争，因为战争一来他就失去了商道，同时因为战争他也失去了曾经爱过他的女人林桂枝，战争是挑衅者，也是残酷者。如今，丽莎又一次验证了这种真理，她给这个奄奄一息的生命吃了一些东西，之后，他好像有一些精神了，他陈述着自己的经历，他总共逃跑过三次，到第三次才成功。

第一次逃跑是在一个雨天开始的，因为泥泞他有意放慢了脚步，总之，他已经下决心，如果逃跑出军营，他就尽快地脱下军装，跑到那些像蝗虫一样飞舞的难民群中去。他知道难民们在逃命时已经失去了方向，他混于其中，成了逃命者的一员。他梦想着越过海洋，回到自己的家乡。泥泞中，他一次又一次地滑倒，旁边的小队长走上前来不断地让他爬起来，并鼓励他说，这是为帝国效力的时候，作为一个男人，怎么可能一次又一次地在泥泞中滑倒呢？要站起来，要征服中国和这个民族。

对于他来说，中国是何其遥远，而中国就意味着东方，他对中国充满了艺术的想象力。很早之前，他做过梦，如果有那么一天，他会乘船到达中国，学习中国的绘画和语言，但他绝对没有想到，此刻，他所负载着的帝国的使命，一个军人的使命就这样将他带到了缅甸。队长不停地站在他的身边，仿佛已经感觉到他想趴下，他想变成泥浆中的逃兵。果然，当他滑倒时，队长来了，把他从泥水中抓起来，大声叫道："你如果想做逃兵，我枪毙了你。"

尽管这次逃跑失败了，他仍然在寻找时机，那是一个夜晚，在上茅房的时候，他又一次寻找到了出逃的机会。他潜藏进黑暗之中，顺着栅栏慢慢地往外走，就要走到铁丝网时，一束探照灯射过来又马上从他身体中游移出去。不过，待他上完茅房走出来时又碰到了队长，他喝得醉醺醺地对他说："你干什么？"他告诉队长肚子疼。队长说他也肚子疼，队长说："快来扶我回房间。"他说他肚子还在疼，队长说："你他妈到底想干什么？"队长走了，他庆幸地想也许能逃跑出去了。

他确实成功了，在几天以前，他已经从一个死去的难民身上剥下了他的衣服，那个难民也许是饿死在路上的。他找了一个机会剥下了难民的衣服藏在军营之外的一个土坑中，并且打上了标记，在土坑上插上了一朵正在盛开的野花。

他出了茅房便一路飞奔，好像身体上长出了一对翅膀，他跑出了营区，直奔那土坑，然后在夜色中刨开了土坑，找出了难民服。之后，他缓缓地解开了自己军服的纽扣，就在这时，他感觉到黑暗中有一团明亮的光在晃动，就在他脱衣想换装时，队长带着三个士兵出现在他面前，他说："我就知道你想逃跑，从一开始我就知道你想跑。"就这样，第二次逃跑失败了。

尽管如此，他依然在带着逃跑的梦，这是他一个人抵抗战争的选择。第三次机遇重又来临，那是部队经过一片丛林的夜晚，因为漆黑和饥饿，再加上要赶路，每个人似乎都失去了监管别人的能力。恰好队长正遭遇着一场缅甸战争史上特有的疼痛：热带疟疾病，他不得不躺在担架上，与死神搏斗。

44

机遇就在眼前，在日军的队长躺在担架上与死神赴约的时候，他的机遇来了，队伍中出现了一片混乱，因为小队长在担架上停止了心跳，而他在这一刻爬啊爬，似乎在这个世界上已经没有人留意到他的奔逃之声。

然而，他依然保持着警觉，他一定要让这次逃跑成功。他看见了一个隆起又凹陷的地方，这是一个洞穴，他跑到了洞穴口，还没等他看清楚，他的身体就已经落入了洞穴中。它也正是丽莎被周龙此刻囚禁的地方，如果没有丽莎，他肯定会饿死，或者再也无法从洞穴中爬起来、逃出去。在他生命最为垂危的时刻：丽莎出现了。

丽莎是来解救他的吗？没有丽莎，他也许就不能活着逃出这洞穴了。丽莎给他补充的不仅仅是食物，而且是精神和力量。丽莎搀扶着他站起来，他们开始结为一种同盟，因为需要共同地承担着从洞穴中爬出去的使命，所以，他们不可能分开。

他们试着用衣服来做绳索，两个人脱下了外衣，撕开后结在一起，这个时刻，日本青年似乎又充满了生活下去的斗志，再加上在他参军前接受过短期的训练，因此，他攀爬着悬崖，然后成功地连接起了救命的绳索。

丽莎站在洞穴中看着他，她只希望这根用两个人的衣服制作的绳索不因为身体的重量而断裂，她希望青年人成功地攀缘出去。在这里，只要走出洞穴，生命就会出现转机。

对于两个人来说，青年人到达洞穴之上就意味着出逃计划成功了，他抵抗战争的个人行为将使他从此远离战争。尽管这个青年人回家的现实仍然一片渺茫，然而，他总会抓住希望，就像这绳索把他从死亡的崖洞中托起了身体，他的身体如云彩在飘动。

而对于丽莎来说，让身体越过洞穴，则意味着她要尽快地前去阻止周龙杀人的计划。这是丽莎置身于战争中最为焦虑的时刻，所以，当绳索放下来时，她猛地抓住了绳索，并且在这个日本青年的帮助下爬出了洞穴。现在他们有着各自的目标，他们将分手吗？青年人急需一套难民服，在那个现实的世界里，只有混在一批一批的难民中，似乎才能奔跑并背叛日本军国主义的侵华队伍。对此，丽莎决定帮助这个年轻人出逃。她来自欧洲，她来自遥远的英格兰，更重要的是她来自寻找和平自由的心灵之地，她已经决定，帮助这个青年人实现他心灵的愿望。

现在，他们开始穿越丛林，他们还暂时弄不到难民服，年轻人依然得穿上他的军服，尽管他的身体极不情愿地想撕裂这套衣服，然而，他不可能裸体穿行在路上。他们几乎看不到一个人影，这到底是一条什么样的道路呢？

丽莎品尝了一口红酒，也似乎已经成为我的世界设置起来的一种迷惘的路线，而我在这个时刻，同时也倾听到了来自另一个方向的喘息声。

在另一片丛林，在缅甸的国土，到处都布满了丛林，这是热带的丛林，这是一片充满了瘴气的丛林。林桂枝和几个队友刚刚运载完一批药品经过了这片林带，她突然听到了风啸似的喘息声。她止住了脚步，四处搜寻，她断定有人在四周，而且这个人的喘息声告诉她说：“有一个生命垂危的人急需伸出双手前去救援。”

就在附近，她嗅到了一种气息，这让她敏感的气息曾经在一段时间扰乱过她生命的磁场，曾经使她的肉体不情愿地伸开，为他的欲望而敞开。而此刻，她惊讶地发现，他竟然倒在了丛林中，看上去他是患了疟疾，那个阶段整个缅甸以北地区都在流行着疟疾，它使人不停地腹泻、发烧、脱水。

这个男人就是周龙，如果没有遇上林桂枝，他会在这座悄无人寂的丛林中，死于这种疾病，他会避开喧嚣的战争，变成腐叶中的虫，变为灰烬。然而，林桂枝来了，她肩负着救人的使命，很长时间以来，从战事中散发出来的喘息声和呻吟，已经成了她用不着耳朵就能听到的一种声音。

她越靠近他，就越是感觉到一种熟悉，不是亲切、温馨的熟悉，而是迷惑、质疑的熟悉。她驱使自已靠近他，她必须伺候他、解救他，在他未成为一个死人之前，她对他的生命负有责任。因为她是人，也是一个女护理员，她轻柔地嘱咐她的伙伴，把他扶上马背。在这里，马背是用来运载药品的，他坐在马背上，他忽儿冷、忽儿热，典型的疟疾症，热带和乱世互相纠缠不休的疾病。此刻，他趴在马背上，他感觉到了她的存在，她的存在是一种磁场，她曾让他的命运滑落在一种嫉妒的深渊中，他是汉奸吗？他出卖过一次又一次关于国家的机密吗？凡是他知道的机密都被一一出卖了吗？

她又一次回到了质疑的地方，回到了从前。此刻，她却在解救他。他睁开双眼看着她说：“怎么会是你，怎么会让你前来解救我？”他又一次在马背上开始发抖，这就是疟疾，重症者离死亡是那么近。而他却被她解救了，她就这样，把他带到了小镇，并且动用了抗生素，在那个世界，抗生素是珍贵的，是他们刚运载回来的珍贵的药品，不到生死攸关的时刻，他们是不会轻易地使用它的。

她们把他的身体安排在一间空气最为流通的病房，在那样的时刻，林桂枝只想尽可能地把他救活，她似乎忽略了自我的质疑、忽视了对他的厌倦，因为，他只是一个离死亡之谷很近的人。

他变成了她的病人。

在清醒的时候，他抓住了她的手恳求道：“如果有可能，就让我死吧！”她不愿意只听他的声音，她依旧为他治病。她从前只是一个护理者，然而，乱世和战争已经训练了她救人的能力，她可以对付患者，因为在这个热带和爆发战争的国家，疟疾病患者就像热带的蚂蚁那样多。

终于，她把她的病人解救出了死亡之谷，她拉着他的手，来到了明媚的地带。而她并不知道，就在那段时间里，她把他的身体安置在小镇，她给他服药，注射抗生素的时刻，也正是他失去刺杀一个人的时刻。她似乎是阻止了他的刺杀。而当他完全被治愈而清醒地回到现实之中时，他突然脱口而出：“丽莎，噢，丽莎还在那个洞穴中。”

这到底是怎么一回事，丽莎在哪里？丽莎到底在哪一个洞穴中，丽莎怎么跟周龙联系在一起呢？她抓住这质疑，想进一步地深入下去。此刻，世界变得就像周龙的眼神一样诡异，她严厉地问道："你把丽莎怎么样了？这到底是怎么一回事？"

他被这个女人纠缠住了，他无法脱身，因为这个女人解救了她。如果没有这个女人在漫无边际的丛林中，迎着他的喘息声而上，他会死于疟疾吗？他会变成尘土。所以，他意识到了一个疟疾症患者与死亡擦肩而过的经历，他没有冷漠地推开这种纠缠，他说："如果你想了解实情，你就陪我前往那个洞穴，至于我与丽莎的故事就让她告诉你好了。因为，如果我们现在不去救丽莎，她会在那个洞穴中饿死。"

"饿死，这又是为什么？"

他不做解释，因为已经没有时间陈述了。他把她抱在马背上，她坐在他身后，随着马蹄声前往那个洞穴时，她问自己：丽莎怎么会饿死，像丽莎这样的女人，怎么会在洞穴中，她为什么不逃出洞穴呢，为什么？

崖壁下面的洞穴呈现在眼前时，林桂枝翻身下马，周龙攀住了一根长藤，转眼之间就进到了洞穴中去了，他大声地叫着丽莎的名字。根本就听不到任何回音，只听到周龙在洞穴里走动的声音。他再次呼唤着丽莎的名字，她感觉到，这个男人呼唤丽莎时，暴露出了一种前所未有的真挚和焦灼。她站在崖顶上，往下看去，她看见了黑而黝亮的暗影，仿佛想搜寻遍崖洞中的任何一个位置。

45

丽莎到哪里去了，当周龙从崖洞中出来时，他满脸沮丧，他的脸色突然变得像灰一样迷惘，林桂枝从他的脸上感觉到了不安。这是最剧烈的焦灼感扑面而来的时刻。她突然想撕开这一切，压抑了很长时间的那种质疑因为丽莎的消失，突然被她彻底地撕开了。

“你到底干了什么？我一直在怀疑你的行为，我怀疑你已经很长时间了。”她冷冷地站在一边，她站在崖顶上，周龙就站在她的一边。

“我现在没有时间跟你解释，丽莎的生命对于我来说更重要，我说过，等我们找到丽莎再让她告诉你一切。”周龙说。

“我只想问你一句话，你是汉奸吗？”

“为什么这样说话，为什么要逼我这样说话，难道你不想让我们去寻找丽莎吗？就在这一刹那间，我已经决定，不再杀一个人了。我只想寻找到丽莎，因为她对于我来说很重要，因为你不能给予我的情感，丽莎已经献给我了。我也许会为这个女人改变我的一切计划、改变我的命运。”

他抓住了缰绳，因为他不再想用词语解释这一切的迷惘和蜕变了。在那个时刻，她感觉到丽莎消失已经占据了他的生命，她弄不清楚在这些时间，他和丽莎之间到底发生了什么？她似乎隐隐约约地触摸到了，从他的词语之间感觉到了丽莎和周龙之间的情感触须。这到底是为什么？丽莎同样是一个质疑者呀，她和丽莎曾经悄然地跟踪过周龙的行为，她们好几次出入于那座小镇，虽然并没有结果，却已经寻找到了一种可怕的契机：周龙是一个诡异的人，他的行为，以及他联络的人都不明不白，而且他竟然杀死了他的联络者。当然，在故事中，很多事情都是模糊的。

丽莎和周龙之间到底产生了什么样的情感触须，在她不在场的这些日子里，他们之间到底发生了什么样的故事？

而此刻，丽莎到底在哪里呢？

这个来自英格兰荒野的女人，当她已经变老的时候对我说："当时，我并不知道周龙和林桂枝历尽艰辛地寻找着我。在另一条路上，我带着那个青年，不知道为什么，我也不忍心将他舍下，我不忍心将他留在难民群中，随同那些逃命的难民们去为生存而挣扎，尽管这是在战事中，每个活下来的人都是挣扎者。然而，我却希望，通过我的存在让他抵达一个安全的地方，因为我突然想到了菊池贞子和她的孩子。我把他们归为一个世界，他们来自日本，他们是战争的被蒙骗者，他们因此成了战争的抵抗者和背叛者。所以，我希望通过我的帮助，让他们实现他们的愿望，回到一条可以通往祖国的路上去。"

就这样，丽莎带着青年，他已经抛弃了他的军服，他将永远地抛弃它们。

那时刻，他把希望之手伸向了丽莎，在这个青年的眼里噙满了热泪，她已经舍不得告别他，她意识到或者已经预感到了青年人在异域之路上的艰难万苦，而且他的身份是逃犯。他甚至必须失语，因为他的语言会暴露出他的身份，即使他不被日本人擒获，也会被当地人的仇恨所湮灭。

他的身份暴露出了他的国家，而他的国家却是入侵者，给这个国家带来了刺刀、炸雷和冲锋枪，他们为入侵中国而首先必须践踏摧毁这个国家的机构，这就是战争。

所以，她想带上他离开，既然有菊池贞子的存在就有可能让他们携手回家的路线。丽莎在那一时刻终于把他从难民群中拉出来，他们开始往有枪声呼啸的地方而去，丽莎并不知道部队在何方？为了拴住周龙，她已经离队了，她已从战争的前线撤离出来了。

现在，她要到前线去，而到前线之前，她想事先把这个青年带到菊池贞子的身边，因为菊池贞子现在和林桂枝的医疗队在一起。这种时间不会太长了，她已经看到了最让人乐观的局势，战争用不了多长时间就会结束。是的，就像这个青年所期待的一样：这个世界不应该拥有战争，所有制造战争的人都是人类的敌人。

后来的历史证明了这种真谛，丽莎掐灭了手中的那根香烟，她情绪热烈时，会划燃一根火柴，点上一支香烟。她望着烟灰缸中的那只烟蒂神经质地对我说：“我想到达前线的最重大的目的和秘密，就是为阻止周龙的行动，就是为了证实周龙在背叛。”而在同一时刻，周龙也正奔赴战争中的主战场。

那座主战场有将军的指挥部。周龙必须摆脱林桂枝，当这个女人开始揭穿他的诡异多端的阴谋时，他把她捆在一棵树上说：“我已经没有时间来对付你了，因为我还想不起来用什么样的方式解决我们之间的问题。现在，让我先把你捆在树上吧，我既不可能把你弄死，也不可能将你带走，因为带上你，将影响我的计划，你将阻碍我的行动。好了，这是无人区，如果你死了，这是你的命；如果你逃出去，这也是你的命。就让我们在这里告别好了。”周龙走了，他把她带到了无人区，在这片丛林，既看不到难民，也听不到枪声，这里是猎人的世界。然而，因为战争的到来，连狩猎的人也跑了。

林桂枝不知道周龙用了多长时间把她带到了无人区，她只感觉到一阵昏眩，就感觉到了这片原始森林地带，空气鲜美，只是太幽深了。现在，她知道，周龙是想让她困死在这原始地带，她仔细地观察着四周，这里一定有野兽。比如狼和熊。

她惊恐万分地仰起头来，这是典型的原始森林，幽密的树林遮蔽了她想看见天空的愿望，她知道，如果不及时地逃出这片原始地带，那么就顺应了周龙的愿望。让她被野兽撕开身体，或者被黑暗吓死。这是多么恶毒的、残酷的现实，她慢慢地想用树皮磨破绳索，这需要耐心，所有这一切都需要耐心。结实的绳索不知道要磨到什么时候，就在这个时候，一个披头散发的女人出现在她眼前，女人的目光诡异然而却善良地看着她说："我坐在树上看见你了，我看见那个男人把你捆在这里。"在这片无人区，竟然有人，这真是奇迹啊。

然而，这并不是奇迹，而是灾祸，战争所导致的灾祸。女人很年轻，她告诉林桂枝，她已经逃到这片森林很长时间了。事情应该追溯到几个月之前，在路上，她所乘坐的货车突然爆了轮胎。然后，一群日本人来了。他们抓住了她的手臂把她带到一片树荫中，三个日本人轮奸了她。她在疲倦和绝望中寻找到一个逃跑的机会，她跑啊跑，那时候她似乎已经发疯，几个日本兵举起枪来想打死她，而她坠入了一个深涧，她因此才活下来。然而她继续跑啊跑，一直跑到彻底倒下，就这样，她进入了这片原始森林。

她之所以不死，是因为她还有母亲。父亲在多年以前因为染上瘟疫而死，她跟母亲生活在一座小镇，依靠贩卖香烟为生，她乘坐着小货车是到曼德勒进货。然而，她却遇上了灾祸，她的肉体被奸污之后偶然地藏进了这片森林。

几个月来她在夜里栖居在树上，这样她才可能逃避野兽的侵袭。她在一棵枝叶繁茂的松树上搭起了巢穴，每天夜晚，凉风习习入侵她的身体。不仅如此，那些困兽仿佛在摆开夜宴，它们轻盈地迈动身体，它们是狼群，偶尔也会出现熊。女人之所以在无人区能生活下来，就是因为母亲和等待。

46

一个偶然，让林桂枝被捆绑在这片原始森林地带，她的降临也许是为了解救这个逃避战争爆发和拥有奸污记忆史的女人，而女人的存在似乎也是为了帮助她解开绳索。这是偶然，也是战争史上两个不同命运的女人的相遇，女人之所以迟迟未走出原始森林，是因为恐惧。

恐惧使女人一次次地逼近了原始森林的出口，然而，她记忆中始终环绕着被三个日军所奸污的场景，她处于一种半疯的状态之中，她的回忆变成了臆想症，她始终不敢走出去，即使是现在，她也惊恐万分地描绘着三个日军把身体压在她身体上的情景。从一开始，林桂枝已经从女人战栗的声音和形态中感觉到这个女人不寻常的命运。所以，当女人帮助她解开绳索时，她也想帮助这个隐藏在原始森林中的女人解开内心和肉体上的绳索。她们结盟，这就是沦陷于原始森林的女人，在一次又一次地在绝望中期待的时刻。为此，女人带着林桂枝，她在森林中已经早就寻找好了走出去的路线。

她们只是需要同谋而已。

战事让这两个女人走出了被困的原始森林地带。她们一前一后地踏着厚厚的苔藓出发，她们为活着这个现实问题而出发，她们都不可能被原始森林囚禁而死。因为林桂枝要尽快地寻找到她的部队，而这个女人要尽快地寻找到在这个世界上与她相依为命的母亲的存在。她和她，两个不同命运的女人，站在岔路口分手，一条路通向的是母亲，另一条路通向的是战争。

战争，可以湮灭一切，林桂枝还是走出了原始森林，她不想死，所有被推入深渊的人都不想。想死的人是那些已经在人世间毫无牵挂的人，想死的人不在这里活动，想死的人已经到了阴间。

而在这里，一切都充满了玄机，因为生死之谜拴住了她们之间的翅膀。林桂枝用尽可能的方式去与战争赴面，她现在想尽快地寻找到周龙，她知道了他想杀死一个人的目的，还有丽莎，她跟周龙之间到底发生了什么。

克南已经醒来，就在这一刻，在这个拂晓，我看见了克南的脸。他真的像将军啊，只不过他没有机会赶上那场战争，我也赶不上战争，因为在那时候，我的幼芽还没有生长出来。我轻抚着克南的脸，在这个旅馆里，早晨平静得酷似天堂。克南睁开双眼看见了我，他一把拥抱住我说，整个夜晚他都在做梦，整个夜晚他都陪同他的爷爷在缅甸的丛林中奔跑。他突然问我一个奇怪大胆的问题，他让我又看见了那幅照片，里面有将军、丽莎、林桂枝，他说："在里面，在两个女人中间，将军爱的究竟是谁？"这是一个感性的问题，他追忆说："当我看见爷爷房间中的这幅图片时，在那些漫长的时光之中，我终于长大了，我总是在问自己，爷爷爱过她们吗？也许这就是我重返缅甸的原因，因为我爷爷最为辉煌的年华就是在这里度过的。"克南终于开始披露了他此次穿越第二次世界大战的主战场缅甸的秘密。我本想把我所知道的一切都告诉克南，然而，丽莎嘱咐我，这个源自二战关于她们与将军相遇的故事，只应该作为秘密保存下来。

丽莎说过："林桂枝已经逝去，而我已经老迈，我知道，死亡已经离我很近了，现在，我把这一个最大的秘密告诉你，好吗？"

丽莎仰起了脖颈，她仿佛想把脖颈伸到一道窗口，她说："我唯一一次看见过将军和一个女人之间的热烈拥抱不是在战场上，而是在战争终于结束的那些日子，那时缅甸战场已经停止了一切战争，那种拥抱是致命的，不像我们欧洲男女之间的礼仪性的拥抱。那是一个晚上，林桂枝为将军烧了洗澡水，那也许是她在人生旅途中最后一次为将军亲自烧好洗澡水。空气中弥漫着蝉鸣，我远远看见林桂枝，她正挑着水往将军的房间走去，那时候，将军下榻在一所学校的校舍中，我站在窗口，也就是站在两道合拢起来的窗布之间，那是两块由旧帐篷剪开的窗布，我看见了林桂枝站在幕布之间，她的肩膀微微战栗着，她的心在跳动，我知道，她是来告别的。明天，将军将离开缅甸，他即将奔赴中国的另一片抗日主战场，而之前，他即将去一趟欧洲主战场。我把这个消息告诉林桂枝时，她脸上的表情在一刹那变得很复杂，随即她就从我眼前消失了。我知道，她表达对将军爱慕的方式之一就是为将军烧好洗澡水。此刻，她站在窗布之间，她就站在窗布之间等候着将军的到来。”

傍晚，将军回来了，丽莎的叙述已经到了游丝荡漾似的气息中，那种由丽莎八十多岁的年轮所描述的场景，再现了这样一个最为迷人的时刻：将军打开门，在他掩上门的那一瞬间，在他转身的一个瞬间，他突然感觉到了在这战事已经合上幕布的时刻，在这团静谧的角落中，显现出了一个女人。他似乎要用点时间才可能看清楚这个女人的容貌，他伸出手去，那女人微微地喘息着，她已经失语，因为在将军面前，她总是要失语的。她伸出了手，她本来已经带来了纽扣，想为他悄悄地缝上那枚纽扣。然而，将军又一次看见了房间中，从木盆中洋溢着热气的洗澡水，将军捉住了她的双手，然后开始伸出手臂拥抱她，正像丽莎讲的一样，这绝不是欧洲式的拥抱，就是这场非仪式的拥抱，让丽莎感觉到了将军对这个女人的爱慕。这就是秘密，一个再也没有被人所揭开过的秘密。

丽莎在叙述中插入这场非礼仪式的拥抱的回忆，是为了在叙述的声音中安置一束鲜花插入瓷花瓶中去，因为她感觉到了疲倦，感觉到了当她直抵战争的前线时再一次与周龙相遇时的场景，所奴役的沉重。那是在路上，周龙又一次策马到了她身边，周龙说："我终于找到你了，我去过那个洞穴，你的消失让我很绝望。如果连你都从这个世界上消失了，那么，我活着又有什么意义呢？我已经秘密地寻找了好多路线，我可以带你从一条没有任何人经过的密林中走出去，任何人都可以忽视我们，我们也可以忽视任何人……"

"你不是要杀死一个人吗？"丽莎问。

"我想，我正在放弃这种念头，我已经不计划为另外一个国家服务了。因为我已经感觉到了那个国家正在悄然地溃败，这场战争本身就是非正义的，我为什么要为他们服务呢？所以，现在，我得想想我们的前景，我和你之间完全可以有一种完美的生活。"

丽莎在这一刻看到了人性正在变幻：这是一个投机者。一个随时可以改变自我立场的男人，一个已经丧失了理想的男人。当然，也许他没有丧失理想，他正在利用乱世，同时也在利用战争。他知道，日本人快要灭亡了，这场侵略很快就会终结，他又一次开始了撤退。他充满了理想，那只不过是一个投机者的理想。

丽莎问自己，如果现在她手里有枪、有子弹，她会击毙这个男人吗？她从未使用过枪和子弹，因为她只是一个随军记者。

他已经看出了她的犹豫，所以他说："如果你告诉我，你心甘情愿地献给我的一切，包括肉体都是虚假的话，我就会放开你，让你离开。"他的声音使丽莎突然感觉到了一场挑衅，她宣布说："不错，这一切都是虚假，包括我献给你的肉体，它只是一种诱饵，让你显形露相，因为我早就怀疑你了。所以，我贴近你，与你拥抱，只是为了感觉到你腰间的那把匕首。我知道，我早就已经感觉到了你带着的那把匕首是为了杀死一个人，他就是我爱着的中国将军。于是，我开始抛出了诱饵，而且我献出了我的身体，我想了解战争中的恶，我想了解一个男人是怎样背叛他的国家。所以，我佯装与你约会，佯装让你感觉到我的爱情。这不过是演戏而已。现在，既然你已经打算离开这场战争，那么，你就远远地走开吧，只要你肯放弃你的计划，那么，我也会放弃对你的跟踪和研究。走吧，走得远远的，让我们在此刻结束这种恶作剧。"她的话刚一说完，周龙就走上前来掐住了她的脖颈说："你信不信，我有这种力量让你在几秒钟死去。"她的咽喉已经被他掐住，她说不出话来。

47

他将丽莎按倒在草地上，她嗅到了芳草随风起舞的味道，几棵青草轻柔地触摸着她的耳朵。她什么话也说不出来，甚至她也不挣扎。她的头垂向大地，伸向她为之献出肉体的大地。此刻，她闭上双眼，她知道，他已经想掐死她了。

一个人既然已经用手掐住了她的脖颈，那么死亡也就成了一种可能。她已经来不及挣扎、抵抗。这种来自战争最阴暗的死亡已经降临在她身边，她想不起任何一桩事情，因为眼前晃动着的是周龙，是他已经完全扭曲的脸。他也许遮挡住了整个世界，却无法挡住这个女人对人性的最后一次探索，她睁开眼睛望着周龙，她有着碧蓝色的眼球，眼睫毛眨动着，她才 30 岁，一个可以享受人生的全部苦难和欢乐的年龄，即将被他的双手所掐灭吗？

他似乎已经下决心了，他的双手越来越重地掐住了她的脖颈，她对自己说：结束了，就这样结束我的生命吧。然而，她却感觉到了那像绳索、铁丝般嵌入她血管的手指突然松开了，她仍然闭着双眼，她似乎用此办法来抗拒他，使他感到恐怖，那双手再也没有回来，再也没有掐住她的脖颈，等到她睁开双眼，她看到的只是蓝天和白云，只是附近的山溪在欢畅地流动。她仰起头来，看着左右，没有人影，难道是周龙放过她了吗？难道周龙不再想掐死她了吗？

她站起来，她再也没有能看到周龙的影子。再后来，就是她离开缅甸以后，她在英国度过的那段时光里，她一直在问自己：为什么周龙放过了她？其实，他在那一刻，确实是动了杀机的，而且他掐死她，是多么的简单，然而，为什么他放过了她呢？

这就是令她一辈子困惑的谜团之一，也是她为之研究的战争和人性交织在谜团中的谜团。然而，在英国，她还是写完了那本书，那是第二次世界大战结束后的第六年，她终于写完了那本借用战争来研究人性、道德和死亡的书。它的面世很快掀起了一种高潮，因为它在已经湮灭的战争余烬之中又一次让生命，那些已经从战争中幸存下来的生命，那些曾经饱受战争摧残的记忆再一次在欧洲激起了一种浪潮，那就是珍惜战争之后的和平。

然而，她却怎么也无法解开这个谜，这以后，她就一直在研究周龙，而在那时，他放过她的时刻，她环顾着四周，她却又一次开始跑了起来。在那个阶段，在第二次世界大战的幕布下，全世界到底有多少人在奔跑，他们用各种各样的姿态，用倾尽生命恐怖的原姿态，奔跑在铁丝网和呼啸的阴霾之中，因为只有奔跑，才会获得生的希望。

而丽莎也在奔跑着，茂密的荆棘从任何一个地方长出来，呼啸而来的弹片轰平它们以后，它们依然在疯狂中生长，这就是人类的生命故事。丽莎的脚被荆棘扎痛了，她顾不得这一切，在某种意义上，每一次扎痛时，她更深地意识到奔跑在战争中的自我是强大的。

而且，她活着，她就像疯狂生长的热带地区的荆棘、草丛和松树一样活着。她并没有被掐死。而现在，她意识到那个想掐死她的人消失了，在这个世界上，也许只有她才了解这个人的阴谋。因为在这个世界上，她已经为人性而献出了自己的肉体。

所以，她了解这个人的阴谋。

她要去阻止这阴谋的实施。这种焦灼的激情又一次在她的胸中激荡起来。这就是丽莎，在这个年迈老人的身上，我感受到了第二次世界大战中最为激动人心的场景：她的脚奔跑着，她才 30 岁，她有无限的力量奔跑出去，哪怕身体被荆棘扎伤，她似乎也无所谓。因此，她已经在越来越模糊的视野之中，嗅到了一种浓烈的血腥味，战争就在旁边，她离战争越来越近，她已跑进了战壕。她从一个战壕越向另一个战壕，这就是她寻找的中国部队，她又回到了他们中间。然而，将军的指挥所不在这里，她的心又一次开始焦灼起来，她又一次开始奔跑出去。

故事应该在两个女人互相奔跑的时刻，由此停顿下来，因为夜晚又一次来临了。夜晚，是我再一次与克南依偎的时光，在这种柔软的时间里，我们之间的话题依然是战争，我挽着克南的手走出来，我们已经来到了黎小娟老人的家门口，在灯光已经灭寂的晚上，我仿佛看到了这个老人一辈子的等待。在她的生命中，周龙是可以回来的，在她的生命中，周龙并没有死去，而且没有任何一个人告诉她周龙的故事。因为，在战争结束以后，了解她身世和周龙故事的林桂枝死于霍乱。

克南拉着我的手，我们在小镇上走了一圈、两圈，走第三圈时我们又回到了小旅馆。我知道，用不了多长时间，我们就要离开缅甸了。然后，我和克南会分别，就像这部小说所有告别的人一样站在路口挥手，说再见。

热风荡漾在我们开始接吻的时光中。

在接吻背后，在我们身后是五十多年前的故事。那个故事需要由我叙述下去，因为有了林桂枝、有了丽莎、有了将军、有了周龙和黎小娟，这个故事将由此叙述下去。

第二天拂晓，我在早晨散步时又遇到了黎小娟，她已经坐在店门口，远远地，我看见了这个缅北的女人。她的衰老，就像战争史一样越来越枯黄，而她坐下来，翘首的姿态是等待。是那种融入了时间、身体，变幻莫测的等待，即使是我轻微的脚步声也会让她抬起头来，她又看见我。她站起来对我说，看来，这个世界上，也许只有我能帮助她寻找到周龙的下落。她说："如果周龙还活着的话，我会想尽办法去见他一面的，我这一生所为之等待的就是去见他一面。如果他不在人世，哪怕能看见他的坟墓也好啊！"

噢，依然是周龙，为什么，这个男人的存在会让这个缅北老人牵挂一生，这是因为人性是一个谜。她被这个谜包裹了一生，还将继续被包裹下去。然而，我却实在不忍心帮助这个等待了一生的老人，用双手去揭开这个谜。因为这个谜本身就是如此地古老。我还是离开了老人，我想，我一直在等待一种勇气，如果有那么一刻，我会借助于勇气，就像借助于飞蛾迎着火焰上升时的那种时刻，让这个老人看见真相。

飞蛾也许会被火焰灼痛或弄伤，然而，这也是黎小娟生命中所必须负载的疼痛。关于她为之等待的男人后来的终局，她是不知道的，甚至一点线索也没有。他的死是一个谜。对于她来说必定是一个谜。

而对于我来说，勇敢还未降临。现在，让我回去。所有的一切，关于人性和战争的阴谋、欲望、死亡都被丽莎写在了那本书中。

书里揭示的只是人类共有的人性和战争所发生的一系列冲突，书里并没有揭示林桂枝、周龙、黎小娟、菊池贞子的命运，也没有真实地描写丽莎所热爱过的将军。所以，丽莎已经把书中未曾讲过的故事都告诉我了。

我想跟着林桂枝行走，同时也跟着丽莎去奔跑，两个来自不同国度的女人，肩负着不同使命的女人，现在都拥有了她们一生中最快的速度，倾尽她们一生中最热烈的真挚，也许也是她们一生最隐秘的爱情——奔向了前线。

虽然，我这里描述中的前线，已经少了些真实的血腥味。然而，当两个女子追赶速度时，我也在追赶时速，这是我们生命中扑面而来的生死时速。

而周龙在哪里？现在，已经到了最真实的时刻，尽管我最喜欢的诗人艾略特在著名的长诗《四个四重奏》中写过：“鸟说，走吧！走吧！人类忍受不了太多的真实。”然而，我依然在披露真实，关于这个男人在那个时刻，前去刺杀一个人的真实，在他决定掐死丽莎之前，他已经开始绝望，因为，又一个像林桂枝一样的女人欺骗了他的情感。

48

他本来已经决定放弃刺杀，尽管刺杀一个人可以给他带来自由，但他并不知道，所谓的自由只是黑夜和战争中冒出来的一个欺骗的词语。他在某种意义上已被日本人所奴役，因为日本人给他许过愿，如果他刺杀一个人成功了，就让他恢复自由，让他出国或者越过战争地域。而更为重要的是日本人疯狂地对他说：你的女人已经被这个男人抢走，作为男人，你不感到羞辱吗？许许多多的因素，很容易让他失去重心，这个重心一会儿偏西、一会儿偏东，最为致命的是日本人训练了他，训练了他的仇恨，同时也训练出他内心对这片战争的渺茫之心，以及让他看到了日本军国主义入侵亚洲的野心。

他是一个被奴役的人，也是一个失去民族主义信心的人，因而，他已经陷入了背叛自己国家的深渊中去，他一次又一次地为日军提供情报，这些情报是虚假的——他所要刺杀的那个人就是将军，他早就已经察觉到了什么，作为将军，他之所以让他做侍卫，就是为了考验他。这些都是战争中的秘密，我从未有过任何机会去会晤将军，即使是丽莎，这样的战地记者，也并不知道这些战争的机密。

将军留下他，并让别的侦察兵跟踪他，而且让他一次又一次地向日军透露虚假的情报，这也是战争的需要。而这一切也是丽莎隐隐约约透露出来的。当周龙带着匕首终于离将军越来越近时，也就是面临着刺杀的时刻，他已经站在将军的身边，看上去，谁都没有怀疑他的身份。因为一会儿疏、一会儿密的子弹——正在入侵将军的指挥部，而且飞机来了，日本人的飞机又在此刻开始了轰炸。

就在周龙将手放在腰部的那一个瞬间，他也许已经做好了准备，在一个混乱的时刻刺杀将军以后，从而在混乱中跑出去。在他看来，飞机的轰炸已经给前线阵地，包括将军的指挥部带来了暂时的混乱，所以，机遇来了，刺杀将军的时刻就在眼前。

在他刚想抽出匕首的一瞬间，他并不知道自己正面临着生死的选择。从飞机上掷下的炸弹此刻正在落下来，它恰好就在他的上空，就在这时，将军看见了，投身于战争的将军看见那秘密而裸露的武器，将军突然把周龙推倒在地上，用自己的身体覆盖着周龙的身体。这个壮观的场景从此会改变周龙的命运吗？这个场景已被赶上来的林桂枝看到，她已经寻找到了自己的卫生队，她们抬着担架奔赴前线，她看见了这一切，她扑上去，她扑在将军的身上，如果还有炸弹掷下来，她愿意为将军去死。

她没能为将军去死，也没能为将军受伤。当她从将军的身上爬起来时，才感觉到将军受伤了，而且是颅内受伤。

将军头部的鲜血渗透出来，他已经昏迷了，被他救下的周龙从地上站起来，这个时候当然可以改变他的决定，如果没有将军，受伤或者死亡的人应该是他。林桂枝来不及去研究周龙，当所有在场的目击者都被将军的生命危机所笼罩时，林桂枝担起了担架，走到了中途，另一个人赶上来，他就是周龙，他要亲自背着将军去野战医院。

林桂枝和另外的两名队员随即跟上，她似乎已经看到了周龙一副忏悔的样子，然而，她依然在怀疑。所以，在中途，在小憩了片刻之后，她把周龙拉到林子里说："如果你还想在这样的时刻杀死将军，那么，你应该自杀，你应该去跳崖或者死在日本人的刺刀下……"

周龙说："你什么也别说了。我把将军背到目的地之后，我就会按照你所说的那种方式去赴死，我一定会去赴死的。"周龙就这样，背着身负重伤的将军，走了几个小时以后，到达了野战医院。之后，周龙转眼就不见了踪影，林桂枝站在抢救室外的树篱中，这是她的心灵最为焦灼的时刻，将军的生命安危使她慌乱的心失去了方向感，她不时地祈祷，她倾尽力量地对着上苍祈祷。

至于周龙的消失，只是像一道烟雾般从她眼前飘曳而去。很快，抢救室的门打开了，将军的颅内出血已经止住，然而，将军依然昏迷着，急需送往国内最好的医院治疗，在第二天早晨，将军就被秘密地送走了。她站在路口，目送着那辆军车，将将军送往曼德勒机场，然后从那里送往国内。

在那一刻，林桂枝并没有意识到这是真正意义上的永诀。永诀即是此刻，在缅北丛林处，在升腾起的充满松枝味和尘烟的路上，再也看不到护送将军的军车了。而她即使是在告别的时刻，也没来得及看一眼将军，因为根本就看不到机缘，即与将军见一面的短促时光消失了。

将军被秘密地送走了。

只有从缅北丛林的尘埃中散发出来的一股烟雾弥漫在眼前，永诀来得如此之快，令林桂枝泪眼蒙眬。然而，直到那一刻，她都在相信，她和将军还会见面的，就这样，她是和将军产生永诀之恋的第一个人。

第二个人是丽莎，当她奔赴前线时，才知道将军颅内受伤，是为了保护周龙而受伤的。当她急促地奔赴曼德勒时，她的心悬在高处，悬在了缅北丛林之高处。那是最高的悬崖，自然有兀鹫穿过，而她的心悬在上面。她截住一辆军车，到达了曼德勒机场，就在将军即将上直升机的一刹那，她扑上去，她就是那样扑上去，用她的整个身体，这身体中装满了她与将军在一起的全部记忆，以及未发生的全部的意象，将军躺在担架上，他伸出了手，那是右手。

这同样是永诀吗？她当然不相信这就是永诀。她松开将军的手，从将军手上过渡到她手上的那种余温似乎一直被我保存在掌心。直到五十多年以后，她坐在酒吧，那已经是午夜，这是我们坐得最晚的一个晚上，她看着旁边的年轻人，那些人拥有青春、口红、短裙、性感和饱满的胸部。她说：“直到现在，仿佛事情刚发生，我依然在抓住将军的手，依然抓着不松手，而事实上我们已经松开了五十多年的手。”

丽莎没有在曼德勒久留，她又赶回前线，因为，这是一个返回人性和战争的入口处，在里面，是子弹在呼啸。除此之外，她又想起了周龙，他之所以没有掐死她，是因为他下不了手，他放走了她，他肩负着使命。然而，当他到达将军的身边时，还未进行他的刺杀，飞机来了，将军为保护他而受了伤。

他在哪里，此时此刻，他还想刺杀一个人吗？如果他还想刺杀将军，那么，现在将军已经乘飞机回国治疗了。她嘘了一口气，也许，他再也用不着去刺杀将军了，他可以解脱了。那么，现在，他应该在哪里呢？

他的存在突然间变得迷惘了，这影响了丽莎的视线和方向，她突然不知道应该到何处去寻找周龙。因为对于丽莎来说，再一次面对周龙，她才可以由此证明另一种人性：在这种人性里，周龙正在忏悔，或者在忏悔中到前线去，这是他改造自我灵魂的时机。当然，还有另外一种选择，周龙也许会离开，带着他的身体和忏悔悄然地离开。因为只有到一个更遥远的地方去，他的灵魂才会得到平息。

周龙消失了。

即使她奔赴阵地上，也没有见到周龙，而且任何人也没有见到周龙。她看见了林桂枝，她带领着她的卫生队忙碌着。她看见了丽莎，丽莎把她拉到一片树荫下，问她有没有看到周龙，林桂枝咬咬牙说：“他也许按照我说的那种方式去死了。因为在离开将军之前，我对他说过，如果你现在仍然想刺杀将军，那么你应该去自杀，或者跳悬崖，或者死在日本人的刺刀下……他离开之前对我说，他会按我的方式去死的。”

丽莎睁开双眼，她望着林桂枝，她感觉到了，这个来自中国滇西的女人，虽然从小在怒江边的小镇上长大，如今她却在战争中成长着。

49

丽莎睁大双眼，她在寻找一个人。从那一刻开始她就在林桂枝的声音中，开始寻找周龙的生死之谜。有一点她已经在人性中肯定，周龙一定会前去赴死，既然如此，那么为什么还需要历尽艰辛地前去寻找呢？

因为丽莎知道在漫长的战争史上，周龙是一个鲜活的例子，他的存在，或者他将来的消失都将证明，制造战争的人是无耻的。而那一刻，他又一次从林桂枝面前消失了，很快，在结束了的缅北战争中，死寂般的空气弥漫着几十种焦味和血腥味。

在将军的侍卫中看不到周龙，在任何一支部队中也看不到周龙，也许就像林桂枝所说的那样，周龙已经前去赴死了，在那一刻，每一个人的死亡都是赤裸的：他们显现在明媚的阳光下，那些阳光不在意血腥味的弥漫，依然在明亮地辉映着缅北大地。而死者们的头垂向草棵，他们在来不及呻吟时就已经死去。

在死者们的身体被一一确认之前，丽莎决定前去做一件事情，她准备好了照相机，准备好了与死于第二次世界大战中缅甸战场的死者们会晤的勇气，然后直接进入死者们躺下的地方。因为她是随军记者，所以，她有充分的权利进入别人不能进入的地区。她独自一人，她一个死者一个死者地辨认，而且她没有戴口罩和手套，她有一种想触摸的念头。也许，在她的双手触遍死者们的手纹之后，她才会确认周龙的生死。更为重要的是她有一个悲壮的愿望：她想用她的手触遍这些死于战争的战士们年轻的眼睑，她想让那些未来得及合上眼睑的战士们安息。在日后，这些眼睛会在她的书中睁大，看着人类是如何捍卫和平的。

很显然，这是一个最寒冷的世界。

那些战士们太年轻了，他们大都才 18、19、20 岁，而且已经不可能去享受他们的青春了。他们死于刺刀、子弹和炸弹。丽莎为他们合上眼睛，她一个又一个地寻找着，但还没有出现周龙的那张脸。她是可以认出他脸来的一个人，因为她跟他发生了男女之间的肉体关系。问题是他似乎不在这一批又一批的死者之中，那么，他去了哪里，如果前去赴死的话，他会去何处呢？

三天以后，在清理日军的一座军营时，她们发现了一个身穿军装的中国军人的尸体。他与几十个日军死在一起，他的双腿、身体已经炸得粉碎，而他的脸完整地存在着。丽莎终于在这一刻确认了一种事实：周龙就在眼前，他就是那个中国军人。

他的死成了一个谜。

他为什么与日本兵死在一间小房子里呢？没有任何人可以确证他的死亡之谜。然而，从那一刻开始，丽莎却慢慢地勾勒出这样一幅画面：周龙离开林桂枝以后，就开始寻找着自己赴死的道路。他没有直奔战场，也没有直奔悬崖，而是奔向了日军军营所在地。也许，他下决心必死无疑，所以，他在身体上带上了炸药包，他进了日军营区，他要死在日本人之间。也许，这也是一种从灵魂和肉体上的复仇计划。

她勾勒出的这种现场，并没有得到任何一个人的确证，因为，在这场战争中，只有将军知道周龙的另一种生活。随同将军的离去，战争已经拉下了帷幕，战争终于结束了。

周龙的名字没有出现在阵亡战士的名单上。这就是黎小娟无法寻找到周龙的原因之一。过去和现在，都没有一个人可以完全彻底地弄清楚周龙的死亡之谜。所以，他的名字理所当然地应该在阵亡名单之外。

丽莎与林桂枝将周龙埋葬在缅北的一片丛林中，她们没有在墓碑上刻下任何墓志铭，甚至没留下周龙的名字，介于周龙的特殊身份，只有两个女人知悉这座墓地下面埋葬着谁。她们共同站在周龙的墓旁，她们不知道用什么样的声音与死者交流。

她们沉默，也许这就是唯一的方式，不管怎么样，有一点是可以证实的：周龙跟日本人死在一起了，在他身上，还可以找到炸药包的线头。这也说明周龙选择了与日本兵同归于尽的赴死之路，即使他曾经是奸细，然而，在他的赴死之路上，他又一次为自己篡改了历史。

两个女人都与周龙有过肉体关系，林桂枝与他的关系是一种被迫的关系，在幽暗的缅北丛林深处，她的身体中了魔法，周龙试图拉上她奔逃于战争之外。然而，这种奴役失败了，她还是要回来，无论如何都要回到战争中，回到她的将军身边。从某种意义上讲，她的拒绝，她那从灵魂到肉体的抵抗，使周龙除了厌倦这场战争之外，也在仇恨他的情敌。

致命的仇恨可以让他去刺杀一个男人、一个将军，而有意思的是正是他所刺杀的这个男人，在危险的时刻，用身体挡住了本应该射进他头颅中的炸弹。正是这一切篡改了他的命运，使他的身体藏起了炸药包，与日本兵同归于尽了。

丽莎呢？她试图在跟周龙在一起的时刻，更深入地了解人性和战争，她把自己的女性身体献给了这个男人。在这个过程中，她终于通过了他们之间内心的冲突，一次又一次地看清楚周龙作为汉奸的真实性。

在两个女性与这个男人的一系列的交锋之中，我们看到了洞穴绑架，我们看到了深渊之上的黝亮。不管怎么样，周龙已经和日本人同归于尽，这个结局多少可以抚慰两个女人的内心世界。所以，她们将周龙埋葬以后，似乎对周龙的那种内心的唾弃减少了一些。

而且在缅甸，一切都已经开始面临着选择。丽莎将暂时回国，在回国之前，她和林桂枝做了同样的一件事情，就是把菊池贞子和那个日本青年送到曼德勒机场。

菊池贞子在丽莎的描述中出现在我们眼前，她依然穿着缅甸女人的衣裙。如果战争还没有结束，也许她永远无法回国。她抱着她的孩子，她的慰安妇身份，使她显得有些卑微、拘谨，她的内心充满了一种看不见的忏悔，那是她的沉默无语代替了她的内心对这次战争的忏悔，然而，谁也听不到这种声音，因为她毕竟是一个普通女性，她无法代表她身后的帝国发出真正的忏悔。

菊池贞子在战争结束以后，终于可以返回她的祖国了。祖国意味着可以让她伸出双臂，祖国意味着回家。她的肉体终于得到了解脱，她知道，她之所以能够在战争期间顺利地分娩，是因为她生活在中国军队的区域内，是因为将军让她生活在其中。当她谈到将军时，她知道，让她再见上一面将军是艰难的事情，其艰难只能依赖于时间去证明。

我们之所以拥有时间，是因为我们依然活着，一旦我们感受不到时间的漫长和短促，我们就已经失去了分享时间之谜的美好权利。

时间的幻变并没有像她想象中的那样慢，战争终于结束了，尽管战争让这个国家变成了碎片，然而，无以计数的难民群奔向街头。现在，已经不用到处像老鼠一样逃窜了，飞机不会轰炸，子弹也不会呼啸。难民们又开始归家，他们正在废墟之中寻找着家园。

菊池贞子旁边站着的那个日本青年突然改变了初衷，他不想回日本了。他曾经幻想过到中国去学中国艺术，而现在战争又结束了，这正是一个极好的机会。

他再也用不着四处逃避他国家的军队了，因为战争确实结束了。在曼德勒，菊池贞子依然选择回日本的道路，而从前的日本军人，现在却选择了跟随一辆大货车，从曼德勒城进入中国。

两种截然不同的选择只可能发生在战争结束以后，曼德勒城正洋溢着欢呼声，丽莎和林桂枝站在一起，不久以后，她们之间也会有一场告别。而此刻，菊池贞子带着孩子已经上了飞机，她在不停地挥手告别之中，已经永远地告别了这场战争，而那个年轻的日本男人，他的艺术之梦将延续到中国的地域上。

50

将军在哪里？总之，从那以后，她们就没能再见到将军，丽莎在战争结束以后乘飞机离开了缅甸，前来送她的林桂枝站在丽莎面前，她们因战争而相遇，因战争的结束而告别。飞机起飞了，应该走的人都已经离开了，她望着飞机的翅膀在颤抖，她目送着一架又一架飞机起飞、落下，战争果然像梦境中的那样结束了。

她终于可以打开箱子，她已经决定留下来，留在缅北。她准备在这里生存下去，也许将军会回来的，她打开箱子，是为了看见那枚纽扣，也许她再也没有机会让纽扣回到将军的衣服上去了。也许那个梦结束了。

而我却不知道如何面对黎小娟所等候并寻找的那个男人。因此，我决定前去寻找周龙的墓地。据丽莎告诉我，那只是一块非常普通的墓地，丽莎的记忆模糊着，也许她这一生中见过的墓地太多太复杂了，光是在第二次世界大战中的缅甸，就看见了无数的墓地。因而，当她又一次谈论到墓地时，她的胸口有些发闷，她吞咽下去几颗药片。

我看见那只透明的药瓶在颤抖，多少年以来，丽莎经常胸口发闷，而且心脏也有毛病。她总是携带着药品，忽儿掏出褐色的药品，忽儿掏出透明药瓶，并且一边吞咽药一边告诉我，在她身陷战争的时代，她很少服药，身体健康得就像缅甸热带的植物。所以，那时候，她才可以选择做战地记者。

因此，丽莎认为人变老的过程太快了，她这一生最动人的生活姿态是在缅甸度过的。那时候，除了研究战争和人性，除了如实地记录战争日记，她最大的激情是想面对将军倾诉她的爱，然而，那样的爱情每当以礼仪式的拥抱开始就结束之后，子弹又呼啸而来了。沉浸于战争中的中国将军，根本没有时间与这个来自欧洲的女人谈论爱情，这种没有开始、也没有结束的单相思，笼罩了她的一生。而当她谈论到那块墓地时，她的胸口开始发闷，她的面孔变得一片灰暗而忧伤，她说：“当我决定把自己的身体献给周龙的那一个瞬间，我完全被一种伟大的职业理想所激荡着，我想通过跟周龙的身体亲密接触，从而探索这个被战争所奴役的中国男人的心理。我想了解他的灵魂到底有没有背叛他的国家，那时候，我似乎什么都不害怕。如果有什么害怕的话，那就是让我看见他灵魂在战争中的沦陷，而我果然看见了这种沦陷，战争确实太可怕了。然而，周龙的死亡却让我感到震惊。尽管这种死是必然的。当我们面对他的尸体时，到处都是战争的尸体，那时候，炎热可以尽快地让尸体腐烂，而我却与林桂枝做出了一个最大的决定：我们要去为他寻找一块墓地。”

墓地，战争结束之后的墓地隐现在丛林中，然而，它在哪里？我也难以想象。当丽莎和林桂枝移动着周龙的尸体时，身旁到处是尸体，而她们只想完成一件人性化的事情。那就是让周龙的尸体接近潮湿的泥土，在之前，丽莎已经了解了中国普通民众的日常生活状态。她已经知道人在死后入土，会让死者安眠。两个女人没有在意任何当地人的目光，而且，在整个世界刚刚从战乱中平息下来时，似乎每个人都在寻找失踪的亲人，或者沉浸在与亲人的相聚之中。

而死者周龙，他却已经被两个女人移动到了一片密林中。她们掘开土，挖掘得越深，越能嗅到泥土的香味。这正是每一个死者在另一个世界嗅到的芬芳，而芳草却又在泥土之上摇曳着。

周龙的尸体落在土坑中，丽莎追忆着那种感觉，因为唯有她，活着的丽莎才可以用她苍老的声音向我仔细地描述那种感受："我听到了世界的嘘声一片，然后归于寂静，仿佛中国天籁似的乐声，把一片悲凉所湮灭。他，一个男人，终于用死亡篡改了他的耻辱，尽管这种篡改还来不及让世人看见。然而，他去了，如一阵轻风般消失，犹如一片树叶落地而开始腐烂。这个中国男人，曾与我的肉体发生过关系，而现在，这关系已经结束，在那一刻，我仅仅在观察或在体会自己的感受。我同时也在感受身边的林桂枝，作为一个中国女人，她所生活的那座怒江小镇，一直是我所向往的地方，每当我看见林桂枝时，我就能够感受到这个从木棉花摇曳的怒江边逃出来的女人，原来是为了追求新生活。然而，却与战争相遇，每当我站在将军身边时，我就能够感觉到她那已经被抑制的火焰，那是爱情吗？然而，我也知道，她跟周龙的关系，并且理解了这种关系。当她决定掩埋周龙的尸体时，我知道，我们之间的人性，已经互相在沟通，再也没有什么东西阻碍我们之间沉默无语的交流。当泥土被合上时，我能感觉到林桂枝又一次回到了从前出发的怒江小镇，而且听到了周龙的那支马帮的铃声，正是周龙带走了站在木棉花下的这个女人。而此刻，人性最基本的常识告诉我，林桂枝正沉浸在她这一生应该负载的忧伤之中。"

丽莎站起来。我看见她移动了一下脚步，站在落地玻璃窗口前，她继续说："我已经开始模糊了，战争结束以后，我回到了英国，我一直在写书，一直在与死者们会晤，我一遍又一遍地回忆他们生前的声音、形象，一遍又一遍地看见了那块墓地，我只记得墓地合拢起来后，暮色就来临了。我和林桂枝站在暮色之中，那个时刻，我们之间终于达到了一种最友好的默契：那就是尽快地离开死者，让他的灵魂得到安息。所以，每当我回忆起那块墓地时，总会升起一种暮色，它使我的世界变得一片模糊。所以，我只可能告诉你，周龙的墓地置身在一片丛林之中，那是一片幽暗而无垠的丛林，那就是天堂。我想，周龙已经上到了天堂，我想，所有死于战争的人都应该到天堂，而不是地狱。

丽莎的声音结束以后，我们的多次酒吧长谈意味着结束。她将回国，而我将奔赴缅甸。现在，我想出发前去寻找那片丛林，丽莎记忆中那片模糊的热带丛林到底在哪里？

也许，这一切都应该是一个谜。

谜底是否会被我揭穿呢？当我和克南靠近一片战争的主战场区域时，旁边就是丛林，丽莎的描述中曾经被我看见过的幽暗而广大的热带丛林。我们接近了丛林，然而，我们却再也看不到墓地，也许墓地隐藏得很深，就像一个谜底般无法接近。

我们继续往前走。

我不知道等待我们的是什么结局，我也不知道为什么要试图前去寻找周龙的墓地，也许只是为了帮助黎小娟，因为黎小娟倾尽了全身的期待只是为了看见周龙是活着还是死了。

活着或死亡都是个问题，一个左右我们继续思考、前行的问题。从林中，我们看见了新的墓地，那是一些年轻死者的墓地，五十多年已经过去了，我们还有可能看得见周龙的旧墓吗？我们前行了很长时间后开始回头。

为什么非要看到周龙的墓地呢？五十多年会发生许多变化，也许从周龙的墓地上已经生长出了一棵树，也许墓地上已经有了溪水的环绕，也许墓地已经变成了小路，或者说时间融化了墓地，这恰好符合人化为尘埃的真理。所以，我们决定放弃在渺无希望中继续前行的念头。

我们的身体上再一次挂满了荆棘，我们决定回小镇去，因为我们即将离开小镇了，我们已经不会再有多少时间留下来。克南的母亲在召唤着他回家，因为克南的母亲住院了。

而我，也在克南离开以后，将离开缅北小镇。我手里又一次开始触摸到了那颗纽扣，我突然产生了一种冲动和理念：在我确定了克南的爷爷就是将军以后，我决定让克南将这枚纽扣带回老家去，如果可能的话，让克南将这枚纽扣埋在他爷爷的墓地中。只需埋入墓地的泥土之下就可以。我相信这颗纽扣具有一种爱情的力量，它也许会变成一棵木棉树，用生命的力量陪伴着将军。当我把这个念头告诉克南时，他又一次开始吻我，并从我手中接过纽扣，在他的吻和温柔之语中，我看见了那棵木棉树。

51

克南走了，我继续往缅北而去。因为在丽莎最后的叙述语中提到了另一个女人，她来自中国沈阳，她掩埋了丈夫的尸体之后就再也没有离开过缅甸，她好像就在离丈夫遇难时很近的一座小镇上生活着。这似乎是最后一个谜，也是林桂枝在战争结束之后想解开的一个谜。然而，林桂枝突然遇上了那场霍乱，谁也无法弄清楚那时候她为什么偏偏出现在那个山区。也许她是去寻找沈阳女人，因为沈阳女人的消失使她不得安宁。战争已经结束了，很多事情应该有一个了结，恰好她遇上了霍乱，她手里抓住纽扣，这个爱情故事被她用死亡前夕的双手紧紧地抓住。

沈阳女人确实还活着，在一座寂静的缅北小镇上，我听到了沈阳女人的东北话，声音迎着一只只飞蛾在灯光下弥漫。她出现在我眼前，并仔细地看着我，端详着我，当我说出我的身份时，她并不惊讶，只是不断地点头，那是一种神经质的追忆，她很快就肯定了我的身份，因为我确实拥有一张与林桂枝相似的面孔。而且在之前，我曾经一次又一次地面对着林桂枝的照片，她是我母亲的母亲，也就是我的外婆。在镜子里，我的脸晃动着，一张面孔与另一张面孔之间，如果酷似，一定潜伏着血缘关系。而我和林桂枝之间，不仅仅拥有一份血缘关系，而且贯穿着一种相互的爱，我们爱男人、爱将军，爱源自我们内心深处的呼喊。

沈阳女人留在缅北之后，重新经营着她过去为之等候和寻找丈夫的客栈，虽然地址已变，但仍旧是一座老客栈。也许，经营一座缅北客栈就是为了再一次等候自己的男人从战场中归来，这可以让沈阳女人度过更漫长的时光。如今，已经过去五十多年了，在不断地去陪伴三公里之外丈夫墓地的时间里，她嫁给了当地的一个缅北人，并生育了四个孩子。如今，四个孩子中的一个去了中国做生意，并且经常往返于东北老家，而她，却一次也没有回过真正的老家沈阳。她嫌自己太老了，已经无法越过江川和无尽的丛林了。

谈到战争，是她最为缠绵的时刻，她带着我，还有她的外孙女，那个与我同年并不同月出生的女孩子，她长得像芒果一样健康，她搀扶着她的奶奶不断地越过从丘陵通往丛林的沟壑，然后，我们抵达了一座长出了青草和青苔的墓地。

她留在了缅北，她同样是一个与战争相遇的女人，就像我的外婆林桂枝。两者不同的是，沈阳女人留在缅北是为了陪伴因战争而遇难的前夫的墓地。而林桂枝呢？那个漂泊在战争烟雾中的女人，她就像雾一样，居无定所地游动着，她为什么偏偏遇上了那场霍乱呢？

试着想一想这样的结局，如果没有那场霍乱，林桂枝就不会死亡，如果是这样，当她寻找到沈阳女人之后，她是走还是留下来就成了一个谜。也许，她会离开，在我为她所绘制的地图线上出现了两条离开的图像：其一，她会沿着缅北而走出丛林，她会用不快也不慢的速度返回怒江小镇老家，尽管那是一桩缺乏爱情的婚姻。然而，她依然会回老家，因为那里有前后花园中正在成长的女儿和她的亲人。她会在木棉花香中生活上一段时间，然后离开。其二，她会直接在走出丛林后，奔赴将军所疗伤的那座中国医院。她会乘货车、火车在乱世中寻找从前的队伍。她会舍弃杂乱的念头，直奔目的地，尽管她所寻找的目标已经像雾一样地毫不确定。然而，她必须走出缅北，因为只有走出第二次世界大战的主战场缅北，她才彻底地摆脱了战争留下的阴影和创伤。她才会追寻到将军的影子，她走啊走，她只想寻找到沈阳女人，因为战争结束以后，沈阳女人的生死像悬念一样挂在胸前，因为正是这个女人让她学会了等候和爱情。林桂枝独自一个人走啊走，她已经离沈阳女人不远了，然而，霍乱却笼罩了她，使她再也无法走出去。

如果走出缅甸，她会寻找到她的将军吗？

战争结束之后，书中每一个人的命运都会发生改变。他们的存在或消失都与一段历史有关：林桂枝在战争结束后死于霍乱，离世时手里抓住将军的那枚纽扣不松手。丽莎返回了英国，用她生命最为灿烂的时间写下了她内心深处波涛起伏的人性和战争，然后，最终进入暮年。周龙的故事充满了善与恶的纠缠，然而，他的死可以证明他的灵魂得到了安息。沈阳女人陪伴着前夫的墓地，在缅北小镇上守着一座客栈，当她步履维艰时，仍然一次又一次地往返于前夫的墓地之间，她的生活和身体被这种方式维系了一生，如今仍在被维系着。书中的菊池贞子和日本军人，他们应该拥有各自的命运，那是我的双手永远无法触摸到的命运。

而将军在哪里？显然，他已经仙逝，他已经在另一座冥想中的天堂与林桂枝相遇，在我无法抵达的那个天堂里，如果有可能的话，林桂枝已经找到了针线，已经将握在她手里的那枚纽扣重新缝在了将军的衣服上。我想，这是来自天堂的机缘，世人无法看见的另一种机缘。也许，只有在那里，林桂枝对将军暗藏的爱才会像怒江边的木棉花一样灿烂地开放。还有黎小娟，我已经放弃了再去打扰这个女人的念头，就让这个真正的缅北女人带着她的幻想和期待生活下去吧。